周本淳 选析

周本淳集

第八卷

唐人绝句类选

人民文学出版社

目　　录

前言 …………………………………………………… 1
凡例 …………………………………………………… 1

五言一

同储十二洛阳道中作 ………………………… 孟浩然 1
宋汴道中 ……………………………………… 高　蟾 2
复愁(十二首录二) …………………………… 杜　甫 2
嘲少年 ………………………………………… 韩　愈 2
公子家 ………………………………………… 聂夷中 3
富贵曲 ………………………………………… 郑　遨 3
感兴 …………………………………………… 郑　谷 3
田家 …………………………………………… 顾　况 3
古风〔悯农〕二首 …………………………… 李　绅 3
田上 …………………………………………… 崔道融 4
伤农 …………………………………………… 郑　遨 4
田家 …………………………………………… 聂夷中 4
怨诗(四首录一) ……………………………… 曹　邺 5

采桑女二首	王　周	5
锦	薛　莹	5
梁城老人怨	陈　羽〔司空曙〕	5
筑城词二首	陆龟蒙	6
续古(二十九首录二)	陈　陶	6
筑台词	刘　驾	6
筑城三首	曹　邺	7
秋日	耿　沣	7
芜城	李　端	7
关中伤乱后	殷尧藩	7
江行无题一百首(录二)	钱　珝	8
渔	唐彦谦	8
钓叟	杜荀鹤	8
夜渔	张　乔	8

五言二

在军夜登城楼	骆宾王	9
平蕃曲三首	刘长卿	9
西鄙哥舒歌一首		10
塞上曲二首	王　涯	10
和张仆射塞下曲六首	卢　纶	10
从军行五首	令狐楚	11
关山月	戴叔伦	12
塞下	许　浑	12
闻北虏入灵州	李　频	12
行营即事	刘　商	13
乐边人	刘　驾	13

五言三

拜新月	李　端	14
幼女词	施肩吾	14
池上二首(录一)	白居易	15
渌水曲	李　白	15
江南曲四首(录三)	储光羲	15
采莲	刘方平	15
南塘曲	陆龟蒙	16
小长干曲	崔国辅	16
长干曲四首(录二)	崔　颢	16
罗唝曲	刘采春所唱	16
江南曲	李　益	17
春江曲二首(录一)	张仲素	17
巴水词	李　白	17
淮阴行五首(录一)	刘禹锡	17
子夜四时歌(八首录一)	郭　震〔振〕	17
子夜歌(十八首录三)	晁　采	18
春望词四首	薛　涛	18
古别离	聂夷中	19
古怨	孟　郊	19
闺怨	孟　郊	19
征妇怨	孟　郊	19
闺怨词三首(录一)	白居易	20
闺怨二首(录一)	沈如筠	20
长相思二首(录一)	令狐楚	20
春闺思	张仲素	20

孤烛怨	陆龟蒙	21
闺人赠远	王 涯	21
玉阶怨	李 白	21
自君之出矣	张九龄	21
自君之出矣	辛洪智	22
玉台体十二首(录二)	权德舆	22
杂古词五首(录二)	施肩吾	22
春闺怨	杜荀鹤	22
春怨	金昌绪	23
黄雀	郭氏奴	23
湖南曲	崔国辅	23
纥那曲	刘禹锡	23
宫词二首	张 祜	24
题红叶	宫 人	24

五言四

山中	王 勃	25
江亭月夜送别二首(录一)	王 勃	25
南楼望	卢 僎	26
南行别弟	韦承庆	26
送兄	如意中七岁女	26
汾上惊秋	苏 颋	26
蜀道后期	张 说	27
广州江中作	张 说	27
江行	柳中庸	27
宿建德江	孟浩然	27
静夜思	李 白	27

秋浦歌十二首(录一)	李　白	28
送陆判官往琵琶峡	李　白	28
重忆贺监	李　白	28
送别	王之涣	28
送崔九	裴　迪	29
山中送别	王　维	29
送黎拾遗	王　维	29
相思	王　维	29
将赴益州题小园壁	苏　颋	30
杂诗三首(录二)	王　维	30
九日思长安故园	岑　参	30
西楼	韦应物	30
见渭水思秦川	岑　参	31
忆长安曲	岑　参	31
绝句十二首(录一)	杜　甫	31
渭水西别李仑	崔国辅	32
送陆邃潜夫	皇甫冉	32
答表臣赠别二首(录一)	刘禹锡	32
送灵一上人	陈　羽	32
送灵澈	刘长卿	32
界石守风望天竺灵隐	皎　然	33
宿永阳寄璨律师	韦应物	33
瓜洲送李端公	刘长卿	33
送张十八归桐庐	刘长卿	33
送王翁信还剡中旧居	皇甫冉	34
逢雪宿芙蓉山主人	刘长卿	34

秋夜寄丘员外	韦应物	34
留卢秦卿	司空曙	34
戏留顾十一明府	戴叔伦	35
赠卢纶	李　益	35
送王司直	皇甫冉	35
有怀	皇甫冉	35
归信吟	孟　郊	36
寒食夜	崔道融	36
古意	刘　商	36
送张四	王昌龄	36
溪行逢雨与柳中庸	李　益	36
江上闻猿	雍裕之	37
入黄溪峡闻猿	柳宗元	37
长沙驿前南楼感旧 昔与德公别于此	柳宗元	37
零陵早春	柳宗元	37
夏阳亭临望	元　稹	37
江楼闻砧	白居易	38
江行无题一百首（录一）	钱　珝	38
秋风引	刘禹锡	38
鄂渚留别李表臣	刘禹锡	38
贾客怨	杨　凭	38
雪中送杨七	张　籍	39
渡汉江	宋之问	39
到家	赵　嘏〔杜牧〕	39
寒塘	赵　嘏	39
古词	李群玉	39

松滋渡二首(录一)	司空图	40
和陆鲁望风人诗三首(录一)	皮日休	40

五言五

登鹳鹊楼	畅　诸	41
登鹳鹊楼	朱　斌	41
登慈恩寺塔	荆　叔	42
登乐游原	李商隐	42
独坐敬亭山	李　白	42
答裴迪忆终南山	王　维	42
栾家濑	王　维	43
鹿柴	王　维	43
鹿柴	裴　迪	43
木兰柴	裴　迪	43
华子岗	裴　迪	44
北涧浮舟	孟浩然	44
竹里径	司空曙	44
梅溪	张　籍	44
陪侍御叔游洞庭醉后三首(录一)	李　白	44
巴江〔嘉陵江〕	王　周	45
题酒店壁	王　绩	45
过酒家〔题酒店壁〕五首(录一)	王　绩	45
独酌	杜　牧	45
闲夜酒醒	皮日休	46
春晓	孟浩然	46
杂题	司空图	46
秋斋独宿	韦应物	46

赠同游者	韩　愈	46
花岛	韩　愈	47
江雪	柳宗元	47
闻瀑布冰折	马　戴	47
访羊尊师〔寻隐者不遇〕	孙　革〔贾岛〕	48
独望	司空图	48
江行无题一百首(录一)	钱　珝	48
江村夜归	项　斯	48
无题	李德裕	49
即事	高　蟾	49
田园言怀	李　白	49
途中	卢　僎	49
问淮水	白居易	50
感寓	杜荀鹤	50

五言六

息夫人	王　维	51
咏西施	郑　遨	52
西施滩	崔道融	52
题三闾大夫庙〔过三闾庙〕	戴叔伦	52
离骚	陆龟蒙	52
咏史	高　适	53
嘲荆卿	刘　叉	53
秦关	司空图	53
咏项羽	于季子	53
咏史	刘禹锡	53
昭君三首(录二)	东方虬	54

8

昭君怨	张　祜	54
班婕妤	崔道融	54
铜雀妓	朱　放	54
乐府	崔国辅	55
八阵图	杜　甫	55
经檀道济故垒	刘禹锡	55
漫成二首(录一)	李商隐	55
金陵怀古	司空曙	56
春草宫	刘长卿	56
行宫	元　稹	56
华清宫	司空图	56

五言七

风	李　峤	57
咏月	骆宾王	57
春雪	东方虬	57
春雪	刘方平	58
惊雪	陆　畅	58
终南山望馀雪	祖　咏	58
松下雪	钱　起	58
雪	罗　隐	59
霞	王　周	59
溪口云	张文姬	59
山下泉	皇甫曾	59
咏琥珀	韦应物	59
江滨梅	王　适	60
左掖梨花咏	王　维	60

左掖梨花	丘为 60
禁省梨花	皇甫冉 60
剪䌽花	雍裕之 60
赏残花	纥干著 61
牡丹	郑谷 61
咏石榴	孔绍安 61
曲池荷	卢照邻 61
莲叶	李群玉 62
咏墙阴下葵	刘长卿 62
题蒲葵扇	雍裕之 62
题张处士菜园	高适 62
湘竹词	施肩吾 62
长信草	崔国辅 63
醉中对红叶	白居易 63
赠姚秀才小剑	刘叉 63
剑客	贾岛 63
渔家	高蟾 63
牧竖	崔道融 64
村行	成文幼 64
代牛言	刘叉 64
马诗二十三首(录三)	李贺 64
咏乌	李义府 65
南中咏雁	韦承庆 65
扬州早雁	李益 65
雁	陆龟蒙 65
衔鱼翠鸟	杨巨源 66

戏鸥	钱　起	66
沙上鹭	张文姬	66
听笼中山鹊	贾　岛	66
蝉	虞世南	67
早蝉	雍裕之	67
扑满子	齐　己	67
黄金二首(录一)	陆龟蒙	67
京兆眉	刘方平	67
新嫁娘词三首(录一)	王　建	68
听弹琴	刘长卿	68
听筝	李　益	68
视刀环歌	刘禹锡	68
听鼓	李商隐	69
闻歌	许　浑	69
远山钟	钱　起	69

五言八

寄韩樽使北	岑　参	70
问刘十九	白居易	70
答陆澧	朱　放	70
昌谷读书示巴童	李　贺	71
再下第	孟　郊	71
寒食下第	武元衡	71
下第	赵　嘏	71
哭苗垂	李　益	72
哭李别驾	顾　况	72
挽歌	于　鹄	72

回文	陆龟蒙	72
大言	雍裕之	72
细言	雍裕之	73

七言一

清平调三首	李　白	74
宫词一百首(录一)	王　建	75
赠花卿	杜　甫	76
豪家夏冰咏	雍裕之	76
少年行	杜　甫	76
少年行	施肩吾	77
公子行	罗　邺	77
少年行	贯　休	77
公子行	孟宾于	78
寒塘曲	张　籍	78
侠少年	薛　逢	78
营州歌	高　适	78
少年行四首(录一)	王　维	79
少年行四首	令狐楚	79
三绝句	杜　甫	80
阊门即事	张　继	81
自白沙县抵龙溪镇,值泉州军过后,村落皆空, 　　因有一绝	韩　偓	81
过故洛城	钱　起	81
悯耕者	韦　庄	82
收襄阳城二首(录一)	戎　昱	82
己亥岁二首	曹　松	82

吊万人冢	张 蠙	83
农家望晴	雍裕之	83
观祈雨	李 约	83
贞元十四年旱甚,见权门移芍药	吕 温	84
代园中老人	耿 沣	84
农家	颜仁郁	84
农父	张 碧	84
虞乡北原	司空图	85
题村舍	杜 牧	85
田翁	杜荀鹤	85
伤硖石县病叟	杜荀鹤	85
商山	曹 松	86
村南逢病叟	卢 纶	86
代卖薪女赠诸妓	白居易	86
蚕妇	来 鹄〔鹏〕	86
织妇	处 默	87
樵翁	蒋 吉	87
溪兴	杜荀鹤	87
醉著	韩 偓	87
赠渔父	杜 牧	88
沅江渔者	李群玉	88
淮上渔者	郑 谷	88
钓侣二首	陆龟蒙	88
渔父二首	李 中	89
井栏砂遇夜客	李 涉	89

七言二

凉州词	王之涣	91
凉州曲二首（录一）	柳中庸	91
塞上曲	周　朴	92
凉州词二首（录一）	王　翰	92
随边使过五原	储嗣宗	92
边词	张敬忠	93
塞下	江　为	93
和李秀才边庭四时咏（录一）冬	卢〔汝〕弼	93
杂词十三首（录一）	《才调集》	93
征〔征人〕怨	柳中庸	94
水调歌七首（录四）	无名氏	94
从军行七首（录五）	王昌龄	95
出塞二首（录一）	王昌龄	96
胡笳曲	无名氏	96
从军行	刘　叉	96
塞下曲	李　益	97
封大夫破播仙凯歌六首（录二）	岑　参	97
赵将军歌	岑　参	97
塞下曲五首	张仲素	98
从军词	王　涯	98
塞下曲四首（录一）	常　建	99
送刘判官赴碛西	岑　参	99
塞下	常　建	99
河湟有感	司空图	100
河湟	罗　邺	100

河湟旧卒	张 乔	100
从军北征	李 益	100
夜上受降城闻笛	李 益	101
边思	李 益	101
临滹沱河见蕃使列名	李 益	101
塞上听吹笛	高 适	101
听晓角	李 益	102
暮过回乐烽	李 益	102
邠宁春日	李 益	102
凉州词	张 籍	102
寓怀	高 骈	103
塞上曲二首（录一）	高 骈	103
塞上寄家兄	高 骈	103
边上闻胡笳三首	杜 牧	104
边上作三首（七绝二首录一）	贯 休	104
凉州词	薛 逢	104
陇西行四首（录三）	陈 陶	105
吊边人	沈 彬	105
渔阳将军	张 为	105
逢病军人	卢 仝〔纶〕	106

七言三

采莲曲二首（录一）	戎 昱	107
采莲曲	白居易	107
采莲词	张 潮〔朝〕	108
竹枝词十一首（录六）	刘禹锡	108
浪淘沙词九首（录一）	刘禹锡	109

闺意上张水部	朱庆馀	109
新上头	韩 偓	109
秋夕	杜 牧〔王建〕	110
写情	李 益	110
江南行	张 潮〔朝〕	110
江南曲	于 鹄	111
怀良人	葛鸦儿	111
春梦	岑 参	111
贾妇怨	刘得仁	112
春词	刘禹锡	112
春怨	杨 凝	112
春女怨	朱 绛〔绎〕	112
杂词十三首（录一）	《才调集》	113
春怨二首（录一）	刘方平	113
春思二首（录一）	张窈窕	113
杨柳枝	温庭筠	113
怨诗寄杨达二首	姚月华	114
闺怨	白居易	114
思妇眉	白居易	114
杂词十三首（录一）	《才调集》	114
闺怨	韩 偓	115
瑶瑟怨	温庭筠	115
秋夜曲二首	王 涯	115
秋闺思二首	张仲素	115
秋怨	罗 邺	116
古意	陈玉兰〔王驾〕	116

水调词十首（录二）	陈　陶	116
君不来	方　干	117
忆远	张　籍	117
怨诗	张　汯〔纮〕	117
送人	徐月英	117
代佳人赠别	顾　况	118
与夫诀	慎　氏	118
添新声杨柳枝词二首	温庭筠	118
汉宫曲	徐　凝	119
八月	章孝标	119
宫中词	朱庆馀	119
殿前曲	王昌龄	119
长信秋词五首（录三）	王昌龄	120
宫词二十七首（录一）	王　涯	120
宫词二首（录一）	马　逢	120
西宫春怨	王昌龄	121
宫怨	李　益	121
长门怨	裴交泰	121
长门怨二首（录一）	李　白	121
长门怨	崔道融	122
长门怨	刘言史	122
长门怨二首	刘　瑗〔媛〕	122
长门怨	张　乔	123
长信宫	赵　嘏	123
杂词十三首（录一）	《才调集》	123
赠内人	张　祜	123

宫人斜	王　建	124
和都官李郎中经宫人斜	羊士谔	124
宫人斜	窦　巩	124
宫人斜	雍裕之	124
宫人斜	孟　迟	125
宫人斜	陆龟蒙	125
哭夫二首	裴羽仙	125
燕子楼三首	关盼盼	126
杂词十三首(录一)	《才调集》	127

七言四

九月九日忆山东诸〔兄〕弟	王　维	128
寄诸弟二首(录一)	韦应物	128
别李浦之京	王昌龄	129
江南送北客因凭寄徐州兄弟书	白居易	129
西上辞母坟	陈去疾	129
赴北庭度陇思家	岑　参	129
逢入京使	岑　参	130
秋思	张　籍	130
家书后批 家在登州	韩　偓	130
听角思归	顾　况	130
与史郎中饮，听黄鹤楼上吹笛	李　白	131
春夜洛城闻笛	李　白	131
听流人水调子	王昌龄	131
题临泷寺	韩　愈	131
玉关寄长安主簿	岑　参	132
除夜	高　适	132

寒食	孟云卿	132
登楼寄王卿	韦应物	132
渡桑乾	刘 皂〔贾岛〕	133
舟行作	衡山舟子	133
送梁六至洞庭山作	张 说	133
送杜十四之江南	孟浩然	133
送孟浩然之广陵	李 白	134
送客不及	雍 陶	134
柳杨送客	李 益	134
送别	刘方平	134
江楼感旧	赵 嘏	135
谢亭送别	许 浑	135
江陵愁望有寄	鱼玄机	135
都门送客	沈 彬	135
湘南即事	戴叔伦	136
宿武关	李 涉	136
宿石门山	雍 陶	136
过分水岭	温庭筠	136
芙蓉楼送辛渐二首	王昌龄	136
送元二使安西	王 维	137
送李侍御赴常州	贾 至	137
古离别二首(录一)	韦 庄	137
离筵诉酒	韦 庄	138
别友人	长孙佐辅	138
赠别李纷	卢 纶	138
别董大二首(录一)	高 适	138

赠苏绾书记	杜审言	139
巴陵送贾舍人	李　白	139
送李山人归山	陆　畅	139
伏翼洞送夏方庆	陈　羽	139
送上饶严明府摄玉山	戴叔伦	140
送沈子福归江东	王　维	140
送李判官之润州行营	刘长卿	140
峡中送友人	司空曙	140
舟中送李观	皇甫冉	140
淮上与友人别	郑　谷	141
京口送朱昼之淮南	李　涉	141
送别魏二	王昌龄	141
发渝州却寄韦判官	司空曙	142
夜发袁州〔江〕寄李颍川、刘侍御	戴叔伦	142
重送裴郎中贬吉州	刘长卿	142
妓席送独孤云之武昌	李商隐	143
送日本僧归	韦　庄	143
冬夜〔日〕送客	皎　然	143
宣城见杜鹃花	李　白	143
闻杜鹃二首(录一)	雍　陶	144
晚次宣溪,韶州张使君惠书叙别, 　酬以二章(录一)	韩　愈	144
杂词十三首(录一)	《才调集》	144
移家别湖上亭	戎　昱	144
湖南春日二首(录一)	戎　昱	145
春日思归	王　翰	145

柳州二月榕叶落尽偶题	柳宗元	145
长安旅怀	高　蟾	145
夕阳楼	李商隐	146
酬曹侍御过象县见寄	柳宗元	146
与初上人	柳宗元	146
登崖州城作	李德裕	147
长滩梦李绅	元　稹	147
闻乐天左降江州司马	元　稹	147
重赠	元　稹	147
赠别二首	杜　牧	148

七言五

峨嵋山月歌	李　白	149
横江词五首（录二）	李　白	149
扬子津	卢　仝	150
望庐山瀑布	李　白	150
庐山瀑布	徐　凝	150
望洞庭	刘禹锡	151
题君山〔洞庭诗〕	雍　陶	151
君山	程　贺	151
白帝下江陵	李　白	151
湘中酬张十一功曹	韩　愈	152
郴口又赠二首	韩　愈	152
峡中行	雍　陶	152
江陵道中	王　建	153
江陵使至汝州	王　建	153
秋下荆门	李　白	153

陪族叔刑部侍郎晔及中书贾舍人至
　　游洞庭五首(录一) …………………… 李　白 153
桃花矶 …………………………………… 张　旭 154
山行留客 ………………………………… 张　旭 154
过耶溪 …………………………………… 朱庆馀 154
南行 ……………………………………… 罗　邺 155
题清远峡观音院二首 …………………… 卢　肇 155
柏林寺南望 ……………………………… 郎士元 155
梓州牛头寺 ……………………………… 柳公绰 156
欸乃曲五首(录一) ……………………… 元　结 156
洛桥晚望 ………………………………… 孟　郊 156
题龙阳县青草湖 ………………………… 唐温如 156
江畔独步寻花七绝句(录二) …………… 杜　甫 157
春水生二绝(录一) ……………………… 杜　甫 157
绝句四首(录一) ………………………… 杜　甫 157
城东早春 ………………………………… 杨巨源 158
早春呈水部张十八员外二首(录一) …… 韩　愈 158
晚春 ……………………………………… 韩　愈 158
寒食 ……………………………………… 韩　翃 158
晓登迎春阁 ……………………………… 刘　驾 159
滁州西涧 ………………………………… 韦应物 159
春行寄兴 ………………………………… 李　华 160
泛舟入后溪二首(录一) ………………… 羊士谔 160
赏春 ……………………………………… 罗　邺 160
早春雪中 ………………………………… 卢　纶 160
澧陵道中 ………………………………… 李群玉 161

宋氏林亭	薛　能	161
题王明府郊亭	欧阳詹	161
休日寻人不遇	韦应物	161
傍水闲行	裴　度	162
长安早秋	子　兰	162
堤上行三首(录一)	刘禹锡	162
枫桥夜泊	张　继	162
江村即事	司空曙	163
润州听暮角	李　涉	163
秋浦途中	杜　牧	163
江南春	杜　牧	163
泊秦淮	杜　牧	164
寄扬州韩绰判官	杜　牧	164
忆扬州	徐　凝	164
纵游淮南	张　祜	165
金陵渡	张　祜	165
金陵晚望	高　蟾	165
金陵图二首	韦　庄	165
将赴吴兴登乐游原	杜　牧	166
登乐游原	杜　牧	166
乱后经淮阴岸	朱　放	166
登慈恩寺塔	杨　汾	167
郡中即事二首(录一)	羊士谔	167
秋词二首	刘禹锡	167
山行	杜　牧	167
山店	王　建〔卢纶〕	168

山中	卢 纶	168
雨过山村	王 建	168
社日	王 驾〔张蠙〕	168
暮江吟	白居易	169
杂词十三首(录一)	《才调集》	169
晚渡	陆龟蒙	169
南池	李 郢	169
冬日平泉路晚归	白居易	170
醉后口号	刘 商	170
与村老对饮	韦应物	170
力疾下吴村看杏花十九首(录一)	司空图	170
筹边楼	薛 涛	171
自朗州至京,戏赠看花诸君子	刘禹锡	171
再游玄都观	刘禹锡	171
浪淘沙二首	皇甫松	172
送蜀客	张 籍	172
蛮州	张 籍	172
祠渔山神女歌二首	王 叡	172

七言六

泰伯庙	陆龟蒙	174
瑶池	李商隐	174
题楚昭王庙	韩 愈	175
题伍员庙	徐 凝	175
伍相庙	常 雅	175
吴王庙〔经夫差庙〕	陈 羽	175
吴中览古	陈 羽	176

馆娃宫怀古五首(录一) ………………………… 皮日休 176
吴宫怀古 ……………………………………… 陆龟蒙 176
西施二首(录一) ……………………………… 罗　隐 176
姑苏台怀古 …………………………………… 陈　羽 177
越中怀古 ……………………………………… 李　白 177
南游感兴 ……………………………………… 窦　巩 177
越溪怨 ………………………………………… 冷朝光 178
湘中 …………………………………………… 韩　愈 178
题三闾庙 ……………………………………… 洪州军将 178
过楚宫 ………………………………………… 李商隐 179
渑池 …………………………………………… 汪　遵 179
长城 …………………………………………… 汪　遵 179
焚书坑 ………………………………………… 章　碣 179
焚书坑 ………………………………………… 罗　隐 180
始皇陵 ………………………………………… 罗　隐 180
祖龙祠 ………………………………………… 熊　皦 180
经秦皇墓 ……………………………………… 许　浑 180
过鸿沟 ………………………………………… 韩　愈 181
鸿沟 …………………………………………… 许　浑 181
乌江 …………………………………………… 汪　遵 181
乌江 …………………………………………… 胡　曾 181
题乌江亭 ……………………………………… 杜　牧 181
仲山 …………………………………………… 唐彦谦 182
题商山庙 ……………………………………… 杜　牧 182
商山四老 ……………………………………… 蔡　京 182
贾生 …………………………………………… 李商隐 183

25

蔡中郎坟	温庭筠	183
赤壁	孙玄晏	183
赤壁	杜　牧	183
邓艾庙	唐彦谦	184
题桃花夫人（即息夫人）庙	杜　牧	184
金谷园	杜　牧	184
金谷园	胡　曾	185
金谷览古	徐　凝	185
再过金陵	包　佶	185
咏史	李商隐	185
金陵五题（录三）	刘禹锡	186
石头城		186
乌衣巷		186
台城		186
台城	张　乔	186
北齐二首	李商隐	187
隋宫	李商隐	187
隋宫燕	李　益	187
杨柳枝词十一首（录一）	刘禹锡	188
汴河曲	李　益	188
汴河	胡　曾	188
汴河	罗　邺	188
汴河怀古	皮日休	189
汴河直进船	李敬方〔芳〕	189
炀帝陵	罗　隐	189
过骊山	孟　迟〔赵嘏〕	189

华清宫四首	崔 鲁〔橹〕	189
过华清宫三首	杜 牧	190
华清宫三首	吴 融	191
游华清宫	李 约	192
华清宫二首(录一)	李商隐	192
集灵台	张 祜	192
朝元阁	权德舆	193
过马嵬	李 益	193
马嵬坡	郑 畋	193
宫词	长孙翱	193
陪留守仆射巡内至上阳宫感兴二首(录一)	窦 庠	194
洛中即事	窦 巩	194
乱后曲江	王 驾	194
法雄寺东楼	张 籍	194
经汾阳旧宅	赵 嘏	195

七言七

讽山云	施肩吾	196
云	崔 涂	196
云	来 鹄〔鹏〕	197
云	罗 邺	197
水帘	罗 邺	197
题张十一旅舍三咏(录一)井	韩 愈	197
春雪	韩 愈	198
嫦娥	李商隐	198
月诗	袁 郊	198
秋色	吴 融	198

终南山	林　宽	199
泾溪	罗　隐	199
新沙	陆龟蒙	199
江帆	罗　邺	200
米囊花	郭　震〔振〕	200
早梅	张　谓(《全唐诗》作戎昱)	200
梅花	来　鹄〔鹏〕	200
梅花坞	陆希声	201
小松	章孝标	201
涧松	崔　涂	201
题窗竹	白居易	201
白莲	陆龟蒙	202
菊花	元　稹	202
十日菊	郑　谷	202
题菊花	黄　巢	203
金钱花	罗　隐	203
楸树三首(录一)	韩　愈	203
题张十一旅舍三咏(录一)榴花	韩　愈	203
古寺花	司空曙	204
移牡丹栽	白居易	204
画松	景　云	204
咏柳	贺知章	204
杨柳枝词十一首(录二)	刘禹锡	205
青门柳	白居易	205
柳	裴　说	205
杨柳枝词八首(录一)	白居易	206

杨柳枝	韩 翃	206
折杨柳十首（录一）	薛 能	206
柳三首（录一）	李商隐	206
柳十首（录二）	李山甫	207
杨花	吴 融	207
柳絮咏	薛 涛	207
拟古咏河边枯树	长孙佐辅	208
题木居士二首	韩 愈	208
赠人斑竹拄杖	贾 岛	208
傀儡吟	梁 锽	208
咏野老曝背	李 颀	209
盆池五首（录一）	韩 愈	209
引水行	李群玉	209
画鼓	李 郢	209
咏灯	韩 偓	210
咏酒二首（录一）	汪 遵	210
风筝	高 骈	210
声	崔 涂	210
入关咏马	韩 愈	211
猿	杜 牧	211
官仓鼠	曹 邺	211
观斗鸡	韩 偓	211
翠碧鸟	韩 偓	212
海鸥咏	顾 况	212
啄木鸟	朱庆馀	212
白鹭鸶	来 鹄	212

白鹭鸶	卢　仝	213
雁	罗　邺	213
归雁	钱　起	213
夜泊咏栖鸿	陆龟蒙	213
鹦鹉	裴夷直	214
鹦鹉	来　鹄	214
子规啼	韦应物	214
子规	罗　隐	214
蛩	郭　震〔振〕	215
促织	张　乔	215
晚蝉	卢　殷	215
闻蝉	来　鹄〔鹏〕	215
咏蚕	蒋贻恭	216
蜂	罗　隐	216
禽虫十二首（录二）	白居易	216

七言八

回乡偶书二首	贺知章	217
山中答俗人	李　白	217
山中与幽人对酌	李　白	218
诏追赴都	柳宗元	218
南园十三首（录一）	李　贺	218
遣兴	韩　愈	219
菩提寺禁闻逆贼凝碧池上作乐	王　维	219
故人重九日求橘	韦应物	219
赠项斯	杨敬之	219
江上吟元八绝句（录一）	白居易	220

赠任道士	张　籍	220
赠歌者何戡	刘禹锡	220
题惠照寺二首	王　播	220
题都城南庄	崔　护	221
杂词十三首(录一)	《才调集》	221
夜雨寄北〔内〕	李商隐	221
任弘农尉献刺史	李商隐	222
感弄猴人赐朱绂	罗　隐	222
闲题	郑　谷	222
偶题	郑　遨	223
偶书	郑　谷	223
省试日上崔侍郎四首(录二)	刘得仁	223
下第后归永乐里自题二首	赵　嘏	223
伤愚溪三首(录二)	刘禹锡	224
襄阳过孟子旧居	陈　羽	224
代人村中悼亡二首(录一)	刘　商	224
宿城南亡友别墅	温庭筠	225
经故翰林袁学士居	温庭筠	225
哭贝韬	杜荀鹤	225
解闷十二首(录二)	杜　甫	226
戏为六绝句(录四)	杜　甫	226
读韩杜集	杜　牧	227
沈下贤	杜　牧	227
读杜紫薇集	许　浑	227
夏中病店作	温庭筠	227
答鄱阳客药名诗	张　籍	228

大言联句·· 颜真卿 等 228
回文（见《东坡集》有次韵，云唐人）································ 228

入选诗人简介·· 229
附
唐绝增奇序·· 杨　慎 282
校刻万首唐人绝句序·· 申时行 283
《万首唐人绝句》刊定题词···································· 赵宧光 284
校刻万首唐人绝句引·· 黄习远 286
唐人万首绝句选凡例·· 王士禛 287
唐人万首绝句选序·· 王士禛 289

附录
定轩诗词钞·· 钱　煦 著 293
周本淳先生年谱·· 周先民 编著 304
周本淳先生著作目录·· 周先民 编 332

前　言

一、绝　句

　　绝句是旧诗体裁中流传最为广泛的。它只有四句,多则二十八字,少则二十字。只要求在双句末叶韵,比较容易掌握。自唐代起,千百年来凡是做旧诗的,差不多总写过绝句。甚至一些没有读多少书、识多少字的,冲口而出,也居然能成为一首像样的绝句,可见这种诗体的广泛性。但绝句一名的含义究竟是什么?简单地说,绝句的"绝"字究竟是什么意思?迄今研究家们还没有取得一致的意见。撮其要点,大约有以下几种。

　　一、元人著的《诗法源流》说:

　　　　绝句,截句也。如后二句对者是截律诗前半首,前二句对者是截律诗后半首,四句皆对者是截中四句,四句皆不对者是截前后四句也。

　　明朝徐师曾《文体明辨·序目》相信这个说法:

　　　　绝句诗原于乐府。唐初稳顺声势,定为绝句。绝之为言截也,即律诗而截之也。故唐人绝句皆称律诗。

胡应麟《诗薮·内编》卷六《近体下·绝句》反对这种说法：

> 绝句之义，迄无定说，谓截近体首尾或中二联者，恐不足凭。五言绝起两京，其时未有五言律；七言绝起四杰，其时未有七言律也。

二、申时行认为绝句的特点主要是"断章而取节"，他在《校刻万首唐人绝句序》里说：

> 诗以绝句名，古未有也，而自唐始，盖乐府之遗而律之变也。乐府叶于管弦，而律严于声病，而绝句不必然也，是自为一体者也。然而名绝句者何？或曰是截律之半而成者，或曰截律首尾而取其中；又曰古称"黄绢幼妇"谓妙绝也。然而非本旨也。余窃意之，凡乐有卒章，赋有乱，歌曲有尾声，而绝句似之，如曰诗之终篇云耳……故绝句者，断章而取节者也……词则简易径捷，而意则深长微婉，有断而复属、终而复始之义焉。

三、赵宧光在《万首唐人绝句刊定题词》中说：

> 绝者，截取也。诗则曰裁诗，书则曰裁书。其他诸文须首尾呈露，无裁绝之义，何也？诗也者，正所谓言有尽而意无穷，寄无形于有象，臣讽其主，女讽其夫，欲言不得吐，欲默不得缄，小可谕大，浅可致深，近可寄远，古可况今：立言之道，法应尔尔。文章传记然乎哉？不然也。若夫绝句大指则又已精而益筹其精，已简而益求其简。合四句如一句，绎稠情于单词，无言之言，欲尽不尽，说者云绝妙之句，即非格制本旨，然亦不大远其名也。

申、赵两人是从绝句体裁的特点来说的,实质上仍然偏重"裁截"、"节取"而加以解释。

绝句究竟产生于何时?赵翼考证说:

> 杨伯谦云:五言绝句,唐初变六朝《子夜》体也。七言绝句,初唐尚少,中唐渐甚,然梁简文《夜望单飞雁》一首已是七绝云云。今按《南史》:宋晋熙王昶奔魏,在道慷慨为断句诗曰……梁元帝在幽逼时制诗四绝……曰断句,曰绝句,则宋梁时已称绝句也。①(《陔馀丛考》卷二十三《绝句》条)

按赵翼之说实源于胡应麟:

> 宋刘昶入魏,作断句诗云。按此即今绝句也,绝句之名当始此。以仓卒信口而成,止于四句,而篇足意完,取断绝之义,因相沿为绝句耳。或谓汉魏已有绝句者,不然,盖汉魏自有小诗四句者;后人集诗,以其体相类,故以此名之,非本名绝句也。(《诗薮·杂编》卷三《遗逸下·三国》)

胡、赵都认为绝句即是断句,取断绝之义。李嘉言云:

> 《南史》七二《文学传·檀超传》载:又有吴迈远者,好为篇章,宋明帝闻而召之;及见,曰:"此人联绝之外,无复所有。"《南史》为初唐人李延寿所作,他这儿叙述宋明帝的话,将"联""绝"二字连用,可知刘宋时候已经有了因联句而起的绝句这个名词。可惜刘宋时候以绝句命题的诗没有流传下来。

梁江革有《赠何记室联句不成诗》,何逊有《答江革联句不成诗》,皆五言四句,可知联句不成就是绝句。梁人诗集里的四句诗所以有题作"联句"有题作"绝句"者,就因为联句与绝句的目的本来相同,所作的原为一件事情。这件事情结果成功了,就谓之联句,这件事情结果没有成功就谓之绝句。绝句之绝,就是断绝的意思。(《古诗新探·绝句起源于联句说》)

李嘉言对绝句的解释,实质上和胡应麟、赵翼一脉相承。实际上,把绝句之"绝"解释为"断绝"或"截断",并不是绝对矛盾的。我以为绝句可以分为两大类,广义和狭义。广义的绝句即指两韵小诗,它至少在汉前已有了。陆贾《楚汉春秋》所载虞姬和项王的歌:"汉兵已略地,四方楚歌声。大王意气尽,贱妾何聊生!"就是一首很好的绝句。此时五言诗还刚萌芽,当然谈不到律诗。绝就是"截"或"裁取"之说,指截律诗,虽说不过去,但是广义地看,指截古诗也能说得通。如汉人诗:

步出城东门,遥望江南路。前日风雪中,故人从此去。我欲渡河水,河水深无梁。愿为双黄鹄,高飞还故乡。

后人只把前四句截下来,就是一首标准的仄韵五绝。又如:

浮云何洋洋,愿因通我词。飘飘不可寄,徙倚徒相思。人离皆复会,君独无返期。自君之出矣,明镜暗不治。思君如流水,何有穷已时。(徐幹《杂诗》)

后人只截后面四句,纷纷以"自君之出矣"为题写四句小诗,唐人绝句中也有多首。还可以举一首截唐人的例子。李峤有一首《汾阴行》,长篇七古,唐玄宗逃难时只反复念最后四句:

> 山川满目泪沾衣,富贵荣华能几时?不见只今汾水上,唯有年年秋雁飞!

并且赞叹李峤是"真才子",也就像一首七言绝句。所以胡应麟根据上引汉魏诗说:"然则虽谓之截亦可,但不可专指近体。"不过胡应麟对这个解释仍有保留,说:"要之,非正论也。"

从历史上看,六朝人分韵赋诗,一人两韵,也就是一首五言绝句,如曹景宗的"竞""病"二韵:

> 去时儿女悲,归来笳鼓竞。借问行道人,何如霍去病!

如上说,绝句产生在律诗前,说绝句的绝就是截取律诗的一半,显然讲不通。不过绝句的萌芽虽在律诗前,但是它的确立和发展却和律诗有不可分割的关系。

从命名上看,《南史》只说"断句"(《刘昶传》),说"制诗四绝"(《梁元帝纪》),并没有完整的"绝句"二字。"徐陵《玉台新咏》卷十全列五言四句。首列《古绝句四首》,为'绝句'二字连称之始"。欧阳询《艺文类聚》卷五十九提到庾信《和平邺应诏绝句》,查《庾子山集》卷四题作《奉和平邺应诏》,可见"绝句"二字是欧阳询等人加的。大约此时绝句名称还不普遍。再查《全唐诗》,诗人自标诗题曰"绝句"者,五言始于张犟《绝句》一首:"茫茫烟水上,日暮阴云飞。孤坐正愁绪,湖南谁捣衣?"张犟仅此一首《绝句》,而且根据本传,张犟是开元二十三年第进士。而王维却是开元九年及第。王维《辋川集序》说:

> 余别业在辋川山谷,其游止有孟城坳、华子岗、文杏馆……等,与裴迪闲暇,各赋绝句云。

这是唐代诗人最早提出五言绝句而又写到三十多首的。五言律诗到沈、宋已经成熟，王维则是早期五言律诗的高手。王维只在五言里用"绝句"一词。七言中以绝句标题者始于杜甫，以仇注本为例，如：《绝句漫兴九首》(卷九)、《江畔独步寻花七绝句》(卷十)、《三绝句》、《戏为六绝句》(卷十一)等等，不一而足。众所周知，七律的体格到杜甫后半期才完善，这和七绝标题始于杜甫后期，绝非毫无关系。所以唐人编集把绝句归入律诗，而且又有"小律"的名称。白居易《长庆集》卷十五有一首题为《江上吟元八绝句》：

> 大江深处月明时，一夜吟君小律诗。应有水仙潜出听，翻将唱作步虚词。

题目叫"绝句"，诗中称"小律诗"，可以说明绝句和律诗的密切关系。

胡应麟对绝句的起源和特点这样说：

> 五七言绝句盖五言短古、七言短歌之变也。五言短古，杂见汉魏诗中，不可胜数，唐人绝体实所从来。七言短歌，始于《陔下》。梁陈以下，作者坌然。第四句之中，两韵互叶，转换既迫，音调未舒。至唐诸子，一变而律吕铿锵，句格稳顺。语半于近体，而意味深长过之；节促于歌行，而咏叹悠永倍之：遂为百代不易之体。

这段话很有见地。实际上唐人绝句中也还留有乐府的痕迹。五言古绝自不待言，七言绝中，如：

> 蛾眉曼脸倾城国，鸣环动珮新相识。银汉斜临白玉堂，芙蓉行障掩灯光。(刘方平《乌栖曲》)

>池中春蒲叶如带,紫菱成角莲子大。罗裙蝉鬓倚迎风,双双伯劳飞向东。(孟郊《临池曲》)

都是两韵一转,前面两个仄韵,后面两个平韵。如果说这两首诗题目就有乐府的特点,不足为例,那末杨衡的《寄澈公》该是地道的诗题:

>北风吹霜霜月明,荷叶枯尽越水清。别来几度龙宫宿,雪山童子应相逐。

也是两句一转韵,不过先平后仄罢了。

贯休的《夜夜曲》每句都有韵:

>蟋蚷切切风骚骚,芙蓉喷香蟾蜍高。孤灯耿耿征妇劳,更深扑落金错刀。

像颜真卿等的《大言联句》也都是每句用韵。杨慎《唐绝增奇》卷五谓之"变韵仄律"。

上举的一些例子,"转换既迫,音调未舒",不能做到"律吕铿锵,句格稳顺"。只有音节成为律诗之半,绝句才有了定体。拿首句来说,用韵的有"平平仄仄仄平平"、"仄仄平平仄仄平"两式;不用韵的有"平平仄仄平平仄"、"仄仄平平平仄仄"两式。而二四句一定用同韵,第三句末一定用仄声。这样才如胡应麟说的"律吕铿锵,句格稳顺"而成为"百代不易之体"。所以从音律上着眼,也可看出绝句和律诗有不可分割的关系。

说到这里,可以简单地归纳几句话:从历史上说,两韵小诗,都可算绝句,它远在律诗产生之前,因此不能说绝句就是截取律诗之半。但是从唐人来说,诗人自己以绝句为标题是在律诗形成之后,而且又称绝句为"小律诗",它的音节确实是律体之半,因此认为绝句乃截取律体之半的"截句说",也不是完全无稽。从绝句的言简意远、耐人寻味的特点来说,甚至把绝句解释为"绝妙之诗体",也不能说全无道理。所以绝句形成之后,作者作品最多。胡应麟说:

> 诗至于唐而格备,至于绝而体穷,故宋人不得不变而之词。(《诗薮·内编》卷一)

可见绝句这种体裁在旧诗中所占的特别重要的地位。

二、唐人绝句

因为绝句的体裁有上面说的优点,在各体中最为流行。它成熟于唐代,唐人绝句,尤负盛名,杨慎《唐绝增奇序》说是"唐人偏长独至,而后人力追莫嗣"的一种体裁。在五代时就有《名贤绝句诗》(今亡)的选集,到宋代又有专门纂集唐人绝句的书。

南宋孝宗赵昚欢喜书写唐人绝句,洪迈就专门搜集唐人绝句一共五千多首"进呈",受到孝宗的夸奖。洪迈又继续搜集,以一百首为一卷,七言绝句七十五卷,五言绝句二十五卷,六言绝句三十六首也算一卷,一共一百〇一卷。孝宗大为高兴,御题曰《万首唐人绝句》。洪迈对绝句的搜集保存之功是不可抹杀的。但他当时编的目的是供应皇帝作为挥毫染翰的内容,随录随编,漫无体例,一个人作品可以分散在好几卷中,把杜甫放在第一卷,然后是李白、柳宗元、韩愈等,实在有点不伦不类。又为了凑足万首之数,前代后代的作品也有一些阑入的,甚至有的是割截古诗或律诗。洪迈的《万首唐人绝句》,杨慎批评它"混沌无择,珉玉未彰",只能算是一堆原材料,没有经过认真的爬罗剔抉，编辑整理。到了明朝万历年间，赵宧光、黄习远等取洪迈原本加以整理：厘诗归人，厘人归代；编的方式以五言为始，六言附后，七言继之；把唐诗分为初盛中晚四个阶段："今于四唐卷首冠以帝王，次名臣，次隐沦，次释道，次闺秀，仙鬼、外夷终焉。"（高丽活字本《万首唐人绝句·唐绝发凡》）同时剔除误入的，补充遗漏的，一共编成40卷，共诗10477首，成了唐人绝句比较完善的全本。当然，由于当时条件的限制，赵本也未尽善，虽然剔除一些误入的，但还有一些，譬如卷九何仲言的十几首，全是六朝的何逊作品。补充也不完全，曹邺、王周等七绝全部漏收，今天如果认真加以补充辑佚，至少还可以增入几百首。

全本为了求全，当然是精粗杂陈，瑕瑜互见。在南宋时代就曾有过唐人绝句的选本。据陈振孙《直斋书录解题》记载，福清林清之曾经抄选七言1280首，五言156首，六言15首，编成四卷，名曰《唐绝句选》，可惜其书已佚。

赵蕃、韩淲也有个选本，宋的遗民谢枋得为之作注，名为《注解章泉涧泉二先生选唐诗》，共五卷，选了自韦应物至吕洞宾54人一共101首诗，都是七言绝句，因为面太窄，不能算是唐人绝句的真正选本，而且这部书流传也罕。杨慎的《唐绝增奇》把作品分成"神妙能杂"四品，着重选别人不大选的："诸家脍炙，不复雷同；前人遗珠，兹则掇拾。"他只选七言，面也太狭。

真正选唐人绝句较为流行的，要算清康熙时的诗人王士禛的《唐人万首绝句选》，他说据的是鄱阳洪迈原本，实际次序是依赵宧光的刊定本为主，一共选了895首，编成七卷，先五言，后七言，只是未选赵本所补的诗。这本书是王士禛晚年的选本，他自己擅长绝句，主张严羽的神韵说，选的诗也以风神为主，可为他这一派写绝句的范本，流传比较广泛，影响也比较深远。

绝句四句一首，限于篇幅，当然不可能像杜甫《兵车行》、《自京赴奉先县咏怀五百字》《北征》《三吏》《三别》那样沉郁顿挫、苍凉激越。但是，绝句因为篇幅简短，又有它的优点，从作者看，比其他诗体都更广泛得多，各类人物都可以写。有感而发，即事成篇，不一定要像长篇那样谋篇布局、惨淡经营；也不一定要有多高的才学识见。征夫、怨妇、舟子、军将等都有一些传诵人口的名作。就一首来说虽然容量有限，但是如果把许多首合到一起看，绝句也能展示出时代的画卷，表现出相当深刻的社会生活矛盾，而不仅限于个人的悲欢离合，何况个人的悲欢离合往往离不开时代的因素？所以绝句也照样给我们以认识当时社会的价值。举几首为例：

春种一粒粟，秋收万颗子。四海无闲田，农夫犹饿死。（李绅《悯农》）

一粒红稻饭，几滴牛颔血。珊瑚枝下人，衔杯吐不歇。（郑邀《伤农》）

父耕原上田，子劚山下荒。六月禾未秀，官家已修仓。（聂夷中《田家》）

朝为耕种人，暮作刀枪鬼。相看父子血，共染城壕水。（陈羽《梁城老人怨》）

运锄耕劚连星起，陇亩丰盈满家喜。到头禾黍属他人，不知何处抛妻子！（张碧《农父》）

桑条无叶土生烟，箫管迎龙水庙前。朱门几处看歌舞，犹恐春阴咽管弦。（李约《观祈雨》）

誓扫匈奴不顾身，五千貂锦丧胡尘。可怜无定河边骨，犹是春闺梦里人！（陈陶《陇西行》）

这些诗寥寥数语,惊心动魄,可以说是一字千金。至于"状难写之景,如在目前;含不尽之意,见于言外","言有尽而意无穷","有味外味",更是唐人绝句的看家本领,也是一派诗人所刻意追求的艺术效果。南宋严羽《沧浪诗话》说:

> 唐人好诗,多是征戍、迁谪、行旅、离别之作,往往尤能感动激发人意。("尤"字依《诗人玉屑》校补)

唐人绝句里的一些脍炙人口的名作,也大都属于这方面的内容。王士禛论诗,推崇严羽,主张神韵,选的绝句也是侧重这些方面。

对于唐人绝句中的名作,明朝人往往喜欢推一首为压卷,杨慎的《唐绝增奇》把王昌龄《出塞》放在第一,李攀龙从而和之,原诗是这样:

> 秦时明月汉时关,万里长征人未还。但使龙城飞将在,不教胡马度阴山。

寥寥二十八字,可以当一篇抨击开边政策的策论来读。前二句以秦汉为殷鉴,认为劳民伤财,无益于世。后二句以李广为例,说明只要边将得人,就可威服远夷,确保边塞,暗地讽刺当时边将不才,劳师开衅。这种议论和讽刺,通过"秦汉"、"明月"、"关"、"龙城飞将"、"胡马"、"阴山"这些具体的时间、空间存在过的实体,给人一种形象的感染。这一方面是成功的。但是从绝句的艺术性说,毕竟含蓄不够,略嫌刻露。所以胡应麟、王士禛等人都反对这一首为唐人绝句的压卷。

胡应麟从初盛中晚四唐中各推一首为冠。读诗也像对饮食一样,各人的口味很难强求一律。硬要在一代中提出一首要大

家都投赞成票,是做不到的。值得注意的是王士禛。他在《唐人万首绝句选》里提出,如果一定要求压卷,应该是下面四首:

> 朝辞白帝彩云间,千里江陵一日还。两岸猿声啼不住,轻舟已过万重山。(李白《下江陵》)
>
> 渭城朝雨浥轻尘,客舍青青柳色新〔春〕。劝君更尽一杯酒,西出阳关无故人。(王维《渭城曲》)
>
> 奉帚平明金殿开,且将团扇共徘徊。玉颜不及寒鸦色,犹带昭阳日影来。(王昌龄《长信秋词》)
>
> 黄沙直〔河远〕上白云间,一片孤城万仞山。羌笛何须怨杨柳,春风〔光〕不度玉门关。(王之涣《凉州词》)

这四首代表四种常见的题材。提到三峡闻猿,一般总是愁肠百结,而李白却表现出一种欢快的情绪,文气也像三峡奔流,一泻千里。这在山川行旅一类题材中确实不可多得。送别更是绝句中习见的题材。王维这首特别是后两句,纯用白描,一片惜别之情就在劝酒之中。所谓言有尽而意无穷,当之无愧。好事者谱为《阳关三叠》。胡应麟也把这一首推为盛唐时期的压卷。妇女的愁苦,也是唐人绝句的习见题材,前人所谓"闺怨"、"宫怨"。王昌龄是写这类题材的高手。这首诗以"团扇"使人想到班婕妤,以寒鸦来对比反衬玉颜的寂寞,不用一个"怨"字而深深的怨情自在对比反衬之中。边塞征戍也是唐人绝句中习见的题材。王之涣这首《凉州词》既写出塞外风沙,又用羌笛的曲调进一层写出征人的苦闷,说"何须怨"正表明怨之深。"春风不度玉门关",这里若即若离表现对朝廷不问边庭疾苦的怨刺。王士禛能从不同题材的角度举出代表作,尽管很难说一定是压卷,但至少在同类题材中属于上驷,对我们还是很有启发的。

三、唐人绝句类选

　　文学是时代生活在作家头脑中的反映。《礼记·乐记》里一段论音乐的话，完全可移用于诗歌："凡音者，生人心者也。情动于中，故形于声；声成文，谓之音。是故治世之音安以乐，其政和；乱世之音怨以怒，其政乖；亡国之音哀以思，其民困：声音之道与政通矣。"

　　按时代选诗，可以看出彼时社会生活的变化。同时一个作家的作品集中在一起，可以领会作家的风格。特别是绝句里一些大作家如王维、李白、王昌龄、李益、刘禹锡、李商隐、杜牧等人风格题材多样，集中在一起更便于初学。王士禛的《唐人万首绝句选》就是按五言七言分别以时代先后来选的。今天流行的选诗办法，也还是按时间顺序编排。

　　这个选编法也有个弱点，要想把同一题材里各家不同的艺术构思作比较，就很不便，而这种比较，从艺术欣赏角度说，往往能发人深思。如同是咏鹳鹊楼的：

　　　　迥临飞鸟上，高出塞云间。天势围平野，河流入断山。（畅诸）

短短二十个字，写出了楼的高峻和视野的开阔。单看也就很不错了，而朱斌（通作王之涣）却这样写：

　　　　白日依山尽，黄河入海流。欲穷千里目，更上一层楼。

这首诗就比畅诗的内涵丰富多了。它用十个字写尽了楼的高峻,而另外十个字却包含着人生的哲理,前人所谓有"理趣"。

同是写庐山瀑布,徐凝自负的:

> 虚空落泉千丈直,雷奔入江不暂息。千古长如白练飞,一条界破青山色。

虽然宋代的苏东坡把这首诗"臭"得一钱不值:"飞流溅沫知多少,不与徐凝洗恶诗。"但平心而论,这几句也多少能写出点庐山瀑布的特色,但是和李白的一比,就有天壤之别:

> 日照香炉生紫烟,遥看瀑布挂前川。飞流直下三千尺,疑是银河落九天。

徐凝只是粘着在庐山上,李白却驰骋遐想,联系到天上的银河。这气魄该多大!这是大家胜过小家的。

再如都是写洞庭君山的三首绝句:

> 湖光秋月两相和,潭面无风镜似磨。遥望洞庭山水色,白银盘里一青螺。(刘禹锡《望洞庭》)

> 烟波不动影沉沉,碧色全无翠色深。疑是水仙梳洗罢,一螺青髻镜中心。(雍陶《洞庭诗》)

> 曾游方外见麻姑,说到君山此本无。云是昆仑山顶石,海风飘落洞庭湖。(程贺《君山》)

比喻和想象,一首比一首奇特。而程贺只存这一首诗,却得了个外号叫"程君山"。这可以认为在这个题目上小家却超过了大家(详见人民文学出版社《唐诗鉴赏集》拙作对此三诗的分析)。

同是一个题材,也可以从不同的角度着眼。譬如同以西施为题材的:

> 素面已云妖,更着花钿饰。脸横一寸波,浸破吴王国。(郑遨《咏西施》)

这是传统的女人亡国论。而崔道融的《西施滩》却这样写:

> 宰嚭亡吴国,西施被恶名。浣纱春水急,似有不平声。

这个案翻得多有力!王安石的一首咏史诗:"谋臣本自系安危,贱妾何能作祸基!但愿君王诛宰嚭,不愁宫里有西施。"很可能受过崔道融的启发。

再譬如嫦娥这个题目,李商隐说:

> 云母屏风烛影深,长河渐落晓星沉。嫦娥应悔偷灵药,碧海青天夜夜心。

这是着眼于爱情的孤独之感。袁郊《咏月》却从另一角度变成对朝廷的讥刺:

> 嫦娥窃药出人间,藏在蟾宫不放还。后羿遍寻无觅处,谁知天上却容奸!

这是从立意方面给人以启发。

又譬如绝句的一般结构是四句连成一气,起承转合,井井有条。如贺知章《咏柳》:

> 碧玉妆成一树高,万条垂下绿丝绦。不知细叶谁裁出,二月春风似剪刀。

杜甫的《绝句》却是四句各自独立,结构若断若连:

> 两个黄鹂鸣翠柳,一行白鹭上青天。窗含西岭千秋

雪,门泊东吴万里船。

都是吊古伤今,窦巩的《南游感兴》说:

> 伤心欲问前朝事,唯见江流去不回,日暮东风春草绿,鹧鸪飞上越王台。

李白的《越中怀古》却云:

> 越王勾践破吴归,义士还家尽锦衣。宫女如花满春殿,只今唯有鹧鸪飞。

前三句是一组,极力写当时之"盛",最后一句一落千丈,写出今日之"衰",盛衰相形,互为映衬,耐人寻味。和窦巩的那一首一比就更有特色。

把一些作品从内容上或艺术上放到一起做比较,对初学者可能会有些启发。唐人绝句的题材从大的方面看,相同者很多,分类选录就有所根据,也便于比较。我大体上根据常见的题材把五、七言各分成八大类。

第一类,反映当时各阶层生活面貌的。

第二类,专以边塞征戍为题材的。

第三类,以妇女生活为题材,主要包括古人所谓"闺怨""宫怨"一类。这二、三两类中唐人绝句中有很多名作,后世很少能超过的。

第四类,写离情别绪的,这是中国各朝代诗歌共有的题材。只要有真情实感,就会如日月那样"终古长见而光景长新"。

第五类,景物登览、即事抒怀的。

第六类,以古人古迹为题材的,也就是前人所谓"咏史"、"咏怀古迹"之类。这类作品最容易看出立意方面的变化。

第七类,古人"咏物"一类。

第八类,上面不能包括而又是不可不读的一些名作以及"哀挽"、"论诗"之类。为了广开眼界,间选几首"回文"、"戏语"等杂体诗。

根据情况,各类诗篇有多有少,不强求一律。将便于比较者放在一起,一类之中,一人之作也不一定编排在一起。

本来,按类编纂是我国类书的传统,总是按天时、地理、人事等编排。杜诗、苏诗都有"分门集注"的本子。但那些门类非常琐碎,多至一二百门,又往往只从题目着眼,而没有做思想艺术上的比较。晚唐顾陶有《唐诗类选》,他在序里说:"篇题属兴类之为伍而条贯,不以名位卑崇,年代远近为意。骚雅绮丽,区别有观。"(《文苑英华》卷七一四)倒有些分类的意思。但书已不存,也弄不清他以什么标准来分。元方回的《瀛奎律髓》也分四十九门,似乎有点比较的味道。但只选律诗,也免不了以题目为依据的毛病。[②] 我的这本《类选》和前人的"分门集注"是两码事。我的目的是通过比较来提高鉴别能力。入选的诗和古今通行选本也不尽相同。为了比较,有时也选一点平淡甚至拙劣的作品如胡曾《咏史》之类,并不在于提倡这种诗,而是让它们起点"陪衬人"的作用,有助于鉴赏。这一点读者一看自明,毋庸多说。

扬雄曾经说搞辞赋是雕虫篆刻,壮夫不为。王荆公选唐百家诗却叹惜不该"穷日力于此"。我现在乐此忘疲,简直要算扬、王之罪人了。自我作古,讹谬必多,但望有益于初学,不辞取笑于通人。知我罪我,其惟类选之法乎!

注:
① 梁简文帝萧纲《夜望单飞雁诗》:"天霜河北夜星稀,一雁声嘶何处

归?早知半路应相诀,不如从来本独飞。"二三不粘,末句平仄失调。殷芸《小说》卷二:"孔子去卫适陈,途中见二女采桑。子曰:'南枝窈窕北枝长。'答曰:'夫子游陈必绝粮。九曲明珠穿不得,著来问我采桑娘。'"此四句平仄全合,当为七绝萌芽也。

②明朝的敖英有一部《唐诗绝句类选》,凌云用三色套印,又把敖英删除的章泉涧泉选本的三十首补在卷四。这部书一共分成"吊古"、"送别"、"寄赠"、"怀思"、"游览"、"纪行"、"征戍"、"写怀"、"悲感"、"隐逸"、"宫词"、"闺情"、"时序"、"杂咏"、"道释"等十五门。它也是只选七言,除"征戍"、"闺情"、"杂咏"三门外,一门之中,一个人的作品也是集中在一起的。王重民先生《中国善本书提要》著录《唐诗绝句类选总评一卷人物卷》明敖英选、凌云补,因未寓目,未审其体例,据提要言,似以赵蕃、韩淲选本增删者。他日读之,当再补正此序。

凡　　例

一、本编所选作者的上限,包括由隋入唐诸人,下限止于五代十国。五代十国人物入宋而仍为官的如徐铉、孙光宪等,《全唐诗》虽加甄录,本编概从割舍。其人虽卒于宋初而未尝出仕的如所传陈陶之类,照例入选。

二、编排方式见《前言》。作者介绍以姓氏笔划为序,总附书后,以便查阅。具体方式见彼处。

三、篇中难字,一律用括号注音义于当字之后,如刐(luò 剔),以便诵读。其馀注释则附于诗后。

四、律绝应重平仄。若干汉字有平仄两读,凡属格律范围必须确定平仄的,于字后用括号注出,如"不教(平)胡马度阴山"。

五、作者两出或字句有异文的,选取其一,而用方括号注异名、异文于当字之后,如"劝〔愿〕君休〔多〕采撷";渡桑乾　刘皂〔贾岛〕。

六、文字采用简化汉字,个别简字易生歧义,如"余"、"馀"等,酌用繁体。又人名如"适"亦不简化为"适"。

七、正文及注评文字采用新式标点,书名、篇名用"《　》",题目一般不加标点符号,人名、地名均不加专名号。

八、边塞地名,常难确指。绝句中此类地名,虚实互见,如无碍于诗意之理解,一般不再详加注释。读者如欲知其详,自可查各史《地理志》及《古今地名大辞典》等书。

九、杨慎《唐绝增奇》、王士禛《唐人万首绝句选》均只录本诗,不加评注。谢枋得《注解章泉涧泉二先生选唐诗》也只寥寥数语,耐人寻味。今人刘永济先生《唐人绝句精华》亦着墨不多。本编窃师其意,"引而不发","开而弗达"。如病其太简,可参考沈祖棻先生《唐人七绝诗浅释》,举一反三。

十、杨慎《唐绝增奇》书已罕见,今将其序并申时行、赵宧光、黄习远诸人校刻《万首唐人绝句》诸序引以及王士禛《唐人万首绝句选凡例》及序附录于后,以广见闻。

五言一

　　文学乃社会生活反映于作家头脑中之产物。从《诗经》至汉乐府皆有不同阶级人物生活之反映。乐府诗原以反映社会生活见称。下列部分所选诸诗，颇多带有乐府性质。作者之感情主要从社会生活画面或诗中人物之言行中反映出来，而较少采用直接抒发之方式。诗中一方面有豪华公子之骄奢淫逸，一方面有贫苦劳动者于死亡线上之挣扎呻吟；有太平时节之繁华，亦有战乱后之冷落，作者虽少直接发表议论，但情感仍极鲜明。李绅为中唐新乐府运动之发起人，可惜所作乐府诗未见流传。此处所选的两首绝句，还可看出新乐府精神。晚唐聂夷中亦长于此，以致有人将李绅此诗当为聂夷中之作。

同储十二洛阳道中作　　孟浩然

珠弹繁华子，金羁游侠人。酒酣白日暮，走马入红尘。

　　以宝珠为弹丸，以黄金饰马络，此辈奢豪如此。前两句从服用之物写。三四从行动表现。白日暮，言整日酣饮，直至白日向晚，然后跃马而去。入红尘，既言其走马之疾，红尘尘起，又言此辈之众,你追我赶也。储十二即储光羲,唐人喜以行第称呼。可查阅岑仲勉先生《唐人行第录》一书。以后一般不再赘举。

宋汴道中　　高　蟾

平野有千里,居人无一家。甲兵年正少,日久戍天涯。

此亦洛阳道上,与前诗所述有天地之别。一写开元盛世之侈靡,一写战乱后之荒凉残破,伤民多流亡或久从军旅而不获归耕也。

复愁(十二首录二)　　杜　甫

万国尚戎马〔防寇〕,故园今若何?昔归相识少,早已战场多!

胡虏何曾盛,干戈不肯休。闾阎听小子,谈笑觅封侯。

浦起龙《读杜心解》卷六云:"昔归二句,悠然不尽。昔归已如此,今复何如耶?一则乱久而不忍言,一则别久而不深悉。"此评得之。

杜公向往干戈早休,民生乐业。而恶少不逞之徒却喜战乱以成功名。"小子"二字可见厌恶鄙弃之情,较之"少年别有赠,含笑看吴钩"异矣。

嘲少年　　韩　愈

直把春偿酒,都将命乞花。只知闲信马,不觉误随车。

写豪华公子骄纵无知之态,入木三分。花字双关,既指花草,又指美女,与误随车相呼应。盖见车内妇女则信马追逐也。

公子家　　聂夷中

种花满西园,花发青楼道。花下一禾生,去之为恶草。

此既讥公子之不知稼穑,亦伤禾生之非地,或借以抒发所托非人之感。以花、禾对比见意。

富贵曲　　郑遨

美人梳洗时,满头间珠翠。岂知两片云,戴却数乡税。

三四两句以两片云(指妇女之鬓发)与数乡税对比见意,讽其豪侈,亦怒其剥削之重,满头珠翠皆由农夫田税中来也。

感兴　　郑谷

禾黍不阳艳,竞栽桃李春。翻令(平)力耕者,多作卖花人。

此伤世风之侈靡,舍本逐末,其后果令人不寒而栗,饥寒必随此风而至也。

田家　　顾况

带水摘禾穗,夜捣具晨炊。县帖取社长,嗔怪见官迟。

首二句极言忙迫匆遽,与末句对照,见民不堪命。

古风〔悯农〕二首　　李绅

春种一粒粟,秋收万颗子。四海无闲田,农夫犹饿死!
锄禾日当午,汗滴禾下土。谁知盘中餐,粒粒皆辛苦。

《秦子》云:"种一粟则千万之粟滋。"此用其语。第一首前三句极力渲染丰收,末三字一落千丈,惊心动魄,"看似寻常最奇崛"也。丰年如此,荒年何堪设想!"犹"字虚词而力透纸背。后一首从稼穑艰难着笔,种一收万,皆由农夫汗水中来。农夫不得其所,即因富贵权势之人不知田父之艰辛。两首相互补充,自成章法。

田上　　崔道融

雨足高田白,披蓑半夜耕。人牛力俱尽,东方殊未明。

此亦上首"粒粒皆辛苦"之意。末句语带双关,既言侵夜耕作之劳累,又寓太平何日可见之意。

伤农　　郑遨

一粒红稻饭,几滴牛颔(hàn 颏下颈上部位)血。珊瑚枝下人,衔杯吐不歇。

两句言粒粒辛苦,而一与几、饭与血对衬。末二句言贵人之暴殄天物。珊瑚枝暗用《世说新语》石崇王恺斗富意。四句合看,较上二首不知辛苦之意又进一层,义更深刻。然着力太甚,不如李诗之自然。

田家　　聂夷中

父耕原上田,子劚(zhǔ 斫、斫)山下荒。六月禾未秀,官家已修仓。

首二句父子对举,以见全家之辛劳。后二句"未"、"已"虚字映带见意,以示重赋剥削,将尽掠民之禾也。

怨诗（四首录一） 曹 邺

手推哑轧车，朝朝暮暮耕。未曾分得谷，空得老农名。

几首伤农之作，揭露深刻，李诗厚重自然，曹邺此首尤欠含蓄，晚唐诸家多有此种，所谓"乱世之音怨以怒"也。

采桑女二首 王 周

渡水采桑归，蚕老催上机。轧轧得盈尺，轻素何人衣？采桑知蚕饥，投梭惜夜迟。谁夸罗绮丛，新画学月眉？

极言采桑养蚕织素之艰辛，而供他人享用。后首末二句言终日惟知辛劳而无心羡人梳妆打扮也。罗绮丛中，争妍斗宠，而均不知采桑养蚕之艰辛。

锦 薛 莹

轧轧弄寒机，功多力渐微。惟忧机上锦，不称（去）舞人衣。

寒机即指织至深夜，前二句写行动之艰苦，后二句写心情之沉重，己不得衣，既不待言，用意比王诗更进一层。然王诗结语较此略含蓄。

梁城老人怨 陈 羽〔司空曙〕

朝为耕种人，暮作刀枪鬼。相看父子血，共染城壕水。

朝人暮鬼，对比见意，极言死亡之速，以耕种之民本不习刀枪征战之事也。父子共役，其情尤惨。读此二十字使人忆杜甫

《三别》之篇。

筑城词二首　　陆龟蒙

城上一培〔抔(póu捧)〕土,手中千万杵。筑城畏不坚,坚城在何许?

"莫叹将军逼,将军要却敌。城高功亦高,尔命何劳惜!"

得民者昌,失民者亡。固国不以山谿之险,在德不在民。以下数诗均为此义。此二诗前首先言筑者之辛劳,一抔土即须千万杵筑实,不可谓不坚。而结语一问发人深省。后一首反语讥刺,似为将军解释而指斥更深。

续古(二十九首录二)　　陈　陶

秦家无庙略,遮虏续长城。万姓陇头死,中原荆棘生!
战地三尺骨,将军一身贵。自古若吊冤,落花少于泪。

以秦为例,借古讽今,遮虏筑城而使中原荆棘,言无人耕种也。后一首前二句即"一将功成万骨枯"义,较陆诗末二句露骨。而结语"落花少于泪"奇想惊人,兼言古今一辙也。

筑台词　　刘　驾

前杵与后杵,筑城功〔声〕不住。愿我〔我愿〕筑更高,得见秦皇墓。

前二句极言劳役之重。后二句用意与陈诗前首相同,而几于骂詈咒诅矣。

筑城三首　　曹　邺

郎有蘼芜心,妾有芙蓉质。不辞嫁与郎,筑城无休日!
呜呜啄人鸦,轧轧上城车。力尽土不尽,得归亦无家。
筑人非筑城,围秦岂围我。不知城上土,化作宫中火!

第一首以筑城者家属口中吐出怨辞,末句犹言奈此筑城无休日何!从结构上引出第二首。第二首写筑城夫之痛苦,三四二句伤心之极。第三首写其后果,虐用其民,终将为亡秦之续。"不知城上土,化作宫中火",出人意表,未经人道,颇耐玩味,较刘驾之作措语奇特多矣。

秋日　　耿　湋(wéi)

返照入闾巷,愁来谁共语?古道少人行,秋风动禾黍。

此伤乱之诗,极写冷落荒凉之状。末句利用禾黍使人联想《黍离》《麦秀》之诗,交代二句之"愁"。

芜城　　李　端

风吹城上树,草没城边路。城里月明时,精灵自来去。

前二句言无人行,后二句但见鬼迹。使人想起《芜城赋》"泽葵依井,荒葛胃途"一段及杜公《无家别》"久行见空巷"数语,未着一愁字,而读之酸鼻。

关中伤乱后　　殷尧藩

去岁干戈险,今年蝗旱忧。关西归战马,海内卖耕牛。

7

前二句从时间说,天灾人祸;后二句从空间说,可见战乱天灾之甚。

江行无题一百首(录二) 钱 珝(xǔ)

翳日多乔木,维舟取束薪。静听江叟语,俱是厌兵人。
兵火有馀烬,贫村才数家。无人争晚渡,残月下寒沙。

此与前数首伤战乱之意相同,而语较温和。"无人争晚渡,残月下寒沙"一联以渡头冷月衬人烟稀少,耐人讽味。

渔 唐彦谦

相聚即为邻,烟火自成簇(人)。约伴过前溪,撑破蘼芜绿(人)。

蘼芜绿指溪水之色。诗人笔下之渔父较之农夫,自在多矣,下二首亦然。

钓叟 杜荀鹤

茅屋深湾里,钓船横竹门。经营衣食外,犹得弄儿孙。

末二句有歆羡之情,盖与农户对比而言。读作者《时世行》等诗自见。

夜渔 张 乔

钓艇去悠悠,烟波春复秋。惟将一点火,何处宿芦洲?

随处浮家泛宅,虽苦而乐在其中,言其不受限制也。

五言二

边塞从军一类题材,唐诗中习见不鲜,各体均有,而七绝尤多。此类作品大体有两种倾向:一种为向往战斗,建功立业,前期作品中较为多见,如刘长卿、卢纶等作。唐朝汉族和少数民族关系错综复杂。有时为开拓疆土,有时为抵御侵扰,保障生产。两者之间又相互转化。另一倾向为由建功立业之壮志豪情,转为思乡怀土之愁肠别绪,如令狐楚之作。晚唐则主要为怨悱之情。此类与上一类相同,亦多乐府意味,题目亦多出于乐府。

在军夜登城楼　　骆宾王

城下风威冷,江中水气寒。戎衣何日定,歌舞入长安?

前二句用荆轲"风萧萧兮易水寒"之意,后二句用《中庸》"武王一戎衣而有天下"意,渴望统一北方也。

平蕃曲三首　　刘长卿

吹角报蕃营,回军欲洗兵。已教(平)青海外,自筑汉家城。

渺渺戍烟孤，茫茫塞草枯。陇头那用闭，万里不防胡。

绝漠大军还，平沙独戍闲。空留一片石，万古壮〔在〕燕然。

三首以时间先后为序，第一首写战胜回军之前，先告对方。二首写平蕃之后，边塞可保无虞，人民免征戍之苦。三首言一碑万古，用东汉窦宪征匈奴勒铭燕然山事，燕然与青海地理位置不相干涉，此地非实指。三诗欢快之情跃然纸上，而背景则一片塞外荒寒之状。玩"空留"二字，言外略有微意。

西鄙哥舒歌一首

北斗七星高，哥舒夜带刀。至今窥牧马，不敢过临洮。

此西北边地人民歌颂哥舒翰前期远镇边塞之功。后二句用"胡人不敢南下而牧马"意颂其声威，与"不教胡马度阴山"同一作用。

塞上曲二首　　王　涯

天骄远塞行，鞘里宝刀鸣。定是酬恩日，今朝觉命轻。

塞虏常为敌，边风已报秋。平生多志气，箭〔剑〕底觅封侯。

前首即为后首"多志气"之注脚。"士为知己者死"，故觉命轻。为国建功，意气扬扬。塞虏二句衬出旨在却敌靖边，凭战功不凭恩倖，故诗人笔端有赞而无刺也。

和张仆射塞下曲六首　　卢　纶

鹫翎金仆姑，燕尾绣蝥(máo)弧(蝥弧旗名)。独立扬新令，千营共一呼。

　　林暗草惊风,将军夜引弓。平明寻白羽,没在石棱中。

　　月黑雁飞高,单于夜遁逃。欲将轻骑(去)逐,大雪满弓刀。

　　野幕敞琼筵,羌戎贺劳(去)旋。醉和金甲舞,雷鼓动山川。

　　调箭又呼鹰,俱闻出世〔百中(去)〕能。奔狐将迸雉,扫尽古丘陵。

　　亭亭七叶贵,荡荡一隅清。他日题麟阁,惟应(平)独不名。

　　此为组诗。一首写军容之盛,军令之严。末二句有声有色,暗伏敌人畏惧遁逃。二首用李广事颂扬主帅射艺之神。三首写敌人慑于主帅声威而乘风雪远遁,与前二首呼应。"欲将"二句说得委婉,盖未能追歼而归之于风雪。四首写欢庆凯旋场面之热烈。着以羌戎二字以见各族畏服。五首写射猎之能。"扫尽古丘陵"隐寓澄清天下之意。张仆射即张建封,末首七叶贵用汉张安世事切题中张姓。"一隅清"总结前几首之意。末二句预祝将来功业无双。汉宣帝画功臣象于麒麟阁,均注姓名,霍光以功冠群臣,但书大司马大将军,以示尊宠。独字应细味。组诗以出师守塞始,以他日功成冠世之颂扬作结,依次成章,有条不紊。每首均选典型细节,写来有声有色,决无板滞之感。

从军行五首　　令狐楚

　　荒鸡隔水啼,汗马逐风嘶。终日随征旆,何时罢鼓鼙?
　　孤心眠夜雪,满眼是秋沙。万里犹防塞,三年不见家。

却望冰河阔,前登雪岭高。征人几多在?又拟战临洮?

胡风千里惊,汉月五更明。纵有还乡梦,犹闻出塞声。

暮雪连青海,阴云〔霞〕覆白山。可怜班定远,生入玉门关。

此亦组诗,与卢纶之作恰成对照,表现厌战思归之情,由战士角度着笔。一首由点到面,先写一夜之紧张。荒鸡指半夜非时而鸣者,古人谓之不祥之兆。从一夜写到终日行军艰苦,因而渴望早日休兵。二首从一首末句"何时"生发。前两句从景物生活写其苦,"三年""万里"从时空两处暗示思归之切。三首写环境之险恶、伤亡之惨重,进一步发出厌战情绪,玩"又拟"句可知。四首胡汉对举,用让步句表现思归之切,对出塞之声几于深恶痛绝。五首前二句用景地衬愁怀,后二句以班超事联想,深恐终死塞上不得生还也。卢诗雄豪,此诗凄惋。

关山月　　戴叔伦

一雁过连营,繁霜覆古城。胡笳在何处?半夜起边声!

此纯写景物,从视听中体现离乡思归之情,含而不露。

塞下　　许浑

夜战桑乾北,秦兵半不归。朝来有乡信,犹自寄寒衣。

此厌战之情,与陈陶"可怜无定河边骨,犹是春闺梦里人"同一机轴。"犹"虽虚字,用得重实。

闻北虏入灵州　　李频

河冰一夜合,虏骑(去)满灵州。岁岁征兵去,徒防塞草秋。见说灵州战,沙中血不干。将身归告急,走马向长安。

此讥边将之无能。征兵防塞,仅能防草而虏骑横行无可奈何,只有飞马告急而已,令人短气。

行营即事　　刘　商

万姓厌干戈,三边尚未和。将军夸宝剑,功在杀人多!

此即"一将功成万骨枯"之意,而过于质直,有欠含蓄。

乐边人　　刘　驾

在乡身亦劳,在边腹亦饱。父兄若一处,任向边头〔城〕老。

此诗题用"乐"字,可谓别开生面。借乐形苦,乃深一层表现法,以见"苛政猛于虎"之意。父兄生离,饥寒冻馁,求饱死一处而不可得,其情亦惨矣。"若"字表想如此而不得之意。

五言三

南朝乐府如《子夜歌》等多以妇女生活为题材。本编所选一些篇章明显看出乐府痕迹和影响。张仲素、王涯几篇写妇女怨慕由于丈夫出征,则已突破南朝乐府之内容,可与上一类合看。上一类着眼于征夫,此类重点在思妇。宫怨诗唐人多用七绝,《题红叶》可为五言写宫怨之代表。

拜新月　　李　端

开帘见新月,即便下阶拜。细语人不闻,北风吹裙带。

写痴情如画。一见新月,即便下拜,盖有所祷求也。北风吹裙带而不觉其寒,犹自喃喃细语,几于如醉如痴。作者但用人物动作写出,含蓄不尽。

幼女词　　施肩吾

幼女才六岁,未知巧与拙(人)。向夜在堂前,学人拜新月(人)。

写出幼女天真神态,功在末句。

池上二首（录一） 白居易

小娃撑小艇,偷采白莲回。不解藏踪迹,浮萍一道开。

作者原意在写偶然所见。三四两句写小娃稚气如在日前。

渌水曲 李白

渌水明秋月,南湖采白蘋。荷花娇欲语,愁杀荡舟人。

写景如画,而尤妙在未明言所愁何事,引人遐想。

江南曲四首（录三） 储光羲

绿江深见底,高浪直翻空。惯是湖边住,舟轻不畏风。

逐流牵荇叶,沿岸摘芦苗。为惜鸳鸯鸟,轻轻动画桡。

日暮长江里,相邀归渡头。落花如有意,来去逐船流。

此可作江南妇女之风俗画观。第一首写其胆大习水。二句故作惊人之笔,以衬托其狎水胆量。二首写风和日暖时,用意在三四两句,写细腻柔情。与一首对照,为三首结语作伏。三首妙在落花一联,若有意,若无意。实为落花季节,船行落花中,而写成花似有意恋船,用拟人法,借表妇女难以明言之情。既有声色,又复含蓄。

采莲 刘方平

落日清江里,荆歌艳楚腰。采莲从小惯,十五即乘潮。

此亦风俗画,首句背景,二句写声音体态。三四写不畏风浪,便中交代年已渐长,令人遐想,妙在不说尽。

南塘曲　　陆龟蒙

妾住东湖下,郎居南浦边。闲临烟水望,认得采莲船。

爱慕之深,在三四句中不言既见。此《子夜歌》常见题材,为江南水乡男女生活习俗之反映。

小长干曲　　崔国辅

月暗送潮风,相寻路不通。菱歌唱不辍,知在此塘中。

与上首同一含蓄手法而多一曲折,闻其声而无法见其人,其想见之切,自不待言。

长干曲四首(录二)　　崔　颢(hào)

"君家何处住?妾住在横塘。"停船试〔暂〕借问,或恐是同乡。

"家临九江水,来去九江侧(人)。""同是长干人,生小不相识(人)。"

此以白描见长,但问乡里,使人如见其人,如闻其声。而言外含有江湖漂泊,思念故里及乡亲之感,其女主人多为商人妇。

啰唝曲　　刘采春所唱

不喜秦淮水,生憎江上船。载儿夫婿去,经岁又经年。莫作商人妇,金钗代卜钱。朝朝江口望,错认几人船。

此写商妇之情,一起厌水憎船,使人憪然,三四交代原因。正因人离,因怨人离而移水船,所谓无理有情也。经岁经年,语似重复而抒情效果极佳,不宜别易,犹言年年岁岁不知其几许岁月也。次首正面表述思夫之切,三四二句特有味,柳永词"误几回天际识归舟"即此意。

江南曲　　李　益

嫁得瞿塘贾,朝朝误妾期。早知潮有信,嫁与弄潮儿。

平平说来,自然感人,谚语所谓早知今日,悔不当初,皆无可奈何之言也。

春江曲二首(录一)　　张仲素

家寄征河岸,征人几岁游。不如潮水信,日日到沙头。

此亦借潮水之有信,比征人之归无定期,与上诗异曲同工。

巴水词　　李　白

巴水急如箭,巴船去若飞。十月三千里,郎行几岁归?

此亦商妇口吻,恐其无归期,故临行叮嘱,以问话出之,耐人寻味。

淮阴行五首(录一)　　刘禹锡

"何物令侬羡?"羡君船尾燕。衔泥趁樯竿,宿食长相见。

借燕形人,用思甚巧。盖淮阴为水陆枢纽,女妓迎送人多如此暂别难逢也。

子夜四时歌(八首录一)　　郭　震〔振〕

陌头杨柳枝,已被春风吹。妾心正断绝,君怀那得知?

士女怀春,前二句写春风杨柳,所以引出三句,末句双关,交代三句之原因。所谓君怀那得知者,既言不知君怀何意,又怨君怀不知妾心之断绝也。

子夜歌(十八首录三)　　晁　采

相逢逐凉候,黄花忽复香。颦眉腊月露,愁杀未成霜。
寄语闺中娘,颜色不常好。含笑对棘实,欢娱须是枣。
相思百馀日,相见苦无期。褰裳摘藕花,要莲敢恨池!

《子夜歌》惯用谐声以表女子情怀。此诗第一首言夏季一别,忽已经秋历冬,未能成双(霜)。次首言时光已逝妙颜难葆,当即早(枣)成亲。三首又由冬至夏,苦思无术,但得相怜(莲)爱,不敢恨时迟(池)。细腻曲折写出少女情怀。得《子夜歌》之体调。

春望词四首　　薛　涛

花开不同赏,花落不同悲。欲问相思处,花开花落时。
揽草结同心,将以遗知音。春愁正断绝,春鸟复哀吟。
风花日将老,佳期犹渺渺。不结同心人,空结同心草。
那堪花满枝,翻作两相思。玉箸垂朝镜,春风知不知?

以景物起怀人之情,四首总围绕春字着墨。第一首总起,写花开花落,独自无聊。二首揽草寄思,闻鸟惊心,故用"哀吟"以表鸟鸣添己愁思。三首言春光将老,相见无期。故末首对镜泪垂。春风暗寓所思之人,花满枝盛开,即为将落之候,因花而哀己之青春容颜也。春景愈浓,春怀愈苦。全诗文字有意重沓,以回环往复之咏叹动人,得乐府遗意。

古别离　　聂夷中

别恨牵郎衣,问郎游何处?不恨归日迟,莫向临邛去。

　　司马相如游临邛而娶卓文君,其后文君亦曾当垆卖酒。末句千叮万嘱,盖恐其夫另觅新欢而忘旧好,全从临邛地名委婉达意。读诗遇此等地名不可轻轻放过。

古怨　　孟　郊

试妾与君泪,两处滴池水。看取芙蓉花,今年为谁死!

　　设想奇特,未经人道,孟公用思深苦,往往如此。三四句盖言看谁眼泪更苦,苦死莲花,言外己泪尤苦也。

闺怨　　孟　郊

妾恨比斑竹,下盘烦冤根。有笋未出土,中已含泪痕。

　　斑竹拟泪乃常语,而思及根笋则远非常人所及,此亦化熟为生之法。

征妇怨　　孟　郊

良人昨日去,明月又不圆。别时各有泪,零落青楼前。
生在丝萝下,不识渔阳道。良人自戍来,夜夜梦中到。
渔阳千里道,近如中门限。中门逾有时,渔阳长在眼。

　　写征人妇之情入木三分。第一首言初别次日之情,先写昨日之别,后写回忆别时之泪,言非得已。二首写夜夜相思之苦,渔阳指丈夫出戍之所。三首由夜梦至白日,似乎开眼即见,比中门限更近。"中门逾有时"言己之贞,犹《诗经》"自伯之东,首如飞蓬"之意。此诗纯为乐府意味,本集即编入乐府,然思深词苦,自是东野本色,他人未易及也。

闺怨词三首(录一)　　白居易

关山征戍远,闺阁别离难。苦战应(平)憔悴,寒衣不要宽。

首句写丈夫远去,全从闺阁人口中传出。结语体贴入微,无限忧心,尽在其中。若无此结语则全无精彩矣。

闺怨二首(录一)　　沈如筠

雁尽书难寄,愁多梦不成。愿随孤月影,流照伏波营。

语浅情深,末二句见无可奈何之痴想。此较梦中见夫又深一层。

长相思二首(录一)　　令狐楚

几度春眠觉,纱窗晓望迷。朦胧残梦里,犹自在辽西。

此写想极神态,所谓晓望迷者,不知身居何所,引出结语。

春闺思　　张仲素

袅袅城边柳,青青陌上桑。提笼忘采叶,昨夜梦渔阳。

神情全在"忘"字传出,结语点明原因。前两句叠字写春景如画。此与上首同意而用笔较曲折。

孤烛怨　　陆龟蒙

前回边使至,闻道交河战。坐想鼓鼙声,寸心攒百箭。

三四写情入木三分,结语颇近孟郊。攒百箭者不敢想又不能不虑良人战中生死也。

闺人赠远　　王　涯

花明绮陌春,柳拂御沟新。为报辽阳客,年光不待人。
莺啼绿树深,燕语雕梁晚。不省出门行,沙场知近远?
远戍功名薄,幽闺年貌伤。妆成对春树,不语泪千行。
形影一朝别,烟波万里分。君看(平)望君处,只是起行云。

此组诗,用意与王昌龄"忽见陌头杨柳色,悔教夫婿觅封侯"近似,盖贵家妇女因春景而思念良人勿以功名为意不如早日归来也。语言流畅,不似孟公艰涩。结语言己之念夫欲化行云相逐。次首意最曲折。

玉阶怨　　李　白

玉阶生白露,夜久侵罗袜。却下水晶帘,玲珑望秋月。

但写动作不着抒情字面,而无限深情自在其中。试想望月阶前,白露侵袜,室外不耐寒,入室下帘,犹望之不已。则此秋月玲珑实寓怀人之痴想在。

自君之出矣　　张九龄

自君之出矣,不复理残机。思君如满月,夜夜减清辉。

自君之出矣　　辛洪智

自君之出矣,弦吹(去)绝无声。思君如百草,擦乱逐春生。

唐人喜截徐幹《室思》末四句仿效成诗。运思全在三四两句。举此二诗以见一斑,究非正道也。

玉台体十二首(录二)　　权德舆

君去期花时,花时君不至。檐前双燕飞,落妾相思泪。
昨夜裙带解,今朝蟢子飞。铅华不可弃,莫是藁砧归?

徐陵编《玉台新咏》专录言情之诗,后人称效其笔触者为"玉台体"。权德舆颇善其体。此组十二首,五绝十首,写两人结褵,分别又复归来,全从女方着笔,作女子口吻,心理活动入细。此选之前首,因景怀人,尚为常语。后首写女子心理入微,先写几种吉兆,然后忽悟莫非良人归来,当盛妆迎接。藁砧犹砆,谐夫字。此首颇为传诵。

杂古词五首(录二)　　施肩吾

郎为匕上香,妾作笼下灰。归时即〔虽〕暖热,去罢生尘埃。
红颜感暮花,白日同流水。思君若孤灯,一夜一心死。

设喻极奇,用思甚苦,结语近于孟郊,此亦乐府音节意境。

春闺怨　　杜荀鹤

朝喜花艳春,暮悲花委尘。不悲花落早,悲妾似花身。

以花衬人,重字示巧,然未免做作。

春怨　　金昌绪

打起黄莺儿,莫教(平)枝上啼。啼时惊妾梦,不得到辽西。

黄雀　　郭氏奴

黄雀衔黄花,飞上金井栏,美人恐惊去,不敢卷帘看。

此诗首句《云溪友议》作"青鸟衔葡萄",本处依《诗薮》过录。两诗皆借鸟形人而口吻用意各别。金诗全为女子口气,看似一气呵成,实则层层倒剥而出。后诗作旁观口气。一则打起黄莺,一则恐惊黄雀,处境不同,心情自别。金诗为征妇怀人,恐惊远梦,后诗写女子怀恋春光,赏玩不已。而传情细腻,两诗共有。

湖南曲　　崔国辅

湖南送君去,湖北忆君归。湖里鸳鸯鸟,双双他自飞。

此亦借鸟形人,以鸳鸯双飞衬己之形单影只而促良人早归也。

纥那曲　　刘禹锡

杨柳郁青青,《竹枝》无限情。周郎一回顾,听唱《纥那》声。

踏曲兴无穷,调同词不同。愿郎千万寿,长作主人公。

此写歌女之情,此词殆歌以祝酒者。

宫词二首　　张　祜

故国三千里,深宫二十年。一声《河满子》,双泪落君前。

自倚能歌曲〔日〕,先皇掌上怜。新声何处唱?肠断李延年。

张祜以宫词擅名一时,前首尤佳,四句各有数字,而出语深沉,不觉纤巧。此二诗为武宗孟才人事而作,一时传诵。杜牧为其鸣不平,有"如何故国三千里,虚唱歌词满六宫"之语,可见其影响。

题红叶　　宫　人

一入深宫里,年年不见春。聊题一片叶,寄与有情人。

旧宠悲秋扇,新恩寄早春。聊题一片叶,寄与接流人。

流水何太急,深宫尽日闲。殷勤谢红叶,好去到人间。

唐诗人写宫怨多用七绝。此三诗大同小异。小说、诗话等均载有本事,以为明皇及宣宗时宫人所作,甚至有因诗而成眷属之记载,疑出附会,故不取。从措词看,第二首琢句最工,疑为好事者修改一首而成,用班婕妤事,增添文彩。然一首语言流自肺腑,更为沉痛,亦甚切宫人口吻,改后反而有伤真气。三首语较含蓄,怨而不怒,写深宫非人所居之苦,寄于言外。

五言四

离情别绪，旅况乡愁，乃我国诗歌中习见之题材。不善写者，易落熟套。或纯用白描，或借衬景物。雪月山水，猿鸟花柳乃习用者，甚或形诸梦寐。以类相从，自见工拙。匠心独运者，斯为上乘。

山中　　王　勃

长江悲已滞，万里念将归。况复〔属〕高秋〔风〕晚，山山黄叶飞。

勃为山西人而流落四川，故有此叹。由地域及时令，"况"字加重思归之情，盖秋晚则一年将过，平时犹可，此际尤难为怀。山山黄叶飞，盖取落叶归根之意，兴己之滞留不得返也。

江亭月夜送别二首（录一）　　王　勃

江送巴南水，山横塞北云。津亭秋月夜，谁见泣离群？

异乡送别，更兴离群索居之感。笔触由大及小，首句写江，下视者，客由此去；二句上视远望，故山不见，但见云横。三句送别之地之时，四句感喟。此常法也。

南楼望　　卢　僎(zhuàn)

去国三巴远,登楼万里春。伤心江上客,不是故乡人。

异乡羁旅之感,不言自见。首句所在之地,远离故国;二句登楼所见,一片春光。三四句近观行舟,皆他乡之人。不言思故乡,而伤心故乡人亦不可见,则思之久而切,自在言外。

南行别弟　　韦承庆

淡淡长江水,悠悠远客情。落花相与恨,到地一无声。

前二句客情江水,若即若离,悠悠不尽。三四奇警。"闲花落地听无声"写闲静之趣,此则写悲感之极,相对垂泣而无以言。此时韦得罪流岭南,其弟送至江边而别。

送兄　　如意中七岁女

别路云初起,离亭叶正稀〔飞〕。所嗟人异雁,不作一行飞〔归〕。

即景生情,雁行喻兄弟意。首二句写秋景,更生悲感,先写低处;雁行在高处,即取以寄意,颇有老成之味,不似稚女声口。

汾上惊秋　　苏　颋(tǐng)

北风吹白云,万里渡河汾。心绪逢摇落,秋声不可闻。

前两句目极飘游之感,后二句耳闻摇落之愁,暗中逼出"惊"字。

蜀道后期　　张　说(yuè)

客心争日月,来往预期程。秋风不相待,先至洛阳城。

明明已行后期,偏从反面落笔,言己甚重时间,而怨秋风先至。措辞委婉有致,若自我检讨则煞风景矣。

广州江中作　　张　说

去国岁方晏,愁心转不堪。离人与江水,终日向西南。

北人南迁,故恐归无日,此不堪处也。

江行　　柳中庸

繁阴乍隐洲,落叶初飞浦。萧萧客舟帆,暮入寒江雨。

此境此时,试思作者何以为情。三四两句不言惆怅而无限旅愁自在其中。

宿建德江　　孟浩然

移舟泊烟渚,日暮客愁新。野旷天低树,江清月近人。

泊舟烟渚,野旷江清,明月照人。乍读似是风景如画,而作者着"客愁新"字样,客愁因日暮而新起,新字一篇眼目。盖江月照人顿生飘流之感,月愈近,家愈远,思之愈切。以美景写乡愁,较之秋风寒雨出人意表。

静夜思　　李　白

床前明月光,疑是地上霜。举头望明月,低头思故乡。

明白如话,似不用力者,实则言深夜思乡,不能入寐。举头望明月句暗用谢庄《月赋》"隔千里兮共明月"意,言故乡之月、故乡之人亦恐相望也。古代床亦指坐榻,故云低头。

秋浦歌十二首(录一) 李　白

白发三千丈,缘愁似个长。不知晓镜里,何处得秋霜?

秋霜即指白发。已说"缘愁"又云"不知",反复言之,惊其白甚也。

送陆判官往琵琶峡 李　白

水国秋风夜,殊非远别时。长安如梦里,何日是归期?

二句出人意外,似言远别当有适合之时,实则借以抒去国之感,渴望有归朝之日也。

重忆贺监 李　白

欲向江东去,将谁共举杯?稽山无贺老,却棹酒船回。

贺知章年长于白数十岁,早得时名,而称李白为谪仙人,折年辈班行与白为饮中八仙之游,故白终身感之。此诗先言"欲向",末言却回,总以推重贺老,其人不在,饮酒亦无意绪也,以见交情之厚,思念之深。

送别 王之涣

杨柳东门树,青青夹御河。近来攀折苦,应为别离多。

此所送者为泛泛之交,故仅借折柳立意。

隋释智才《送别诗》："镜中辞旧识,灞岸别新知。年来木应老,只为数经离。"

送崔九　　裴　迪

归山深浅去,须尽丘壑美。莫学武陵人,暂游桃源里。

崔兴宗《留别》云:"驻马欲分襟,清寒御沟上。前山景气佳,独往还惆怅。"裴迪此诗实寓规讽之意,得古人赠言之旨,畏其去志不坚也。

山中送别　　王　维

山中相送罢,日暮掩柴扉。春草明年绿,王孙归不归?

三四句翻用《楚辞·招隐士》"春草生兮萋萋,王孙游兮不归"语意,期其复来也。

送黎拾遗　　王　维

相送临高台,川原杳何极〔人〕! 日暮飞鸟还,行人去不息〔人〕。

但道即目,自然情深。飞鸟暮有归宿,而人反行役不止,此情何堪!

相思　　王　维

红豆生南国,秋〔春〕来发故〔几〕枝。劝〔愿〕君休〔多〕采撷,此物最相思。

此摩诘万口传诵之作,因物寄意,明白如话。"休"较"多"

义深,盖言其易惹相思,不如勿采。

将赴益州题小园壁　　苏　颋

岁穷惟益老,春至却辞家。可惜庭前树,无人也作花。

首二句极言不得已,三四句就春至生发,庭树借以喻己之无可奈何也。

杂诗三首(录二)　　王　维

"君自故乡来,应知故乡事。来日绮窗前,寒梅著花未?"

已见寒梅发,复闻啼鸟声。心心似春草,畏向玉阶〔阶前〕生。

传为陶渊明作之《问来使》云:"尔从山中来,早晚发天目。我屋南窗下,今生几丛菊?"第一首即师其意。独问梅花,取其凌寒高洁也。次首写客居触景生情而思故乡。结语寄不欲出仕之情,以生于阶前则任人践踏,失其天趣矣。

九日思长安故园　　岑　参

强欲登高去,无人送酒来。遥怜故园菊,应傍战场开。

起二句皆切九日,桓景重九登高避灾,王宏九日送酒予陶渊明,此处皆反用。三四不特思乡,且忧战乱,较上几首多一时代感。此安史乱时作也。

西楼　　韦应物

高阁一怅望,故园何日归?烟尘拥〔在〕函谷,秋雁过来稀!

此亦悯安史之乱作。结语推进一层。战乱使雁过犹难,何况人归?此所以怅望也。烟尘二句望中所见,亦含所想。

见渭水思秦川　　岑　参

渭水东流去,何时到雍(去)州?凭添两行泪,寄向故园流。

三四奇警,然后世习用,易成套语。王安石"更倾寒食泪,欲涨冶城潮",即用此"添"字法而无迹,故胜。

忆长安曲　　岑　参

东望望长安,正值日初出(入)。长安不可见,喜见长安日(入)。

此翻用《世说新语》"举头见日,不见长安"语意,重字见巧而有古朴味,使人不觉。"喜见长安日"实则反衬不见长安之愁思,以喜形悲,故作排解。

绝句十二首(录一)　　杜　甫

江碧鸟逾白,山青花欲燃。今春看(平)〔春〕又过,何日是归年?

首二句写景如画,江碧使白鸟映而逾觉其白,山青而衬出花红似火。欲字尤有动态。若只此二句以为春景赏心。三四一转,以美景写乡愁,用《登楼赋》"虽信美而非吾土兮,曾何足以少留"之意,暗寓年年飘流之感。

渭水西别李仓　　崔国辅

陇外长亭堠,山深古塞秋。不知呜咽水,何事向西流?

李仓盖去陇西,故就陇头流水立意,言人不得已而西去长安,水又何事西流?水西流尚呜咽,人何以堪!此亦无理有情之句。呜咽水即指陇头流水,杜甫《前出塞》亦云:"磨刀呜咽水,水赤刃伤手。"

送陆浑潜夫　　皇甫冉(rǎn)

高山迥欲登,远水深难渡。杳杳复漫漫(平),行人别家去。

但道即目,悬想艰难,深情自见。

答表臣赠别二首(录一)　　刘禹锡

嘶马立未还,行舟路将转。江头暝色深,挥袖依稀见。

刘禹锡由朗州召还,途经汉口,李表臣饯送。此诗从行者角度写送者迟迟立马伫送,至暝色深时,尚依稀见其挥袖之态,可见交情之厚。暝色深应无所见,而着一"依稀"字样,是真是想,均见情深。

送灵一上人　　陈羽

十年劳远别,一笑喜相逢。又上青山去,青山千万重。

送灵澈　　刘长卿

苍苍竹林寺,杳杳钟声晚。荷笠带斜阳,青山独归远。

灵澈、灵一均为唐代诗僧。僧徒以断绝情缘为尚,故送僧诗亦以不着悲苦意为善。两诗均不犯此戒。刘诗写僧斜阳荷笠,遥听晚钟而悠然独去,颇可入画,故特为传诵。

界石守风望天竺灵隐　　皎　然

山顶东西寺,江中旦暮潮。归心不可到,松路在青霄。

首句写望中目标,二句言风水无定,三句接二句写欲归之切,四句应首句,均写可望而不可即到,前人所谓如题而止者,此类是也。

宿永阳寄璨律师　　韦应物

遥知郡斋夜,冻雪封松竹(人)。时有山僧来,悬灯独自宿(人)。

前两句想象郡斋雪夜之寂寥。后两句写当前境界,因见山僧而思及璨公,想及郡斋,文似顺实逆。或以"郡"为"寻",以遥知直贯至末,然律师过午不食,岂有夜间寻斋事?故不可从。

瓜洲送李端公　　刘长卿

片帆何处去?匹马独归迟。惆怅江南北,青山欲暮时。

端公为唐人对御史之尊称。瓜洲为渡口,首句言李,二句言己。三四合言二人,一去江南,一在江北,两皆惆怅。而时又欲暮,不容久视,以景融情。

送张十八归桐庐　　刘长卿

归人乘野艇,带月过江村。正落寒潮水,相随夜到门。

前二句写景入画,如月夜归舟图。后二句暗寓祝其顺风顺水一路平安之意。

送王翁信还剡中旧居　　皇甫冉

海岸耕残雪,溪沙钓夕阳。家中何所有?青草渐看(平)长。

此写贫士家风而语不寒伧,想其人胸怀亦高士之流。

逢雪宿芙蓉山主人　　刘长卿

日暮苍山远,天寒白屋贫。柴门闻犬吠,风雪夜归人。

日暮逢雪,借宿贫家。岂知入夜犬吠,风雪中尚有夜归之人,即此贫家之人,凄苦可想。而出语遒丽,使人几觉为画图,故传诵千古。

秋夜寄丘员外　　韦应物

怀君属秋夜,散步咏凉天。山空松子落,幽人应未眠。

前三句言己而丘亦在其中,第四句始言明,言彼此当同此幽趣。明白如话,而一片关切向往之情。

留卢秦卿　　司空曙

知有前期在,难分此夜中。无将故人酒,不及石尤风。

石尤风者,江湖间打头逆风也,《江湖纪闻》:"石氏女嫁为尤郎妇,尤远贾江湖,妻忆之病,临亡叹曰:'恨不能阻其行,以至于此。今凡有商旅远行,吾必作大风阻之。'自后商旅发船,值打头逆风,曰:'此石尤风也。'"此诗三四句盖用激将法,言若遇石尤风亦必不行,岂有故人殷勤劝留之酒而不如石尤风乎?石尤风或作石邮风,此说殆不可信。

戏留顾十一明府　　戴叔伦

江明雨初歇(人),山暗云犹湿(人)。未可动归桡,前程风浪急(人)。

此言天气不佳而正面劝留,与上首目的同而措辞相反。

赠卢纶　　李　益

世故中年别,馀生此会同。却将悲与病,独对朗陵翁。

世事多故而中年亲朋分别,情何以堪,然岂料忧患馀生复能相会。首句低抑,二句扬起,三四两句又复悲病离愁并集,觉此短暂会合,只增悲感。四句之中尽抑扬起伏之态。

送王司直　　皇甫冉

西塞云山远,东风道路长。人心胜潮水,相送过浔阳。

王盖溯江西上。"浔阳江上不通潮",故借潮水以衬友情之厚,委婉有致。

有怀　　皇甫冉

旧国迷江树,他乡近海门。移家南渡久,童稚解方言。

结语最见情趣。客久思归之情,不言自见。苏东坡诗云:"万里家山一梦中,吴音渐已变儿童。"即童稚解方言之发展也。

归信吟　　孟　郊

泪墨洒为书,将寄万里亲。书去魂亦去,兀然空一身。

古拙凝重,三四沉痛之极。

寒食夜　　崔道融

满地梨花白,风吹碎月明。大家寒食起,独贮望乡情。

碎月明即指梨花。全诗重点在末句上。寒食节大家早起准备上坟祭祖,而己独远在他乡,故尤增望乡之感也。

古意　　刘　商

达晓寝衣冷,开帷霜露凝。风吹昨夜泪,一片枕前冰。

此写终夕怀人而不寐也。三四语特奇崛,有乐府夸张意。

送张四　　王昌龄

枫林已愁暮,楚水复堪悲。别后冷山月,清猿无断时。

《楚辞·招魂》:"湛湛江水兮上有枫,目极千里兮伤春心。"起句用此意,此时此地送别故人,目睹耳闻,无不辛酸。

溪行逢雨与柳中庸　　李　益

日落众山昏,萧萧暮雨繁。那堪两处宿,共听一声猿!

"巴东三峡巫峡长,猿鸣三声泪沾裳。"从上首起皆借猿声以衬愁怀。昏昏众山,萧萧暮雨,两处独宿,人已不堪,而同听哀猿更何可忍!不言愁而人自喻。

江上闻猿　　雍裕之

枫岸月斜明,猿啼旅梦惊。愁多肠易断,不待第三声。

此翻用"猿鸣三声泪沾裳"之意,以反衬愁深也。枫岸亦用《楚辞》"湛湛江水兮上有枫"句意。

入黄溪峡闻猿　　柳宗元

溪路千里曲,哀猿何处鸣?孤臣泪已尽,虚作断肠声。

此较雍诗又进一层。放逐之苦,难以言传,闻猿落泪,愁已不堪,而言泪尽无可催落,几首用猿表愁之诗,此为最沉重者,盖身世使然也。

长沙驿前南楼感旧 昔与德公别于此　　柳宗元

海鹤一为别,存亡三十秋。今来数行泪,独上驿南楼。

今日含泪独上,因念三十年前共登之人,存亡永别。二十字中满目存亡之感。柳诗多苦调,身世之感使之然也。

零陵早春　　柳宗元

问春从此去,几日到秦原?凭寄还乡梦,殷勤入故园。

杜诗:"万里登楼眼,随春入故园。"柳与此意相近。言还乡无望,惟凭梦寐。而梦又须春为凭藉,其不自由可想。

夏阳亭临望　　元　稹

望远音书绝,临川意绪长。殷勤眼前水,千里到河阳。

此学岑参《见渭水思秦川》法，三四易成套语。

江楼闻砧　　白居易

江人授衣晚，十月始闻砧。一夕高楼月，万里故园心。

此白居易谪居江州时所作。前二句言南北风土之异，暗伏末句"故园心"。三四大开大合，语极凝炼。

江行无题一百首(录一)　　钱　珝

古木已清霜，江边时事忙。故溪黄稻熟，一夜梦中香。

此与上首同一机轴，因客地景物而起思乡之情。三四句清新可喜，由客地秋霜农事因忆故乡稻熟，遂而梦归。香字着色。

秋风引　　刘禹锡

何处秋风至？萧萧送雁群。朝来入庭树，孤客最先闻。

精彩全在末句，因秋风雁阵而起孤客索居思乡之感，所谓最先者，不能稳眠也。

鄂渚留别李表臣　　刘禹锡

高樯起行色，促柱动离声。欲问江深浅，应(平)如远别情。

三四句即"请量东海水，看取浅深愁"之法。后世习用，遂易落套。

贾客怨　　杨　凭

山水路悠悠，逢滩即滞留。西江风未便，何日到荆州？

怨舟行迟滞也。

雪中送杨七　　张　籍

愁云重拂地,飞雪乱遥程。莫虑前山暗,归人眼自明。

前用"重""乱""暗"等字,反衬"眼自明",以见归家心切。

渡汉江　　宋之问

岭外音书绝,经冬复历春。近乡情更怯,不敢问来人。

三四自是情至语,然必有一二句为根。久居远地家书断绝,一旦得归,皆有此感。较乐府《十五从军征》更进一层。其后杜甫《述怀》"反畏消息来,寸心亦何有"即此意。

到家　　赵　嘏〔杜牧〕

童稚苦相问:"归来何太迟。共谁争岁月,赢得鬓边丝?"

此从童稚口中写出离合悲欢、老大无成之感,别具匠心,然亦杜甫"问事竞挽须"之发展也。

寒塘　　赵　嘏

晓发梳临水,寒塘坐见秋。乡心正无限,一雁度南楼。

末句警拔。见雁而起归心,只融于景物中,若即若离,含蓄有致。

古词　　李群玉

一合相思泪,临江洒素秋。碧波如会意,却与向西流。

三四句虽常语而翻新可喜,妙在"西"字,此盖言倒流也。

松滋渡二首(录一)　　司空图

楚岫积乡思,茫茫归路迷。更堪斑竹驿,初听鹧鸪啼!

更堪者更那堪,极言不堪也。斑竹驿为娥皇、女英二妃泪尽之地,目击神伤;鹧鸪啼声为"不如归去",耳闻魂断。应以前二句"积乡思"、"归路迷",何以堪忍。

和陆鲁望风人诗三首(录一)　　皮日休

刻石书离恨,因成别后悲。莫言春茧薄,犹有万重思。

《子夜歌》善用谐音,刻石成碑,春茧多丝,以碑谐悲,丝谐思。此稍加变化,即用所谐之字,不如《子夜歌》隐去字面也。选此以见一格,以诗言,不足为训。

五言五

景物登览，即事抒怀，梅圣俞所谓"状难写之景如在目前，含不尽之意见于言外"者最为上乘。纯写景物者亦必含作者之情趣，如王维、裴迪辋川唱和，诗中有画，而一种自然闲适之情溢于言表。借景抒怀或启示哲理，以含蓄为上，过于刻露，则味难隽永。

登鹳鹊楼　　畅　诸

迥临飞鸟上，高出世尘〔塞云〕间。天势围平野，河流入断山。

前二句状楼之高，后二句见所见之远，亦状楼高。二十字雄浑自如。李翰《河中鹳鹊楼集序》（《文苑英华》卷七一〇）但称"前辈畅诸，题诗上层"，可见中唐时此诗已享盛名。

登鹳鹊楼　　朱　斌

白日依山尽，黄河彻〔入〕海流。欲穷千里目，更上一层楼。

芮挺章天宝时编《国秀集》，卷下选此诗，题为《登楼》，名标朱斌,另选王之涣诗三首,可见此非王作。朱斌处士,无大名,故李翰文但提畅诸。首句山高可以蔽白日,次句视远可见黄河穿出众山入海。十字已穷极楼高,此登斯楼二层所见,则楼之高自不待言。十字已敌畅诸全诗。楼为三层,故三四云然,饶有理趣,成为格言,千古传诵,理固然也。

登慈恩寺塔　　荆　叔

汉国河山在,秦陵草树深。暮云千里色,无处不伤心。

此借登临而吊古伤今。秦汉之今日荒凉,即唐室他时之前车,故无处不伤心也。

登乐游原　　李商隐

向晚意不适,驱车登古原。夕阳无限好,只是近黄昏。

乐游原为长安近郊游赏之地,故前二句言登原以适意。三句扬起,若凡手直言美景,岂知末句一落千丈,见时日无多。先扬后抑,感时伤世,看似直说,实多曲折也。

独坐敬亭山　　李　白

众鸟高飞尽,孤云独去闲。相看(平)两不厌,唯有敬亭山。

众鸟、孤云,似兴似比,末句厌俗之意自在言外,陶渊明所谓"世与我而相遗"也。

答裴迪忆终南山　　王　维

淼淼(miǎo)寒流广,苍苍秋雨晦。君问终南山,心知白云外。

末句从"晦"字翻出,见对终南山如旧友,虽秋雨晦冥亦知其所在也。两人高情逸致自不待言。

栾家濑　　王　维

飒飒秋雨中,浅浅石溜泻。跳波自相溅,白鹭惊复下。

诗中有画,从动态中传出静趣,观察入微,始能写出三四境界。

鹿柴(zhài 同寨)　　王　维

空山不见人,但闻人语响。反景入深林,复照青苔上。

以动写静,见终日观察,以致日影之移动亦入毫端。鹿柴为鹿游息之所,写不见人以暗示之,裴迪和作则点明为鹿。

鹿柴　　裴　迪

日夕见寒山,便为独往客。不知深林事,但有麏麚(jiā)迹。

末句从"独往"来,入题自然。"但"字表其无他干扰,所谓幽致。

木兰柴(zhài)　　裴　迪

苍苍落日时,鸟声乱溪水。缘溪路转深,幽兴(去)何时已?

落日鸟归,人反缘溪深入,故己亦觉痴而自问"幽兴何时已",足见景之迷人也。

华子岗　　裴　迪

落日松风起,还家草露晞。云光侵履迹,山翠拂人衣。

以上六首皆王维裴迪辋川唱和之诗。辋川原为宋之问别墅,王维买得后于此幽居。遂以墅中景色为题,各赋五言绝句,以清幽画面,写闲适心情,两人互为劲敌,不相上下。

北涧浮舟　　孟浩然

北涧流常满,浮舟触处通。沿洄自有趣,何必五湖中?

以五湖(太湖)衬北涧,以大形小,以见水满浮舟之乐,玩次句自明,亦暗寓知止自足、不屑驰骛之意。

竹里径　　司空曙

幽径行迹稀,清阴苔色古。萧萧风欲来,乍似蓬山雨。

修竹受风,疑为风雨骤至。此诗着重写其境极幽,故疑为蓬莱仙山之境,因有末句。

梅溪　　张　籍

自爱新梅好,行寻一径斜。不教(平)人扫石,恐损落来花。

爱梅而爱及落花,三四写情入细,出人意表。

陪侍御叔游洞庭醉后三首(录一)　　李　白

划却君山好,平铺江水流。巴陵无限酒,醉杀洞庭秋。

44

着力写醉后狂想,如见其人。

巴江〔嘉陵江〕　王　周

巴江〔嘉陵〕江水色(入),一带浓蓝碧(入)。仙女瑟瑟衣,风梭往来织(入)。

瑟瑟乃绿色宝石。此诗由江水之碧,微风飘动而想为风梭织仙女宝衣,可谓奇想奇喻。杨慎《升庵诗话》卷二推之云:"晚唐绝句,此殆为冠。"

题酒店壁　王　绩

昨夜瓶始尽,今朝瓮即开。梦中占梦罢,还向酒家来。

昨夜、今朝,始尽、即开,写出饮徒贪杯之态。三句用《庄子》意言人生若梦,惟有酣醉于酒。"还向"说明经常若此也。

过酒家〔题酒店壁〕五首(录一)　王　绩

此日长昏饮,非关养性灵。眼看(平)人尽醉,何忍独为醒(平)!

此首可补上首之意。王绩生当隋末唐初大乱之际,作《醉乡记》以逃于酒。此诗即用屈原《渔父》"众人皆醉我独醒"语而反其意,以讽世之昏浊也。

独酌　杜　牧

窗外正风雪,拥炉开酒缸。何如钓船雨,篷底卧秋江?

此写酣饮闲适之态,因窗外风雪而思如秋江晚雨篷底闲眠之适。妙在以问话结,不说煞,令人自参。

闲夜酒醒　　皮日休

醒来山月高,孤枕群书里。酒渴漫思茶,山童呼不起。

确为闲夜酒醒情事,不可移于白日及醉中,而意亦尽此。

春晓　　孟浩然

春眠不觉晓,处处闻啼鸟。夜来风雨声,花落知多少?

但道即目,无事深求,而惜春情怀自见。叙写亦曲折有致,盖先闻风雨之声而后入眠晏起,却从醒后倒叙。

杂题　　司空图

孤枕闻莺起,幽怀独悄然。地融春力润,花泛晓光鲜。

悄然之下,常人易续以悲怆气氛,此诗乃着以一片春光,试想"花泛晓光鲜"何等美好!故悄然上着一"独"字,他人对美景当欣然,而余独悄然,盖以孤枕异乡也。此当为司空避乱之作。

秋斋独宿　　韦应物

山月皎如烛(入),风霜时动竹(入)。夜半鸟惊栖,窗间人独宿(入)。

一系列视听动作,归为一句,暗示终夕独宿不寐也,妙在不点破。

赠同游者　　韩愈

唤起窗全曙,催归日未西。无心花里鸟,更与尽情啼。

《诗人玉屑》卷六"昇按:此诗'唤起'、'催归'固是二鸟名,然题曰赠同游者,实有微意。盖窗已全曙,鸟方唤起,何其迟也;日犹未西,鸟已催归,何其早也;岂二鸟无心,不知同游者之意乎？更与我尽情而啼,早唤起而迟催归可也。"黄山谷以为"唤起""催归"为二鸟名,"唤起"声如络纬,于春晓鸣,"催归"即子规。验之本题,即就字面解亦自可通。首句言起身已迟,二句言催归太早,对此花放鸟啼,不忍即归而又不得不归,同游想有同感。

花岛　　韩愈

蜂蝶去纷纷,香风隔岸闻。欲知花岛处,水上觅红云。

借蜂蝶风云表现春花盛开,使人如身临其境,惜更无深意,如题而止。

江雪　　柳宗元

千山鸟飞绝(入),万径人踪灭(入)。孤舟蓑笠翁,独钓寒江雪(入)。

极写高寒境趣,千山万径人鸟绝迹,而渔翁独钓。实则此际万无钓鱼之理,此亦"雪里芭蕉"之艺术手法,写神写意而脱略事实束缚。千万孤独对比见意,渔翁与作者是一是二,不可泥也。

闻瀑布冰折　　马戴

万仞冰峭折,寒声投白云。光摇山月堕,我向石床闻。

但写即事,有声有色,孤寒可想。暑月读之,亦觉寒气逼人。

但较柳诗终逊一筹,无渠远大也。

访羊尊师〔寻隐者不遇〕　　孙　革〔贾岛〕

松下问童子,言师采药去;"只在此山中,云深不知处。"

平平叙述,馀味不尽。中间寻尊师不遇而问童子,知为采药,复问何处,童子答以不知处,则终不可访矣。既见云山之深邃,复寓不值之怅惋,妙在只在平平对话中让人自己玩索。此诗俗传贾岛作,元杨士宏《唐音》作孙革,依以著录。

独望　　司空图

绿树连村暗,黄花出陌〔入麦〕稀。远陂春草绿,犹有水禽飞。

写春末夏初之景如画,视线由近及远,先村,后田,再远陂飞禽。"犹"字似欠稳。

江行无题一百首(录一)　　钱　珝

岸草连荒色,村声乐稔(rěn)年。晚晴初获稻,闲却采莲船。

此风景画兼风俗画,有声有色。

江村夜归　　项　斯

月落江村暗,前村人语稀。几家深树里,点火夜渔归。

写出村归夜景,由动至静。一片沉寂黑暗之中忽见几点渔火,神气全在末句,为全篇生色。

无题　　李德裕

松倚苍崖老,兰临碧涧衰。不劳邻舍笛,吹起旧时悲。

松老兰衰,伤贤才之摧折也。二句一上一下;苍崖碧涧,一山一水,相对成文。三四翻用《思旧赋》之意,言无时而不悲,不待山阳闻笛也。

即事　　高蟾

三年离水石,一旦隐樵渔。为问青云上,何人识卷舒?

首句言曾出仕,次句言今日归来。有道则现,无道则隐。三四句讥朝贵之不识进退也。言外有自负自得之趣。青云上指朝贵,而云字又起下"卷舒"字样,看似信手写来,实则细针密线。

田园言怀　　李白

贾谊三年谪,班超万里侯。何如牵白犊,饮水对清流?

此以贾谊班超衬不如高士之隐退。贾谊有政才而受谴,班超以武功而封侯,二句对举,则宦途文武失意得意尽在其中,总不如牵牛翁之自在也。"清流"亦暗示举世皆浊之意。

途中　　卢僎

抱玉三朝楚,怀书十上秦。年年洛阳陌,花鸟弄归人。

首句卞和献玉事,下句苏秦说秦事,总言求功名也。年年觉花鸟均嘲弄归人,则下第之羞惭不言自喻,妙在未说破。

问淮水　　白居易

自嗟名利客,扰扰在人间。何事长淮水,东流亦不闲?

此讽奔竞之风,虽自责,实讥人之不觉羞惭。微伤浅露。

感寓　　杜荀鹤

大海波涛浅,小人方寸深。海枯终见底,人面不知心。

此以对比夸张讽世人,其词愤激,而浅露尤甚于白。唐备诗:"一日天无风,四溟波尽息。人心风不吹,波浪高百尺。"与此同意。

五言六

以古人古事古迹为题,亦近体诗中常见现象。或仅取古人古事之感人者,以韵语唱叹出之,不着评论;或如左思《咏史》实同阮籍《咏怀》,借古人之酒杯,浇己胸之块垒。尤其时政荒嬉,诗人目极心伤,借咏古以讽今,多有深沉之时代感。或自出新意,一翻成案,有新鲜感。从艺术观之,或含蓄不尽,或刻露无遗,自以"味无穷而炙愈出"为贵。兹以所咏人事时代为序,不以作者相次。

息夫人　　王　维

莫以今时宠,能忘旧日恩。看花满眼泪,不共楚王言。

息夫人原为息君之妻,楚王以其貌美因灭息而娶之。息夫人虽被宠而不共楚君一言,示不忘息君之恩。孟棨《本事诗·情感》载宁王曼夺卖饼者之妻,一年复问:"忆饼师否?"则泪流满面。宁王使座客赋诗,王维先成,宁王感悟,即召饼师以妻归之。王维此诗,但咏《左传》所载本事而自然感人。

咏西施　　郑遨

素面已云妖,更着花钿饰〔人〕。脸横一寸波,浸破吴王国〔人〕。

一二正写其美,三四对比写美之作用,用李延年"一顾倾人城,再顾倾人国"意以明女色亡国,借古讽今。语特遒劲。

西施滩　　崔道融

宰嚭亡吴国,西施陷〔被〕恶名。浣纱春水急,似有不平声。

此为西施鸣冤,翻亡吴之案,首二句正大,三四语特含蓄,融议论抒情于溪流中,委婉有致。王荆公所谓"但愿君王诛宰嚭,不愁宫里有西施",疑源于此。

题三闾大夫庙〔过三闾庙〕　　戴叔伦

沅湘流不尽,屈子〔宋〕怨何深! 日暮秋风起,萧萧枫树林。

读首二句似乎沅湘所流皆屈子之恨,发语沉痛。结语用《楚辞·招魂》语,不特吊屈,实寓自伤远谪之怀而使人不觉。

离骚　　陆龟蒙

《天问》复《招魂》,无因彻帝阍。岂知千丽句,不敌一谗言!

天问,招魂,语带双关。三四"千"、"一"对举,慨乎其言,但过于露骨。晚唐皮日休、陆龟蒙多有此弊,亦时世遭遇使然。

咏史　　高　适

尚有绨袍赠,应(平)怜范叔寒。不知天下士,犹作布衣看(平)。

此借范雎、须贾事以讥世人之无目也。隐有自负意。

嘲荆卿　　刘　叉

白虹千里气,颈血一剑义。报恩不到头,徒作轻生事。

先扬后抑,与陶公《咏荆轲》对读,见其翻案有力,言外有自负意。嘲其无结果而歌其轻生重义,非全贬斥也,当善看。

秦关　　司空图

形胜今虽在,荒凉恨不穷。虎狼秦国破,狐兔汉陵空。

首句扬,次句抑,三四即承次句来。借古伤今,馀恨无穷。全作对句。

咏项羽　　于季子

北伐虽全赵,东归不王(去)秦。空歌拔山力,羞作渡江人。

概括项羽一生,首句扬中有抑,结句抑中有扬。不着议论而议论自见。

咏史　　刘禹锡

贾生明王道,卫绾(wǎn)工车戏。同遇汉文时,何人居高位？

此慨叹贤才之难进也。贾生，作者隐以自比。

昭君三首(录二)　　东方虬(qiú)

汉道方全盛,朝廷足武臣。何须薄命妾,辛苦事和亲？
胡地无花草,春来不似春。自然衣带缓,非是为腰身。

此借昭君自述之痛苦,讽和亲之非计。第二首即从"辛苦"二字生发。

昭君怨　　张　祜

万里边城远,千山行路难。举头唯见日,何处是长安？
汉庭无大议,戎虏几先和？莫羡倾城色,昭君恨最多。

此与东方虬立意相同。惟先写昭君之痛苦,后评和亲之非计,末寓佳人薄命、贤士逢殃之感慨。

班婕妤(jiéyú,宫中女官名)　　崔道融

宠极辞同辇(niǎn 指帝王之车),恩深弃后宫。自题秋扇后,不敢怨春风。

此亦但咏班婕妤本事及《怨歌行》。"恩深"而"弃后宫","不敢怨"等字皆值得玩味,言外讽赵飞燕类之嫉妒及淫威,其义不止于女色也。

铜雀妓　　朱　放

恨唱歌声咽,愁翻舞袖迟。西陵日欲暮,是妾断肠时。

此写魏武遗妓之苦情。

乐府　　崔国辅

朝日照红妆,拟上铜雀台。画眉犹未了,魏帝使人催。

对照魏武《遗令》,此讥曹丕之荒淫。实则帝王多有此病,不专斥曹丕也。

八阵图　　杜甫

功盖三分国,名成八阵图。江流石不转,遗恨失吞吴。

二十字可当一篇史论,评刘备吞吴之非计,使诸葛亮抱恨终天。盖隆中决策,联吴抗曹。吴蜀遘衅,夷陵败亡,蜀之不振,实根于此。亦见忠言远计之不易贯彻也。

经檀道济故垒　　刘禹锡

万里长城坏,荒营野草秋。秣陵多士女,犹唱《白符鸠》。

"可怜白符鸠,枉杀檀江州。"檀道济以冤见杀,曰:"陛下自坏万里长城。"身虽见杀已数百年,故垒草荒,而民犹思之。彼枉杀檀之宋文帝,早为人所不齿。寻此以思,此诗之旨深矣。

漫成二首(录一)　　李商隐

沈约怜何逊,延年毁谢庄。清新俱有得,名誉底相伤?

沈约能怜爱何逊之才,此陪笔。颜延年却非毁谢庄之赋,此正笔,评文人相轻之非,疑借以评当日党争,不便明言,故题曰"漫成"。

金陵怀古　　司空曙

辇路江枫暗，宫庭野草春。伤心庾开府，老作北朝臣。

他人金陵怀古，多伤帝王兴衰。此诗首二句虽写当日宫庭，鞠为茂草。而笔锋一转，独哀文士，为庾信仕于北朝伤心，亦以自励励人，非仅就《哀江南赋》发感慨也。司空曙曾见安史之乱，文士多被伪命，或为此而发。

春草宫　　刘长卿

君王不可见，芳草旧宫春。犹带罗裙色，青青向楚人。

春草宫在今扬州市境，为隋炀帝所建十宫之一。此借春草起兴，从草色想当日盛时之宫妃罗裙，而今日惟向楚人展现，不向君王，以嘲其失国。回环入妙。

行宫　　元稹

寥落古行宫，宫花寂寞红。白头宫女在，闲坐说玄宗。

前人评此二十字可抵一篇《连昌宫词》。红上加寂寞字，耐人寻味。末句说玄宗何事，尤为含蓄。前三句皆用宫字，亦不觉其重复。元稹绝句数百首，此当压卷。

华清宫　　司空图

帝业山河固，离宫宴幸频。岂知驱战马，只是太平人！

首句言恃山河之险，二句言荒嬉废政。三四天下大乱，民不聊生。此借玄宗事以讽晚唐之君重蹈覆辙也。

五言七

咏物之诗,盛于六朝,巧极形容。必须既绘其形,复传其神,始为合作。若仅得形似,毫无内蕴,则如前人讥为"谜子"。上焉者必须物中有神,物外有人,耐人寻味。

风　　李峤

解落三秋叶,能开二月花。过江千尺浪,入竹万竿斜。

风本无形,故借有形之叶花浪竹等巧为形容,惜无馀蕴耳。

咏月　　骆宾王

忌满光先缺,乘昏影暂留。既能明似镜,何用曲如钩?

此写月之圆缺变化。三四隐以讽世而自占地步。

春雪　　东方虬

春雪满空来,触处是花开。不知园里树,若个是真梅?

含意在末句,见真才之难识别也,然自是春雪特点。岑参所谓"忽如一夜春风来,千树万树梨花开"者,即此首二句之境。

春雪　　刘方平

飞雪带春风,徘徊乱绕空。君看似花处,偏在洛城东。

"乱"字"偏"字皆含讥刺。洛城东乃豪贵第宅集中之区,故以"偏"字寓不满之意。

惊雪　　陆　畅

怪得北风急,前庭如月辉。天人宁许巧,剪水作花飞!

北风急而见庭院如月光,非雪莫属。全诗着力写"惊"字,三四尤惊人,似赞似讽,耐人寻味。

终南山望馀雪　　祖　咏

终南阴岭秀,积雪浮云端。林表明霁色,城中增暮寒。

《唐诗纪事》卷二十:"有司试《终南山望馀雪诗》,咏赋云……四句即纳于有司。或诘之,咏曰'意尽'。"传为佳话,盖唐人省试诗六韵十二句也。殷璠评咏诗"剪刻省净,用思尤苦",此诗可为适例。馀雪必在山阴,首二句已点明。终南山在长安之南,故只能写阴岭。三四两句写明馀雪威力,林表霁色,城增暮寒,雪之力可想。

松下雪　　钱　起

虽因朔风至,不向瑶台侧(入)。惟助苦寒松,偏明后凋色(入)。

此借雪以赞不随势利推移之人,即"岁寒然后知松柏之后凋"意。

雪　罗隐

尽道丰年瑞,丰年瑞〔事〕若何？长安有贫者,为瑞不宜多。

就瑞雪兆丰年转入人民之贫困。立意甚佳,惜过于浅露。

霞　王周

拂拂生残晖,层层如裂绯。天风剪成片,疑作仙人衣。

此亦巧于形容,写出断霞变幻之状。

溪口云　张文姬

溶溶溪口云,才向溪中吐。不复归溪中,还作溪中雨。

重言见巧,言外似尚有所指,耐人寻味。

山下泉　皇甫曾

漾漾带山光,澄澄倒林影。那知石上喧,却忆山中静。

前二句写泉水之清,后二句写其意静。而自状高洁之意,在于言外。

咏琥珀　韦应物

曾为老茯神,本是寒松液。蚊蚋落其中,千年犹可觌。

形容维妙维肖,惜无馀味。

江滨梅　　王　適

忽见寒梅树，开花汉水滨。不知春色早，疑是弄珠人。

平平而起，三四神来之笔，摇曳多姿，化用"二妃游江滨"之事使人不觉。杨慎《升庵诗话》卷二谓"一首足传"，非过誉也。可参南朝苏子卿《梅花落》："只言花是雪，不悟有香来。"

左掖梨花咏　　王　维

闲洒阶边草，轻随箔外风。黄莺弄不足，衔入未央宫。

左掖梨花　　丘　为

冷艳全欺雪，馀香乍入衣。春风且莫定，吹向玉阶飞。

《唐诗纪事》卷十七言王维首唱，丘为和之。因为宫掖之地，故两诗皆就此立意。王诗似较执著，"衔入未央宫"不如"吹向玉阶飞"之神态；且丘诗首二句非梨花莫属，王诗可以为他花，故不如丘作也。"吹向玉阶飞"似寓望进用贤者之意。

禁省梨花　　皇甫冉

巧解迎人笑，还能乱蝶飞。春风时入户，几片落朝衣。

此似借梨花以讽趋时得势之辈，观一二句即非赞美之辞，与前二诗用意自别。

剪䌽花　　雍裕之

敢竞桃李色，自呈刀尺功。蝶犹迷剪翠，人岂辨裁红！

写其可以乱真,世事往往如此,不辨真赝,有识者之痛也,观末句自见作者微意。

赏残花　　纥干著

零落多依草,芳香散着人。低檐一枝在,犹占满堂春。

着力写"残"字,然三四精神百倍,一翻前人陈案,其可赏者正在此也。

牡丹　　郑谷

乱前看不足,乱后眼偏明。却是蓬蒿力,遮藏见太平。

一二平平说来,"乱后"字已伏末句在内。三四翻案,出人意表,然细思颇有理趣。当为有感而发。

咏石榴　　孔绍安

可惜庭中树,移根逐汉臣。只为时来晚,开花不及春。

《唐诗纪事》卷三:"高祖受禅,绍安自洛阳间行来奔,高祖大悦,拜内史舍人。时夏侯端亦尝为御史,先来归。绍安授秘书监,因侍宴,咏石榴……"可见此借石榴夏季始开花为己归唐后时解嘲,且意有所求也。

曲池荷　　卢照邻

浮香绕曲岸,园影覆华池。常恐秋风早,飘零君不知。

前二句写出曲池之荷,后二句借以抒怀,"恐美人之迟暮","过时而不采,将随秋草萎"也。

莲叶　　李群玉

根是泥中玉,心承露下珠。在君塘下种,埋没任青蒲。

伤小人之蔽贤,实以自比。前二句写莲之可贵,以珠玉为比。后二句方出正意,以见时君不明,群小蔽贤也。

咏墙阴下葵　　刘长卿

此地常无日,青青独在阴。太阳偏不及,非是未倾心。

自怨生不逢辰,君门万里。葵心向日,偏在墙阴,故取以自喻。惜欠含蓄。

题蒲葵扇　　雍裕之

倾心曾向日,在手幸摇风。羡尔逢提握,知名自谢公。

以谢安捉扇事立意,羡人之逢时而暗伤己之乏奥援也。

题张处士菜园　　高適

耕地桑柘间,地肥菜常熟(人)。为问葵藿姿,何如庙堂肉(人)?

三四似赞似讽,耐人寻味,暗伏"肉食者鄙"之意。《诗人玉屑》卷九引《古今诗话》以此诗为讪谤,未免皮相。

湘竹词　　施肩吾

万古湘江竹,无穷奈怨何!年年长春笋,只是泪痕多。

三四紧承一二。万古,年年;怨,泪痕,似有感而发。

长信草　　崔国辅

长信宫中草,年年愁处生。时侵珠履迹,不使玉阶行。

借长信草以伤宫妃失宠。君门九重之感,自在言外。

醉中对红叶　　白居易

临风杪秋树,对酒长(上)年人。醉貌如霜叶,虽红不是春。

一句启霜叶,二句启醉貌,三四合言,只是叹老之意。后人习用此喻,如东坡:"儿童误喜朱颜在,一笑那知是酒红。"

赠姚秀才小剑　　刘叉

一条万古水,向我手心流。临行泻赠君,勿荡细碎仇。

以水喻剑之霜锋,而"流"、"泻"、"荡"等动词全从水言,可见用心之细。结语郑重其事。

剑客　　贾岛

十年磨一剑,霜刃未曾试。今日把似君,谁为〔有〕不平事?

作"为"意在除暴;作"有"仅为个人复仇。玩此可悟字法。

渔家　　高蟾

野水千年在,闲花一夕空。近来浮世狭,何似钓船中?

对比见意。三四伤世路之险恶,即从野水句来。惜含蓄不够。

牧竖　　崔道融

牧竖披蓑笠,逢人气傲然。卧牛吹短笛,耕却傍溪田。

形则牧竖,神则傲世之高士,人到无求品自高也。

村行　　成文幼

暧暧村烟暮,牧童出深坞。骑牛不顾人,吹笛寻山去。

情景如画,自得其乐,觉"逢人气傲然"犹过于着力也。

代牛言　　刘叉

渴饮颍川水,饿喘吴门月(人)。黄金如可种,我力终不歇(人)。

前二句皆用牛之典。三四既赞牛之德,更刺人之贪,当作反语看。

马诗二十三首(录三)　　李贺

赤兔无人用,当须吕布骑。吾闻果下马,羁策任蛮儿。

飂叔去匆匆,如今不豢(huàn驯养)龙。夜来霜压栈,骏骨折西风。

批竹攒双耳,桃花未上身。他时须搅阵,牵去借将军。

此以马喻人,前二首伤人才之被摧残,不获培养,三首渴望他日建功也。范成大《桂海虞衡志》云果下马高不逾三尺,健而善行。故"羁策任蛮儿"仍伤其不得所也。《左传》有飂叔安,杜预注:飓,古国名,叔安其君名。此因就诗句音律剪裁为二字,犹司马迁或称马迁,欧阳修之称欧九,此不足为训。"批竹攒双耳",指马耳如削竹筒为骏马,杜甫所谓"竹批双耳峻"者。"桃花未上身"指毛色尚未长成,故下文期之于"他时"。

咏乌　　李义府

日里飏朝彩,琴中伴夜啼。上林如许树,不借一枝栖。

《唐诗纪事》卷四:"义府初遇,以李大亮、刘洎之荐。太宗诏令咏乌,义府曰……帝曰:'与卿全树,何止一枝!'"此与孔绍安《咏石榴》用意相似。前二句指明为乌,日里相传有三足乌,琴曲有《乌夜啼》,三四暗示希望进用,有意从反面说,激太宗面许。

南中咏雁　　韦承庆

万里人南去,三春雁北飞。不知何岁月,得与尔同归?

此诗题或作《南行别弟》,实为咏雁,雁逢春北归。一二对比见意,尔即指雁言,借雁发感慨,恐北归无日也。

扬州早雁　　李　益

江上三千雁,年年过故宫。可怜江上月,偏照断根蓬?

一二句点题,三四触景生情,断根蓬者,自伤飘泊,不如雁之来往有定也。

雁　　陆龟蒙

南北路何长,中间万弋张。不知烟雾里,几只到衡阳?

以雁兴己之飘泊,此诗人恒用。此诗独出心裁,借雁写乱世民不聊生、危机四伏之状,然字面只是咏雁。陆氏讽世之作,此较含蓄。

衔鱼翠鸟　　杨巨源

有意莲叶间,瞥然下高树。擘破得金鱼,一点翠光去。

写翠鸟得鱼迅疾之状,有声有色,所谓"状难写之景如在目前"也。

戏鸥　　钱　起

乍依菱蔓聚,尽向芦花灭(入)。更喜好风来,数片翻晴雪(入)。

此亦曲尽形容。首二句写其来往倏忽,芦花白色,故鸥入其中使人不见以为灭也。三四写临风飞翔之态,"翻晴雪"点戏字,非白鸥莫属,而一种消闲自得之趣溢于言外。

沙上鹭　　张文姬

沙头一水禽,鼓翼扬清音。只待高风便,非无云汉心。

此或喻其夫之才德,得时则驾也。

听笼中山鹊　　贾　岛

掩抑冲天意,凄怆触笼音。惊晓一闻处,伤春千里心。

此写壮心摧抑,不得施展。与笼中鹊同病相怜。首二句对起而意实相贯,三四亦然。贾岛工于五律,此犹半律。

蝉　　虞世南

垂緌(ruí 帽缨)饮清露,流响入疏桐。居高声自远,非是借秋风。

首句言其高洁,二句言其善鸣。三四从二句来,隐然自负才望之意,不借攀援之力也。

早蝉　　雍裕之

一声清溽暑,几处促流年。志士心偏苦,初闻独泫然。

此与虞诗喻己之意迥别,盖伤时光易逝,即志士悲秋之意。

扑满子　　齐己

只爱满我腹,争知满害身。到头须扑破,却散与他人。

俨然一贪夫守财奴形态,讽世之意甚明,此所谓借题发挥,妙在未离本物。

黄金二首(录一)　　陆龟蒙

自古黄金贵,犹沽骏与才。近来簪珥重,无可上高台。

此以战国时千金市骏马之骨及黄金台二事为比,伤时君好色不好贤也。

京兆眉　　刘方平

新作蛾眉样,惟将月里同。有来凡几日,相效满城中!

汉末童谣云:"城中好广眉,四方且半额。"此用其意,伤时俗之日事侈靡也。上有好者,下必有甚焉。

新嫁娘词三首(录一) 　　王　建

三日入厨下,洗手作羹汤。未谙(ān 了解)姑食性,先遣小姑尝。

此借当时婚姻习俗写出揣摩时尚、曲意事人之态,似讽似求,耐人寻味,语言则一气呵成,明白如话。

听弹琴 　　刘长卿

泠泠(líng 音清越)七弦上,静听松风寒。古调虽自爱,今人多不弹。

琴曲有《风入松》,故二句云然。三四为主意所在,自伤曲高和寡,时风日趋苟且也。

听筝 　　李　益

鸣筝金粟柱,素手玉房前。欲得周郎顾,时时误拂弦。

"曲有误,周郎顾。"此用以传达弹筝女子微妙难言之情。前二句则写其器物及环境之富丽也。

视刀环歌 　　刘禹锡

常恨言语浅,不如人意深。今朝两相视,脉脉万重心。

以"环"谐"还",写男女之情无言表达,但以目示意,望早还也。

听鼓　　李商隐

城头叠鼓声,城下暮江清。欲问《渔阳掺》,时无祢正平。

祢衡对曹操宾客击《渔阳掺》,听者动容。此诗首句写听鼓声,二句写己居之地。三四借鼓曲而发感慨,伤人才难得、知音难遇也。

闻歌　　许　浑

新秋弦管清,时转遏云声。曲尽不知处,月高风满城。

此专写歌声之妙。一句指伴奏,二句写歌声响遏行云。三四用环境写效果,耐人寻味。杜甫写笛声结语云:"不见秋云动,悲风稍稍飞。"结语亦犹杜之法也。

远山钟　　钱　起

风送远山钟,云霞渡水浅。欲寻声尽处,鸟灭寥天远。

写钟声悠扬不尽之妙,用目见之景寄耳闻之声。所谓"含不尽之意见于言外"。

五言八

凡诸类不属者均杂于此,失志,哀挽,代简等等,无所不包,大言、细言、回文之类近于文字游戏,而遣词造语,亦可启人思考,录之以广异闻。

寄韩樽使北　　岑　参

夫子素多疾,别来未得书。北庭苦寒地,体内今何如?

问刘十九　　白居易

绿蚁新醅酒,红泥小火炉。晚来天欲雪,能饮一杯无?

此两首皆如短信一封也。

答陆澧　　朱　放

松叶堪为酒,春来酿几多?不辞山路远,踏雪也相过(平)。

此答人约饮之短简,表必赴之意。

昌谷读书示巴童　　李　贺

虫响灯光薄，宵寒药气浓。君怜垂翅客，辛苦却相从。

前二句环境之凄惨，后二句视童仆如友朋口吻，称之为"君"，感其相从。此在封建等级社会中殊不易得。

再下第　　孟　郊

一夕九起嗟，梦短不到家。两度长安陌，空将泪见花。

唐人极重进士科，试不中第已难堪，何况两度下第。此写落第不寐，追思两度失意，先写难受（一二句），再写两度落第。中第者曲江关宴赏花，落第者则见花落泪也。

寒食下第　　武元衡

柳挂九衢丝，花飘万家雪（入）。如何憔悴人，对此芳菲节（入）。

对比见意，唐朝放榜在春季，故先写长安春景。三句暗示失意憔悴，末句回应一二句，与三句对比。

下第　　赵　嘏

南溪抱瓮客，失意自怀羞。晚路谁携手？残春自白头。

首句用《庄子》抱瓮灌园事言己本隐居不仕，二句言无端受此挫辱，怀羞自愧。三句言失第由于朝中无人提携，四句自伤垂老无成。唐人科举不糊名，主考可凭关系及大力者推荐而取人，故作者云然。

哭苗垂　　李　益

旧友无由见,孤坟草欲长。月斜邻笛尽,车马出山阳。

邻笛翻用向秀《思旧赋》事,尤为沉痛,令人不忍卒读。苗死当未周,用"草欲长"表明哭亦无多时。礼,朋友之墓有宿草则不哭,故作者云然。

哭李别驾　　顾　况

故人行迹灭,秋草向南悲。不欲频回首,孀妻正哭时。

二句言草木亦为之悲。结语尤酸楚。

挽歌　　于　鹄

阴风吹黄蒿,挽歌渡秋水。车马却归城,孤坟明月里。

陶渊明诗:"亲戚或馀悲,他人亦已歌。死去何所道,托体同山阿。"此诗不着议论,不用抒情字眼,然首句之阴森,二三句之人众,结以"孤坟明月里"五字,不言情而情自深。

回文　　陆龟蒙

静烟临碧树,残雪背晴楼。冷日侵极戍,寒月对行舟。

此正反读之皆成对文,然牵于正反成文,乏自然之致。

大言　　雍裕之

四溟杯绿醑(xǔ 酒),五岳髻青螺。挥汗曾成雨,画地亦成河。

前两句静比,后两句动态。

细言 雍裕之

蚊眉自可托,蜗角岂劳争? 欲效细毫力,谁知蝼蚁诚?

前二句对比,后二句流水连贯,亦见变化。

七言一

唐人绝句七言多于五言,现存比例约三与一。五言中又多同于六朝短古及小乐府。七言尤具唐绝特色,故若干选家即以七绝入选而五言不与,如赵蕃、杨慎等。乃至今日亦有只选唐人七绝者。本编兼顾五七言,而七绝所选亦多于五绝,以唐人尤工此体也。本组所选,有宫廷之歌舞、豪门之骄奢、公子之放纵、渔父之优游,更多农夫蚕妇之饥冻呻吟。其写战乱诸绝,使读者联想汉末王粲《七哀》、蔡琰《悲愤》,字字血泪,怵目惊心。从艺术上观之,或含蓄不尽,似颂实讽,或刻露无遗,几于戟手怒骂。李涉《井栏沙》一绝,其事其诗均前无古人,后世亦罕见也。

清平调三首　　李　白

云想衣裳花想容,春风拂槛露华浓。若非群玉山头见,会向瑶台月下逢。

一枝红艳露凝香,云雨巫山枉断肠。借问汉宫谁得似?可怜飞燕倚新妆。

名花倾国两相欢,赢得君王带笑看(平)。解释春风无限恨,沉香亭北倚栏杆。

《太真外传》云:"开元中,禁中重木芍药,即今牡丹也。得数本,红、紫、浅红、通白者,上因移植于兴庆池东沉香亭前。会花方繁开,上乘照夜白,妃以步辇从。诏选梨园弟子中尤者,得乐一十六色。李龟年以歌擅一时之名,手捧檀板,押众乐前,将欲歌之。上曰:'赏名花,对妃子,焉用旧乐词为?'遽命龟年持金花笺宣赐翰林学士李白,立进《清平乐词》三章。承旨,白苦宿醒,因援笔赋之。"正以赏名花、对妃子,故白立意以花拟人。一首言其貌若神仙。首句见其衣服之轻丽想此乃天上之云霞,已暗伏以神女为比;见其容貌想为最美之花朵。二句点春天夜晚,由"花想容"来,春花盛开,且露华浓时,更添光泽。三四言人间无此美貌必为仙山仙女也。"月下"紧承"露华"来。二章就"花想容"生发,"一枝红艳露凝香",紧承上章一二两句。二句言其貌远非巫山神女可比,为巫山神女而断肠,未免太冤。然后以赵飞燕而必倚新妆,差可得似,则言其美过飞燕,又暗示宠幸无匹。然飞燕有貌无德,终祸汉祚。太白以之比杨妃,表面极夸杨妃之美,古今冠绝,未必不暗含讥刺,以致他日高力士得以此进谗也。此章在章法上由花到人。三章以名花美人双结,正当时作词之主旨。花与人相得益彰。三四写妃子娇憨卖弄之态,所谓似笑如颦,而沉香之浓郁亦增其醉人倾国之姿。刘永济先生《唐人绝句精华》云:"第三首总结,点明名花、妃子皆能长邀帝宠爱者,以能'解释春风无限恨'也。诗家每用春或春风,或东皇代帝皇。"此亦可备一说。

宫词一百首(录一)　　　王　建

罗衫叶叶绣重重,金凤银鹅各一丛。每遍舞时〔头〕分两向,"太平万岁"字当中。

王建《宫词》一百首尽写宫中情事。此首盖写"字舞",先写舞女妆束道具,后写舞成字形。既可见宫廷之奢靡,亦可反映唐代大型集体舞蹈之水平。

赠花卿　　杜　甫

锦城丝管日纷纷,半入江风半入云。此曲只应(平)天上有,人间能得几回闻。

一句言其日日奏乐,二句言其管弦之妙。三四句由二句来,表面言其难得,妙绝人寰。浦起龙《读杜心解》卷六:"杨慎曰:'花卿在蜀,颇用天子礼乐,子美讥之,意在言外,最得诗人之旨。'愚按:僭礼乐事无考,但其人骄恣,必多非分之奢淫耳。"淳按,浦说较通达。此即指花惊定,诗语似赞实讽,得风人之旨。

豪家夏冰咏　　雍裕之

金错银盘贮赐冰,清光如耸玉山棱(léng)。无论(平)尘客闲停扇,直到消时不见蝇。

但写贮冰之器、冰盘之用,未着议论,然其恃宠奢靡自在言外。

少年行　　杜　甫

马上谁家白面郎?临街下马坐人床。不通姓字粗豪甚,指点银瓶索酒尝。

粗豪无礼之态跃然纸上,从行动中传出。此必出身豪门,始能倚势如此豪横也。

少年行　　施肩吾

醉骑白马走空衢,恶少皆称电不如。五凤楼头闲勒辔,半垂衫袖揖金吾。

首句言其白马狂奔,行人纷纷躲避,故曰"走空衢",二句以"恶少"之夸加足前句。五凤楼为禁城之地,可以闲勒辔,执金吾为京城长官,而半垂衫袖草草一揖。此皆衬其豪横不可一世之态,又过前首也。

公子行　　罗邺

雕鞍玉勒照花明,过后香风特地生。半醉五侯门里出,月高犹在禁街行。

前二句写其服饰骄奢,雕鞍玉勒照耀使花草生辉,而马过之后香气忽生,盖言其行速故香风过后始生。三四与上首相似,半醉而出,金吾禁夜而犹在禁街,则其恃势可知。此皆不加议论,但从行动描述,使人自知。

少年行　　贯休

锦衣鲜华手擎鹘(入),闲行气貌多轻忽(入)。稼穑艰难总不知,五帝三王是何物(入)。

贯休自吴越去蜀依王建,建遇之甚厚,建二年春,令诵近诗,时贵戚皆坐,休欲讽之,乃诵此诗,建称善,贵倖皆怨之。此诗写公子之无知。前二句从行动体貌描摩,后二句直指其无知,"总不知"贯前后,言既不知稼穑艰难而又胸无点墨也。与前三首相较,此最露骨,缺少含蓄。

公子行　　孟宾于

锦衣红夺彩霞明,侵晓春游向野庭。不识农夫辛苦力,骄骢踏烂麦青青。

与贯休之作用意相同,末句鞭挞有力,三句点破反觉直率无味。

寒塘曲　　张　籍

寒塘沉沉柳叶疏,水暗人语惊栖凫(fú)。舟中少年醉不起,持烛照水射游鱼。

此纯为乐府音节,前两句写夜晚寒塘,光景如画。三四写少年之无赖神态跃然纸上。醉卧不起却令人持烛照水射游鱼,胡想乱来,尽在此十四字中。

侠少年　　薛　逢

绿眼胡鹰踏锦鞲(gōu 衣袖上厚皮,供鹰踏者),五花骢马白貂裘。往来三市无人识,倒把金鞭上酒楼。

首句从鹰之贵写人之豪,二句服饰之盛。长安有东西南三市,三市即指全长安市井均无人认识,必为外地游者。四句写其傲然不群之神态,所以表其豪侠气概。

营州歌　　高　適

营州少年厌原野,皮裘蒙茸猎城下。虏酒千钟不醉人,胡儿十岁能骑马。

78

此写边地尚武之风,令人神旺。厌即餍字,犹熟悉意,谓少小即熟悉广漠原野。末句正相呼应,补足所以然。

少年行四首(录一)　　王　维

一身能擘(bò 开弓)两雕弧,虏骑(去)千重只似无。偏坐金鞍调白羽,纷纷〔弦弦〕射杀五单于。

首句写少年射艺,二句写胆勇。三四为一二句之具体表现。未着一字歌颂,而歌颂之意自在言外。

少年行四首　　令狐楚

少小边州惯放狂,骣(chǎn,不加鞍辔骑马)骑蕃马射黄羊。如今年老无筋力,独倚营门数雁行。

家本清河住五城,须凭弓箭得功名。等闲飞鞚(kòng 马笼头)秋原上,独向寒云试射声。

弓背霞明剑照霜,秋风走马出咸阳。未收天子河湟地,不拟回头望故乡。

霜满中庭月过楼,金尊玉柱对清秋。当年称(去)意须行乐,不到天明未肯休。

此与前数首《少年行》写法均异。前若干首皆从旁观写少年,讽刺歌颂皆然。此以老将口吻回忆少年时事,别具一格。一首回忆少年豪气而对比叹息今日之衰。首二句生龙活虎,末句无限感慨。二首青年时期,先写出身世族而不靠馀荫靠弓箭引起三首。三四写英姿豪气,使读者如见其人。三首由二首二句"功名"字生发,写报国忘乡之情怀,感人自深。四首回应一首,一二句兼今昔而言,此景犹昔,而三四所写之豪情已逝,与第一

79

首三四呼应。章法井然,而写人物着色绘声,毫不抽象。

三绝句　　杜　甫

前年渝州杀刺史,今年开州杀刺史。群盗相随剧虎狼,食人更肯留妻子!

二十一家同入蜀(入),惟残一人出骆谷(入)。自说二女啮臂时,回头却向秦云哭(入)。

殿前兵马虽骁雄,纵暴略与羌浑同。闻道杀人汉水上,妇女多在官军中。

此三首绝句,实同乐府,非常格。金圣叹《选批杜诗》于此三首解,颇中肯,节录于后:"《唐书》:部将吴璘,杀渝州刺史刘卞以叛,杜鸿渐讨平之,事在大历元年(766)。部卒瞿封,杀开州刺史萧崇之以叛,杨子琳讨平之,事在大历三年(768)。二句只是写盗贼淫杀,不是一年,不是一处。'相随'字妙,写尽盗贼无部署,无册籍,只是到处成群而走。'剧虎狼'言尤甚于虎狼。杀人句妙于'更肯'字,本是杀其人而淫其妻,却写得一似蒙其肯留感出意外者……右一绝写盗贼淫杀。'自说'字虽在第三句,须知上二十一家人入蜀语,亦此人自说也。二十一家,共计凡有若干人,而今止剩此一人,此其杀可知……惟馀一人,是剩一完全人,惟残一人,是剩一不完全人。只一字,写乱离之惨如睹。右一绝写被淫杀之难者,只据骆谷一人口中,则有二十一家,其外何限……右一绝写殿前兵马即是盗贼。'杀人','人'字妙,并不杀贼可知。此三绝句,非写三事,乃独刺殿前兵马也。却为殿前兵马即盗贼一语,投鼠尚忌其器,岂可唐突便骂?故为作三绝句以骂之。第一绝言群盗则理当淫杀如此,若不淫不杀,亦不成为群盗。第二绝,言普天下人酷受淫杀之毒,我只谓都受群盗之毒。第三绝始出正题,言近则闻殿前兵马乃复淫杀不减,竟不知第二绝是受群盗毒,是受官军毒。谁坐殿上,谁立殿下,试细细思之。"淳按:金氏所见有前人未到处,后数语尤能启人深思。

阊门即事　　张　继

耕夫占募逐楼船,春草青青万顷田。试上吴门看(平)〔窥〕郡郭,清明几处有新烟?

汉有楼船将军,此借指人皆被征从军。田满青草,清明野稀新烟,见战祸使田园荒芜,民不聊生。除第一句点明原因外,但写景象,使读者自得之。此指江淮上元间刘展之乱。李嘉祐《自苏台至望亭驿人家尽空春物增思怅然有作因寄从弟纡》姚鼐云:"此殆上元中刘展乱后之诗。"

自白沙县抵龙溪镇,值泉州军过后,村落皆空,因有一绝　　韩　偓

水自潺湲日自斜,尽无鸡犬有鸣鸦。千村万落如寒食,不见人烟空见花。

第一句言自然现象依旧,两"自"字见无人理会,以暗示无人。二句"有"、"无",末句"不见"、"空见"均由首句生发。此诗与张作构思相近,然张含蓄,此刻露,意已见题目中。晚唐多如此,时使之然也。

过故洛城　　钱　起

故城门前春日斜,故城门里无人家。市朝欲认不知处,

漠漠野田空草花。

此诗用乐府音节，用意与上二首相似，写《黍离》《麦秀》之悲，以见战祸之惨，此盖写于安史乱后也。

悯耕者　　韦　庄

何代何王不战争？尽从离乱见清平。如今暴骨多于土，犹点乡兵作戍兵。

首二句举前代以战止战，战后总有清平之世，以与今日对比。三四极言今日战乱之惨而无已时，与"见清平"不啻天壤。与前数首之言战乱者相较，怨而怒矣。

收襄阳城二首(录一)　　戎　昱(yù)

五云飞将拥雕戈，百里僵尸满浐河。日暮归来看(平)剑血，将军应〔却〕恨杀人多。

此写战争之惨，重在第二句。末句作"应"乃诗人不满之词，作"却"则赞美将军反对滥杀无辜。当以"应"为长。下面曹、张之作则无此含蓄。

己亥岁二首　　曹　松

泽国江山入战图，生民何计乐樵渔？凭君莫话封侯事，一将功成万骨枯。

波间一战百神愁，两岸强兵过未休。谁道沧江总无事，近来长共血争流。

己亥为乾符六年(879)，是岁十月黄巢弃广州而北，陷潭州，逼荆南。官军大焚掠江陵而遁。两诗所述，惨不忍睹。"一将功成万骨枯"遂成名句，凡以战争杀人图功赏者，皆在批判之中。第二首亦甚沉痛，所谓两岸强兵，官耶？"贼"耶？总不分别。结语尤有力。全首均于水波着笔，根于上首"泽国"字来。

吊万人冢　　张蠙(pín)

兵罢淮边客路通，乱鸦来去噪寒空。可怜白骨攒孤冢，尽为将军觅战功。

"兵罢"二字引起三四句，乱鸦句画出凄惨景状。三四即"一将功成万骨枯"之意。曹、张之作与戎昱所写题材相似，戎含蓄，曹、张则痛快淋漓，称此跨越前人固非，直诋为恶道则亦太过，不妨并参也。

农家望晴　　雍裕之

尝闻秦地西风雨，为问西风早晚回？白发老农如鹤立，麦场高处望云开。

悯农之心，跃然纸上。三四句写老农望晴之苦，可为画图，一二句作者代为问天也。先写代问，后写苦望，比顺写有味。

观祈雨　　李　约

桑条无叶土生烟，箫管迎龙水庙前。朱门几处看(平)歌舞，犹恐春阴咽管弦！

首句写旱甚，从田地生产着笔，二句求雨之切。三四对比见意。农家生产望雨，朱门则因歌舞，而虽阴皆恐，"犹"字见分量。李约为汧国公勉之子，能有此意，殊可贵。

贞元十四年旱甚,见权门移芍药　　吕　温

绿原青垅渐成尘,汲井开园日日新。四月带花移芍药,不知忧国是何人!

与上首同意,而辞较率直。后世每诵第三句以为园林雅事,失其原旨。

代园中老人　　耿　沨

佣赁谁堪一老身,皤皤(pó 指白发)力役在青春。田园手种唯吾事,桃李成阴归别人。

首二句今日虽老犹力役,三四对比见劳者而无所获,代鸣不平。

农家　　颜仁郁

夜半呼儿趁晓耕,羸牛无力渐艰行。时人不识农家苦,将谓田中谷自生。

三四平浅乏味。

农父　　张　碧

运锄耕劚连星起,陇亩丰盈满家喜。到头禾黍属他人,不知何处抛妻子!

四句之中大起大落,较颜诗高出万万。语言亦斩截有力,非若颜之平冗也。

虞乡北原　　司空图

泽北村贫烟火狞,稚田冬旱倩牛耕。老人惆怅逢人诉,开尽黄花麦未金。

以忧麦不成熟无以度日也。"狞"字险。"金"字落韵。

题村舍　　杜　牧

三树稚桑春未刓(luò 剝),扶床乳女午啼饥。潜销暗铄归何处?万指侯家自不知。

首二句言农桑之苦,三句设问,若不知收获物去向者,四句实即"何处"之处。万指言其奴婢众多。"自"字妙,旁观者清,皆知其剥削净尽,而彼却都无所知,因其从不亲稼穑,自然不知其所以也。

田翁　　杜荀鹤

白发星星筋力衰,种田犹自伴孙儿。官苗若不平平纳,任是丰年也受饥。

此伤赋敛之苛,吏缘斗斛为奸,使民无食也。皮日休《橡媪叹》:"如何一石馀,只作五斗量!"即此意。

伤硖石县病叟　　杜荀鹤

无子无儿一病翁,将何筋力事耕农?官家不管蓬蒿地,须勒王租出其中。

作者《时世行》云:"桑柘废来犹纳税,田原荒后尚征苗。"与此同。意非不佳,语殊浅率。

商山　　曹松

垂白商於原下住,儿孙共死一身忙。木弓未得长离手,犹与官家射麝香。

此亦见苛征之下,民不聊生。孤苦老人,亦所不免,何论其他!

村南逢病叟　　卢纶

双膝过颐顶在肩,四邻知姓不知年。卧驱鸟雀惜禾黍,犹恐诸孙无社钱。

此写老农病叟形神活现。首句似庄子所写之支离疏,写病态。二句言其老。三句"卧"字妙,由一二句来,见其爱惜禾黍。末句写其疼爱诸孙之心理。

代卖薪女赠诸妓　　白居易

乱蓬为鬓布为裙,晓踏寒山自负薪。一种钱塘江畔女,着红骑马是何人?

一二句与四句对比见意。

蚕妇　　来鹄〔鹏〕

晓夕采桑多苦辛,好花时节不闲身。若教(平)解爱繁华事,冻杀黄金屋里人。

一二句为第三句作衬。三四理虽平常,语却未经人道,惜更无馀蕴。

织妇　　处　默

蓬鬓蓬门积恨多,夜阑灯下不停梭。成缣犹自陪钱纳,未值青楼一曲歌。

此诗不仅写织妇之苦辛,且抨击剥削之重,较前二首深沉。传宋寇准妾蒨桃诗:"一曲清歌一束绫,美人犹自意嫌轻。不知织女萤窗下,几度抛梭织得成?""夜冷衣单手屡呵,幽窗轧轧度寒梭。腊天日短不盈尺,何似妖姬一曲歌?"与此诗意近,而语逊其劲截。

樵翁　　蒋　吉

独入深山信脚行,惯当貙(chū)虎不曾惊。路旁花发无心看,唯见枯枝刮眼明。

末句最能传樵翁之神。用词准确、鲜明、生动,如首句、二句之"独入""信脚""惯当"、三四之"无心""刮眼"等,非樵翁莫属也。

溪兴　　杜荀鹤

山雨溪风卷钓丝,瓦瓯篷底独斟时。醉来睡着无人唤,流下前滩也不知。

醉着　　韩　偓

万里清江万里天,一村桑柘一村烟。渔翁醉着无人唤,过午醒(平)来雪满船。

两诗意境相同,而韩诗一二写景开阔,杜则粘住不放,结语杜率直,韩蕴藉,故总而观之,韩诗远胜。

赠渔父　　杜　牧

芦花深泽静垂纶,月夕烟朝几十春。自说孤舟寒水畔,不曾逢着独醒(平)人。

此采屈原《渔父》意,有讽世味,一二句写景,说尽一生生活,有高士之风。

沅江渔者　　李群玉

倚棹汀洲沙日晚,江鲜野菜桃花饭。长歌一曲烟霭深,归在沧浪绿波远。

此几飘飘欲仙,言外有无限艳羡之情。三四尤妙,暗用《渔父》及沧浪孺子之歌使人不觉。

淮上渔者　　郑　谷

白头波上白头翁,家逐船移浦浦风。一尺鲈鱼新钓得,儿孙吹火荻花中。

此写自得其乐之态,使人如亲见。首句两"白头"字伤于小巧。三四入画。

钓侣二首　　陆龟蒙

一艇轻划看晚涛,接䍦抛下渥春醪。相逢便倚蒹葭(jiā)泊,更唱菱歌擘蟹螯。

雨后沙虚古岸崩,鱼梁移入乱云层。归时月堕汀洲暗,认得妻儿结网灯。

一首二句暗用陶潜以头巾漉酒事,三四写"侣"字,而一种自由自在之乐即在持螯放歌中。二首三四句饶有情趣,非惯于夜归者不能体会。

渔父二首　　李　中

偶向芦花深处行,溪光山色晚来晴。渔家开户相迎接,稚子争窥犬吠声。

雪鬓霜髯(rán)白布袍,笑携赪(chēng)鲤换村醪。殷勤留我宿溪上,钓艇归来明月高。

两诗如一幅渔家迎客图。先写稚子见犬吠生人,争来窥看,次写老翁深情厚意,末写夜渔归来,层次井然,不言感谢,而谢意自在其中。

井栏砂遇夜客　　李　涉

暮雨萧萧江上村,绿林豪客夜知闻。他时不用逃名姓,世上如今半是君。

按,此事见《云溪友议》卷下《江客仁》条云:"李博士涉,谏议渤海之兄。尝适九江看牧弟。临袂,凡有囊装,悉分匡庐隐士,唯书籍薪米存焉。至皖口之西,忽逢大风鼓集征帆,数十人皆持兵仗而问:'是何人?'从者曰:'李博士船也。'其间豪首曰:'若是李涉博士,吾辈不须剽他金帛。自闻诗名日久,但希一篇,金帛非贵也。'李乃赠一绝句。"范摅所录之诗有数处与此不同:"春雨潇潇江上村,五陵豪客夜知闻。相逢不用相回避,世上如今半是君。"此豪客名韦思明,其后隐居终老。李汇征曾见之。《唐诗纪事》、《全唐诗话》皆引为佳话。此诗妙在三四两句,可见社会之乱,民不聊生,亦可见唐时爱诗之风。李涉因此诗不特未受洗劫,"且蒙豪首饯赆甚厚",故其事其诗皆非经见也。胡震亨以为《云溪友议》、《唐诗纪事》等,实以韦思明其人,特为蛇足。

七言二

边塞从军,唐绝名篇叠出,七言尤甚于五言。前期王翰、王之涣、王昌龄,中期李益、张仲素,皆为名手。诗篇令人一唱三叹,馀味无穷。晚期如陈陶、沈彬之作,哀怨欲绝,亦时世使然也。

凉州词　　王之涣

黄沙直〔河远〕上白云间,一片孤城万仞山。羌笛何须怨杨柳,春风不度玉门关。

此诗用开阔雄健之笔,写荒凉寒苦之境。前二句写出塞外特有风光,不可移置他处。三四句《升庵诗话》谓:"此诗言恩泽不及于边塞,所谓君门远于万里也。"言"何须怨"者其怨尤深,春风既指季节气候,又隐喻君恩。笛有《折杨柳》曲,而凉州不见杨柳,故如此措辞。王士禛以此首为盛唐压卷之一。

凉州曲二首(录一)　　柳中庸

关山万里远征人,一望关山泪满巾。青海戍头空有月,黄沙碛(qì)里本无春。

末句与王之涣诗意相近,而直率无馀味,远逊王作。然表达怀乡之情以对句出之,可加重气氛渲染。

塞上曲　　周　朴

一坠〔阵〕风来一坠〔阵〕沙,有人行处没人家。黄河九曲冰先合,紫塞三春不见花。

亦能写出塞上荒漠寒苦之境,"坠"字尤妙,然意止于此,与王诗不可同日而语,较柳诗差强,因一二句较有气势。

凉州词二首(录一)　　王　翰

葡萄美酒夜光杯,欲饮琵琶马上催。"醉卧沙场君莫笑,古来征战几人回?"

此诗胡应麟《诗薮》曾推为七绝压卷,传诵不绝,然究其旨趣,则言人人殊。其妙在以谐谑之辞写苍凉之感,使人寻之无端,味之不尽。刘永济先生云"语似放旷,意实悲凉",得之。此为大将口吻,首句写名酒美器,二句有琵琶催酒,马上言军行在即也。三四作放旷语自解,酒杯不轻放手之状可知。

随边使过五原　　储嗣宗

偶逐星车犯虏尘,故乡常恐到无因。五原西去阳关废,日没平沙不见人。

此诗写行边心情,颇见曲折。首句交代题目,原拟随边使领略风光,岂知反增惆怅。三四写所见,二句所感,亦倒叙而人不觉。

边词　　张敬忠

五原春色旧来迟,二月垂杨未挂丝。即今河畔冰开日,正是长安花落时。

首句领起全文总写"迟"字。末句从长安对比,表面交足"迟"字,暗寓思念长安之意。全诗平平说来,含情不尽。

塞下　　江　为

万里黄云冻不飞,碛烟烽火夜深微。胡儿移帐寒笳绝,雪路时闻探马归。

首句语特遒劲,晚唐少见。其后数句写边塞情事,使人如临其境。

和李秀才边庭四时咏(录一)　　卢〔汝〕弼

冬

朔风吹雪透刀瘢,饮马长城窟更寒。半夜火来知有敌,一时齐保贺兰山。

极写风寒刺骨,首句从人之感受写。二句巧用古乐府句:"饮马长城窟,水寒伤马骨。"三四写边防情景,尤为亲切。半夜则更寒冷,其辛苦倍于白日也。

杂词十三首(录一)　　《才调集》

无定河边暮笛声,赫连台畔旅人情。函关归路千馀里,一夜秋风白发生。

前二句表面相对,意实连贯,因笛声而动旅人之情也。下两句即承之写旅情。末句夸张有力。

征[征人]怨　　柳中庸

岁岁金河复玉关,朝朝马策与刀环。三春白雪归青冢,万里黄河绕黑山。

此诗全用时间空间对偶见意,不言怨思而怨思自在其中。岁岁奔波,每日相伴者马策刀环。马策顶上句表奔驰不息。刀环既表武器不离手,又谐环为还,暗言无日不思归。三春日暖,塞外苦寒,青冢尚馀积雪,而己处其处。黄河自绕黑山,己亦随之奔波万里,不遑宁处。此二句中用四种颜色,亦有意于对比见意也。

水调歌七首(录四)　　无名氏

平沙落日大荒西,陇上明星高复低。孤山几处看(平)烽火,壮士连营候鼓鼙。

猛将关西意气多,能骑骏马弄雕戈。金鞍宝铰(jiǎo 装饰)精神出,倚笛新翻《水调歌》。

陇头一带气长秋,举目萧条总是愁。只为征人多下泪,年年添作断肠流。

日晚笳声咽戍楼,陇云漫漫水东流。行人万里向西去,满目关山空自愁。

第一首首句点地,借用《山海经》大荒之山,极言其边远。二句"高复低"表明夜晚不寐,从星起到星渐落。原因在三四句交代,由于军情紧急。二首用"关东出相,关西出将"之谚,写主将气度,从兵器马饰中衬出。末句点题,"新翻"言用旧曲写新意也。三首写悲愁,先从地理写,所谓"气长秋"者,言无春无冬,总为肃杀荒凉之秋气。三四句从"愁"字来,写愁到此等地步,联想奇特,感慨深沉。"断肠"用民谣"遥望秦川,肝肠断绝"语,暗示思归。四首写不但不得东归,且更欲西行,反映强烈思乡而又无可奈何之情。

从军行七首(录五) 王昌龄

烽火城西百尺楼,黄昏独坐海风秋。更吹羌笛《关山月》,无那金闺万里愁。

琵琶起舞换新声,总是关山旧〔离〕别情。撩乱边愁听不尽,高高秋月照〔下〕长城。

关城榆叶早疏黄,日暮云沙古战场。表请回军掩尘骨,免教(平)兵士哭龙荒。

青海长云暗雪山,孤城遥望玉门关。黄沙百战穿金甲,不破楼兰终〔竟〕不还。

大漠风尘日色昏,红旗半卷出辕门。前军夜战洮河北,已报生擒吐谷浑(tǔyùhún)。

此为组诗,从将军角度抒发征战之苦与回乡无日之情。一首总起,先写边城独坐闻笛而起乡愁,引出下文。结句明明是己之思家,却言金闺思己之愁无法可想,此所谓翻进一层。二首写奏乐排遣,任你曲调翻新,但听者总觉满耳离情。结句将愁情融入景物,"高高秋月照长城",愈增边城孤独之感。三首写军行过古战场之感触,三四二句特沉重。四首单选者多,三四句有人视为壮语,实则怨语,认为敌人不灭,终无回军之日,与第三首情

95

调一致。且末句用"终"、用"竟",而不用"誓"字,足以明其非壮语也。五句写出师闻前军捷报,末句即"斩楼兰"之意,言外可望还乡,而竟无消息。

出塞二首(录一)　　王昌龄

秦时明月汉时关,万里长征人未还。但使〔得〕龙城飞将在,不教(平)胡马度阴山。

首句互文见义,秦汉开边,于今但有明月、长城而已,而无数征人不得回家团聚,欲当时以秦汉为鉴,见开边之非计也。三四以李广事为例,以见但有名将威慑敌人,边界自可安宁,以抨击边帅之无能。高适《燕歌行》结语:"君不见沙场征战苦,至今犹忆李将军",与此同意。此廿八字抵得一篇策论。明人曾推此为唐绝压卷,杨慎《唐绝增奇》以之冠首。然略嫌涉于议论,含浑不足。阎若璩《潜邱札记》卷二以为"龙城"当作"卢城",太拘泥。唐人诗中用龙城者或指敌方要害,或指我方重镇,不当轻改。

胡笳曲　　无名氏

月明星稀霜满野,毡车夜宿阴山下。汉家自失李将军,单于公然来牧马。

此可为上诗之反证,伤边帅无人也。

从军行　　刘叉

海畔风吹冻泥裂(入),枯桐叶落枝梢折(入)。横笛闻声不见人,红旗直上天山雪(入)。

首二句极写苦寒,为末句衬垫。末二句有声有色,写景如画,想见战士豪情。

塞下曲　　李益

伏波惟愿裹尸还,定远何须生入关?莫遣只轮归海窟,仍留一箭定天山。

首句正用马援事,二句反用班超事,以表主帅立功报国之志气。三四劝其除恶务尽,且留后世安边之计,意当有所指。

封大夫破播仙凯歌六首(录二)　　岑参

日落辕门鼓角鸣,千群面缚出蕃城。洗兵鱼海云迎阵,秣马龙堆月照营。

蕃军遥见汉家营,满谷连朝遍哭声。万箭千刀一夜散,平明流血浸空城。

此颂扬封常清之战功。天宝十二载封为安西节度使,曾破大勃律,大勃律在吐蕃西。刘永济先生疑指此事。岑参久从军旅,语多雄肆,如前首所写之受降场面,何等气魄。二首写其彻底降伏,闻风丧胆,然末句所云,想见屠戮之惨,或寓讽于颂中也。

赵将军歌　　岑参

九月天山风似刀,城南猎马缩寒毛。将军纵博场场胜,赌得单于貂鼠袍。

此在边塞诗中别具一格。封常清入朝,赵玭曾代理节度使职务,此赞其射艺。首二句写寒风凛冽,一句正写,二句用猎马反衬风威,而风威又为将军纵博创造气氛。末二句不特见赵之射艺高超,亦见当时各族安宁,无征战之苦也。

塞下曲五首　　张仲素

三戍渔阳再渡辽,骍(xīng)弓在臂剑横腰。匈奴似若知名姓,休傍阴山更射雕。

猎马千行雁几双,燕然山下碧油幢(chuáng)。传声漠北单于破,火照旌旗夜受降。

朔雪飘飘开雁门,平沙历乱瘗(yì 埋)蓬根。功名耻记擒生数,直斩楼兰报国恩。

陇水潺湲陇树秋,征人到此泪双流。乡关万里无人见,西戍河源早晚收。

阴碛茫茫塞草肥,桔槔烽上暮云飞。交河北望天连海,苏武曾将汉节归。

此为组诗,写老将声势、心曲。一首首句写其沙场老将,二句写兵器以见武艺。三四写其声威远震。二首写不动声色,而已破敌,末句最有力。三首写冬季情况,表现将军为国而非为己。三四句精神境界高,引起下二首。四首于结构上一落下来,写士卒思归,表现将军对下情之体贴,而欲免士卒思乡之苦,惟有早日收复河源,情绪由低向高。末首写环境之荒寒艰苦,而以苏武之坚贞砥砺己志。合而观之,老将之忠勇,爱国爱士卒之精神分外感人。中唐后期,此数诗可推上驷。

从军词　　王　涯

旄头夜落捷书飞,来奏金门着赐衣。白马将军频破敌,黄龙戍卒几时归？

"旄头"指贼星，旄头夜落即指敌人失败，此古人用星象附会人事之习语。二句功成受赏，三四用对句既颂将军之频立战功，又盼戍卒之早日返家，见关心民瘼之情。

塞下曲四首(录一)　　常　建

玉帛朝回望帝乡，乌孙归去不称王。天涯尽〔静〕处无征战，兵气销为日月光。

此用化干戈为玉帛意，末句如画，表现渴望和平之愿望，千载传诵以此。

送刘判官赴碛西　　岑　参

火山五月行人少，看君马上疾如鸟。都护行营太白西，角声一动胡天晓。

首句反衬二句，见渴于奔赴行营之心情。三四言将晓可达，末句如画，读之令人神旺。此虽送行之诗，以所写亦军旅边塞之事，故入于此。岑子有五古《武威送刘单判官赴安西行营便呈高开府》中云："太白引官军，天威临大荒。西望云似蛇，戎夷知丧亡。"传说太白星主杀伐，故云然。

塞下　　常　建

铁马胡裘出汉营，分麾百道救龙城。左贤未遁旌杆折，过在将军不在兵。

前二句其势甚盛，三句一落，四句点明所以，批判主将无能，然伤于直率。此龙城必指我方重镇也。

河湟有感　　司空图

一自萧关起战尘,河湟隔断异乡春。汉儿尽作胡儿语,却向城头骂汉人。

此伤河湟沦陷之久也。三四写忘本之辈丑态,未经人道。

河湟　　罗邺

河湟何计绝烽烟?免使征人更戍边。尽放农桑无一事,遣教(平)知有太平年。

此诗表面向往河湟早复,人可归耕而免征戍赋税之苦,知太平之乐。末句应从反面看,极言战乱之久,民不知何谓太平年月也。

河湟旧卒　　张乔

少年随将讨河湟,头白时清返故乡。十万汉军零落尽,独吹边曲向残阳。

此从一老卒角度写战乱伤亡之惨重。末句含情不尽。

从军北征　　李益

天山雪后海风寒,横笛偏吹《行路难》。碛里征人三十万,一时回向月明〔中〕看(平)。

首句雪后风寒,行军之艰辛可想。二句"偏"字,似乎横笛偏吹《行路难》之曲以助风威,动人归思,故有结尾之动作。此诗前人曾画为图,三四句能传三十万人思乡之神也。

夜上受降城闻笛　　李　益

　　回乐峰前沙似雪,受降城外〔下,上〕月如霜。不知何处吹芦管,一夜征人尽望乡。

　　此亦李益名篇,有人推为中唐绝句第一。前二句一片白茫茫,景物已迥异于中原,三句忽闻芦管,征人彻夜望乡。"吹芦管"暗用刘畴吹散群胡事以表易动乡情也。

边思　　李　益

　　腰垂锦带佩吴钩,走马曾防玉塞秋。莫笑关西将家子,只将诗思(去)入梁州。

　　首句写出公子从戎,装束有异。二句言曾经防秋,非新手。神采在三四两句,诗人从戎,别有会心,两句正其自负处也。

临滹沱河见蕃使列名　　李　益

　　漠南春色到滹沱,边柳青青塞马多。万里江山今不闭,汉家频许郅支和。

　　表面似赞和戎之益,人民安居,马畜蕃殖。然末句"频"字似有微辞,以见敌之反复无常,主动在彼,朝廷惟有听许而已。

塞上听吹笛　　高　适

　　雪净胡天牧马还,月明羌笛戍楼间。借问梅花何处落?风吹一夜满关山。

写边塞而不形其荒凉悲怆,三四但赞其笛中《落梅花》一曲之妙,暗寓边塞无梅花也。此在边塞诗中别具一格。

听晓角　　李　益

边霜昨夜堕关榆,吹角当城片月孤。无限塞鸿飞不度,秋风吹入《小单于》。

只写所见情景,不言乡愁而乡愁自见。角之高妙在第三句传出,似塞鸿亦为之停飞也。

暮过回乐烽　　李　益

烽火高飞百尺台,黄昏遥自〔见〕碛西〔南〕来。昔时征战回应乐,今日从军乐未回。

一二句写暮景如画。三四句从地名翻案以抒豪情。

邠宁春日　　李　益

桃李年年上国新,风沙日日塞垣人。伤心更见庭前柳,忽有千条欲占春。

首二句对比见意,暗伏乡思。塞外无柳而忽见庭柳千条,正益乡思,故着"伤心"二字。结语写一片生机,以与首句呼应,见春日思归之切也。

凉州词　　张　籍

边城暮雨雁飞低,芦笋初生渐欲齐。无数铃声遥过碛,应驮白练到安西。

古镇城门白碛开,胡兵往往傍沙堆。巡边使客行应(平)

早,每待平安火到来。

凤林关里水东流,白草黄榆六十秋。边将皆承主恩泽,无人解道取凉州。

此讥边将无能,徒耗军费而无所建树。首章写军需供应之繁,一二句写景如画,三四写运输之众。二章言胡兵只在近镇,主将不能远却胡兵,解国之忧。末章直言批判,揭出主旨,三句回应首章。凤林关在甘肃临夏县。

寓怀　　高　骈

关山万里恨难销,铁马金鞭出塞遥。为问昔时青海畔,几人归到凤林桥?

首二句写己今日情况,三四借古昔以自伤,恐终老塞外也。

塞上曲二首(录一)　　高　骈

陇上征夫陇下魂,死生同恨汉将军。不知万里沙场苦,空举平安火入云。

过伤刻露,意则切中要害。

塞上寄家兄　　高　骈

棣萼分张信使稀,几多乡泪湿征衣!笳声未断肠先断,万里胡天鸟不飞。

此自肺腑流出,自然感人。结语尤沉痛,鸟犹不飞,人何以堪。鸟不飞又暗含无雁传书意。

边上闻胡笳三首　　杜　牧

何处吹笳薄暮天,塞垣高鸟没狼烟。游人一听头堪白,苏武争禁(平)〔曾经〕十九年!

海路无尘边草新,荣枯不见绿杨春。白沙日暮愁云起,独感离乡万里人。

胡雏吹笛上高台,塞雁惊飞去不回。尽日春风吹不散,只应(平)〔因〕分付客愁来。

三首皆写胡笳之起人愁思。首章一二句写边地环境,同时用"何处"唤起下文,高鸟没于狼烟之中,表明气氛之紧张。三句写难受,末句用苏武事反诘,一方面认为其事不可想象,一方面亦以其人作为榜样。二首写边地无春色,仍用凄苦环境衬托,末句"独"字言己之情怀难受。三首首句应首章之"何处",二三句言其声之高,回旋之久,结句回到客愁,总结第一二首思乡之意。

边上作三首(七绝二首录一)　　贯　休

阵云忽向沙中起,探得胡兵过辽水。堪嗟护塞征戍儿,未战已疑身是鬼。

末句写边兵之怯懦入木三分,从第三句看,见征戍之兵非久练之士卒,故于写其怯懦之中略见怜悯之意。

凉州词　　薛　逢

昨夜蕃军报国仇,沙州都护破凉州。黄河九曲今归汉,塞外纵横战血流。

明似赞扬收复凉州,黄河全入版图,然末句见杀戮之惨,合首句观之,暗讽依靠蕃军之非计也。

陇西行四首(录三)　　陈　陶

汉主东封报太平,无人金阙议边兵。纵饶夺得林胡塞,碛地桑麻种不生。

誓扫匈奴不顾身,五千貂锦丧胡尘。可怜无定河边骨,犹是春闺梦里人。

陇戍三看(平)塞草青,楼烦新替护羌兵。同来使者伤离别,一夜孤魂哭旧营。

首章讥朝廷之失策。首句言其侈夸太平而无休兵之计。所谓"议边兵"者,议安边休兵之策。三四表明开边之无益,用"纵饶"表明亦难得胜利,为第二章根本。二章万口传诵,三四用意与五言许浑《塞下》相同,然前二句由首章"纵饶夺得林胡塞"来,先扬后抑,较许作多一起伏,故许作反觉落于下风。三章语言尤沉郁,惊心动魄,末句似尤胜于二章之三四也。

吊边人　　沈　彬

杀声沉后野风悲,汉月高时望不归。白骨已枯沙上草,佳人犹自寄寒衣。

此与陈陶之第二首结语可谓异曲同工,首句虽无陈诗之气势,而写情更细。

渔阳将军　　张　为

霜髭拥颔(hàn)对穷秋,着白貂裘独上楼。向北望星提剑立,一生长为国家忧。

首句先写老将形貌,后写神情,引出后文。二句"独上楼"引起三句。三句使人如见其神情,望星即所谓观天象以见敌情变化(古人附会)。末句点明主旨,然微伤直率。

逢病军人　　　卢　仝〔纶〕

行多有病住无粮,万里还乡未到乡。蓬鬓哀吟古城下,不堪秋气入金疮。

此种题材较少见。作者但作叙述,交代题中"逢"字,而无限哀悯之情,自然流露,亦见当时之社会问题也。

七言三

以七绝写妇女生活,其表现一般社会风貌者反逊于闺怨宫怨之作。王昌龄宫怨诗首屈一指。《诗经》、《楚辞》、《古诗十九首》等表面写男女怨情,实质或写君臣离合朋友聚散。唐人亦习用此法,故于此类题材须活看。若干出于妇女之手者,多为至情流露,尤应重视。

采莲曲二首(录一)　　戎　昱

浔阳女儿花满头,毵毵(sān 毛发细长貌)同泛木兰舟。秋风日暮南湖里,争唱菱歌不肯休。

此诗以乐府音节写当时习俗,宛然一幅采莲图。

采莲曲　　白居易

菱叶萦波荷飐(zhǎn 风吹颤动)风,荷花深处小船通。逢郎欲语低头笑,碧玉搔头落水中。

三四写情入细,少女娇羞之态,跃然纸上。

采莲词　　张　潮[朝]

朝出沙头日正红,晚来云起半江中。赖逢邻女曾相识,并着莲舟不畏风。

此写一日气候骤变,末句既写实景,亦饶理趣,首二句正为此句而写。

竹枝词十一首(录六)　　刘禹锡

山桃红花满上头,蜀江春水拍山流。花红易衰似郎意,水流无限似侬愁。

日出三竿春雾消,江头蜀客驻兰桡。凭寄狂夫书一纸,住在〔家住〕成都万里桥。

城西门前滟滪堆,年年波浪不能摧。懊恼人心不如石,少时东去复西来。

瞿塘嘈嘈十二滩,此中道路古来难。长恨人心不如水,等闲平地起波澜。

巫峡苍苍烟雨时,清猿啼在最高枝。个里愁人肠自断,由来不是此声悲。

杨柳青青江水平,闻郎江上唱歌声。东边日出西边雨,道是无晴却有晴。

竹枝为巴蜀民歌,大约以竹枝打节拍。刘禹锡谪居其地,因其节拍而作多首,语言通俗生动而意则深沉而新鲜,读之觉清新感人。首章用喻出人意表,以花比女者习见,而用以比男意则未经人道,用意深而不失乐府情调。二章明白如话,盖巴峡多商贾,此作商妇口吻。三章运用《诗经》"我心匪石,不可转也"之意,翻新出奇,以滟滪堆之险反衬人心之易变,补首章"花红易衰似郎意"之情,而口语极生动。四章亦以滩险衬人心之险,与三章意相承。五章翻"猿鸣三声泪沾裳"之意,清新入理。六章用"晴"谐"情",虽《子夜歌》体例,而就景生情,从结构看与首章"蜀江春水拍山流"正相呼应也。

浪淘沙词九首(录一) 刘禹锡

日照澄洲江雾开,淘金女伴满江隈。美人首饰王侯印,尽是沙〔江〕中浪底来。

首句写其时机,二句写淘金之众。三四有自负意,亦有不平之心,全诗生色在此。

闺意上张水部 朱庆馀

洞房昨夜停红烛,待晓堂前拜舅姑。妆罢低声问夫婿:"画眉深浅入时无?"

此为朱庆馀应考前以"行卷"投张籍,以新嫁娘自喻,将张比为舅姑,可见当时婚姻习俗,与王建《新嫁娘词》同有乐府遗意。张籍答诗云:"越女新妆出镜心,自知明艳更沉吟。齐纨未是人间贵,一曲菱歌值万金。"朱因之大震时名而及第。"停红烛"近年颇多争论,停或指成双如停当、停匀,均有对称意,详见1984年7月31日《光明日报》刘逸生文。然作不灭解亦可通,与梳妆待晓意更相连也。

新上头 韩偓

学梳松鬟试新裙,消息佳期在此春。为爱好多心转惑,遍将宜称(去)问旁人。

新上头指妇女将嫁改妆。首句写学改梳妆,二句点明所以。三四两句写少女新妇心情入细,与上首合看,可见当时习俗。

秋夕　　杜　牧〔王建〕

红〔银〕烛秋光冷画屏,轻罗小扇扑流萤。瑶〔天〕阶〔街〕夜色凉如水,坐〔卧〕看牵牛织女星。

首句重在"冷"字,富丽堂皇之境着一"冷"字以见寂寞无聊。二句扑萤自遣。三句与首句"冷"字相呼应。末句无限怀人之情寄在其中。秋夕即指七夕,传言牛女渡河相会,而已则孤寂无伴。无限深情,尽寄动作画面中,耐人寻味。此诗通常以为写宫女生活,实则贵家妇女皆可,不必定指宫廷。

写情　　李　益

水纹冰簟(diàn 席)思(去)悠悠,千里嘉期一夕休。从此无心爱良夜,任他明月下西楼。

传神全在末句。冰簟孤枕,长夜无眠,对月怀人,辗转反侧,偏不说破,而云"任他明月下西楼",则今夕不寐可知。言"从此"则两人同在楼头玩月情味,自涌心头,以致今夜对月不眠也。

江南行　　张　潮〔朝〕

茨菇叶烂别西湾,莲子花开未见还。妾梦不离江上水,人传郎在凤凰山。

首句言秋末乘船远去,二句言将及一年未归,用"莲子"取"怜"谐音,故不言"菡萏"。末句用凤凰字联想,恐其另有新欢。"凤凰于飞"指夫妇之乐,巧用地名传出,又着"人传"二字,言者无罪,温柔含蓄。若求凤凰山之确切地点则胶柱矣。

江南曲　　于　鹄

偶向江边采白蘋,还随女伴赛江神。众中不敢分明语,暗掷金钗〔钱〕卜远人。

三四写情入细,自不待言。首句"偶"、二句"还"二字皆当细味,见良人远出,百事无绪,故平时习惯之事今只"偶"一为之,且借赛神暗卜归期也。

怀良人　　葛鸦儿

蓬鬓荆钗世所稀,布裙犹是嫁时衣。胡麻好种无人种,正是归时不见归。

此贫家妇女口吻,倍见亲切。俗云种芝麻必夫妇相随,亵语互谑,其生始茂,故有"和尚种芝麻,白费种"之谚,因借此以传深刻怀念之情。胡麻即芝麻。

春梦　　岑　参

洞房昨夜春风起,遥忆美人湘江水。枕上片时春梦中,行尽江南数千里。

首句时令,春日易起怀人之思。美人,此即指良人。二句引起三四句。三四用片时春梦、千里江南对举,以见思念之强烈,语言亦斩截利落。

贾妇怨　　刘得仁

嫁与商人头欲白,未曾一日得双行。任君逐利轻江海,莫把风涛似妾轻。

一二平平诉出,三四婉而多讽,既怨其"重利轻别离",又虑其"江湖多风波,舟楫恐失坠",嘱其珍重,情深语苦。

春词　　刘禹锡

新妆宜面下珠楼,深锁春光一院愁。行到中庭数花朵,蜻蜓飞上玉搔头。

三四传神,写其伤春怀人如醉如痴之态,借蜻蜓衬出,含蓄不尽。

春怨　　杨凝

花满帘栊欲度春,此时夫婿在咸秦。绿窗孤寝难成寐,紫燕双飞似弄人。

首句言春将尽而无心欣赏,二句点明。三四触景伤怀,未免小巧。

春女怨　　朱绛[绎]

独坐纱窗刺绣迟,紫荆花下啭黄鹂。欲知无限伤春意,尽在停针不语时。

首句"迟"字引起全篇。三句点破反觉乏味,与刘禹锡《春词》对比,自见优劣。

杂词十三首(录一) 　《才调集》

不洗残妆凭(去)绣床,却嫌鹦鹉〔也同女伴〕绣鸳鸯。回针刺到双飞处,忆着征夫泪数行。

亦嫌末句点破,伤于浅露。

春怨二首(录一)　　刘方平

纱窗日落渐黄昏,金屋无人见泪痕。寂寞空庭春欲晚,梨花满地不开门。

首二句写一日之寂寞,三四句写一春如此。金屋、梨花,境愈富丽,人愈寂寞,情愈难堪。

春思二首(录一)　　张窈窕

门前桃柳烂春晖,闭妾深闺绣舞衣。双燕不知肠欲断,衔泥故故傍人飞。

三四与"紫燕双飞似弄人"用意相同,而首句写景鲜明,气势胜杨作。二句写春光烂漫而不能自由欣赏,闭于深闺忙于刺绣,故三四见燕之双飞做巢而有感于己之孤寂也。

杨柳枝　　温庭筠

织锦机边莺语频,停梭垂泪忆征人。塞门三月犹萧索,纵有垂杨未觉春。

从己之春日思夫,想夫远处之寂寞。末句用"纵有"言实无,纵有垂杨亦未觉春天,何况连此亦无。大开大合,使人不觉。

怨诗寄杨达二首　　姚月华

春水悠悠春草绿(入),对此思君泪相续(入)。羞将离恨向东风,理尽秦筝不成曲(入)。

与君形影分吴越,玉枕经年对离别。登台北望烟雨深,回身泣向寥天月。

大胆倾诉,波澜起伏,结语尤劲健,女子诗而绝无脂粉气。

闺怨　　白居易

斜凭(去)绣床愁不动,红绡带缓绿鬟低。辽阳春尽无消息,夜合花前日又西。

前二句以动作神态写其愁损腰肢。三句点明所以。末句"又"字表明日日盼望,终无消息,含蓄有味。花自夜合,人分两地,消息全无,故无心刺绣也。

思妇眉　　白居易

春风摇荡自东来,拆尽樱桃绽尽梅。唯馀思(去)妇愁眉结,无限春风吹不开。

一二句为衬托三四,对比以见春愁之浓。

杂词十三首(录一)　　《才调集》

青天无云月如烛(入),露泣梨花白如玉(入)。子规一夜啼到明,美人独在空房宿(入)。

首句夜景美,二句泣字生动,从景物暗写人物心理。三句鹃啼到明暗示人终夕不寐。末句点明所以,前数句皆为此处服务。

闺怨　　韩偓

时光潜去暗凄凉,懒对菱花晕晓妆。初拆秋千人寂寞,后园青草任他长。

"懒"字、"任"字最能传出怨情。

瑶瑟怨　　温庭筠

冰簟银床梦不成,碧天如水夜云轻。雁声还向〔远过〕潇湘去,十二楼中月自明。

但写景事,情自可见。此所谓不着一字怨而字字句句皆有怨情。

秋夜曲二首　　王涯

丁丁(zhēng)漏水夜何长,漫漫轻云露月光。秋逼暗虫通夕响;寒衣未寄莫飞霜。

桂魄初生秋露微,轻罗已薄未更(平)衣。银筝夜久殷勤弄,心怯空房不忍归。

首章前三句均写通宵不眠,末句写情入细,又与虫响相应,读《诗·七月》自知。二首极写孤独难堪,在末句点明,使人如见其人。作者有作王维或张仲素者。

秋闺思二首　　张仲素

碧窗斜日〔月〕蔼深晖,愁听寒蛩泪湿衣。梦里分明见关塞,不知何路向金微。

秋天一夜静无云,断续鸿声到晓闻。欲寄征人问消息,居延城外又移军。

唐绝中此类题材佳作如林,主要从思妇角度写征夫,此两首结构均然。第一首写梦后苦思,实为倒叙。第二首写通夕冥想。看似平平说来,实则含思婉转,曲折有致。

秋怨　　罗邺

梦断南窗啼晓乌,新霜昨夜下庭梧。不知帘外如珪〔珪〕月,还照边城到晓无?

从己之思夫而不眠,想象夫亦当对月思己而不寐,但结语说得婉转,暗用"隔千里兮共明月"之意,用问话出之,耐人寻味。

古意　　陈玉兰〔王驾〕

夫戍萧关妾在吴,秋风吹妾妾忧夫。一行书信千行泪,寒到君边衣到无?

首句男女并说,此后从女忆男,只如平常说话,除秋风外未写任何景物,而自有无限深情,此白描高手也。

水调词十首(录二)　　陈陶

黠虏迢迢未肯和,五陵年少重横戈。谁家不结空闺恨,玉箸阑干妾最多。

长夜孤眠倦锦衾,秦楼霜月苦边心。征衣一倍装绵厚,犹虑交河雪冻深。

一首前二句交代丈夫从军之背景,三句为四句作衬。此首较平淡。阑干指纵横零乱。二首首句从第一首来,二句起以霜为线索,由霜想到寒,由秦楼之霜忆及交河之雪,三四写情入微,感人自深。

君不来　　方　干

远路东西欲问谁,寒来无处寄寒衣。去时初种庭前树,树已胜(平)巢人未归。

前二句平平说来,结句有味。见树思人,树已胜巢,鸟可栖息繁殖,而种树之人则尚不知何处,何日可归,览者何堪!

忆远　　张　籍

行人犹未有归期,万里初程日暮时。唯爱门前双柳树,枝枝叶叶不相离。

二句悬想行人当可首途。三四借树形人,树自成双,枝叶不分,以见渴望行人早归相守以终老也。

怨诗　　张　汯〔纮〕

去年离别雁初归,今夜裁缝萤已飞。征客近来音信断,不知何处寄寒衣。

两句用物候表分别已年馀,雁初归为暮春,萤已飞则夏秋之交。三句"近来"二字值得玩味,不但人未归来,近来音信反而断绝,寒衣亦无寄处,怨思可想。结构上回应二句"裁缝"。

送人　　徐月英

惆怅人间万事违,两人同去一人归。生憎平望亭前水,忍照鸳鸯相背飞!

借水写情,以鸟代人,怅恨难语。平望亭即送别处,故如此言。

代佳人赠别　　顾　况

万里行人欲渡溪,千行珠泪滴为泥。已成残梦随君去,犹有惊乌半夜啼。

二句泪滴为泥,入想奇特,巧为形容。三四言梦为乌惊而未能伴君,回环曲折有味。

与夫诀　　慎　氏

当时心事已相关,雨散云收一饷间。便挂〔是〕孤帆从此去,不堪重过望夫山。

事见《云溪友议》卷上《毗陵出》条,其夫得诗惭悔,遂为夫妇如初,可见诗之感人,尤其结语。

添新声杨柳枝词二首　　温庭筠

一尺深红蒙〔胜〕麴尘,天生旧物不如新。合欢桃核终堪恨,里许元来别有人。

井底点灯深烛伊,共郎长行(去)莫围棋。玲珑骰(tóu)子安红豆,入骨相思知不知?

此诗赵本题为《南歌子词》。构思全借谐声隐语,用《子夜歌》之法入七绝。如"烛"谐"嘱","围棋"谐"违期"。以此例之,第一首末当以果"仁"谐"人",而本集亦作"人",此种用思纤巧,聊备一格。若刻意追求,必入魔道。

汉宫曲　　徐　凝

水色帘前流玉霜,汉家飞燕侍昭阳。掌中舞罢箫声绝,三十六宫秋夜长。

首句极言帘之洁白非凡,见飞燕得宠之盛。末句言一人专宠,三十六宫尽皆失欢。"秋夜长"双关,既与首句"流玉霜"相应,又言从此无春意也。

八月　　章孝标

徙倚仙居绕翠楼,分明宫漏静兼秋。长安夜夜家家月,几处笙歌几处愁?

此诗开后世民歌"月子弯弯照九州,几家欢乐几家愁"之先河,以宫中生活为题,扩为不平之鸣。

宫中词　　朱庆馀

寂寞花时闭院门,美人相并立琼轩。含情欲说宫中事,鹦鹉前头不敢言。

琼轩、花时而冠以"寂寞"二字,美人相并欲言不敢,则其不自由而苦闷可想。妙在不说出而讥刺之意自在言外。

殿前曲　　王昌龄

昨夜风开露井桃,未央前殿月轮高。平阳歌舞新承宠,帘外春寒赐锦袍。

"平阳"句亦暗用李夫人赵飞燕事。此诗似羡似刺,最耐寻味。

长信秋词五首(录三)　　王昌龄

金井梧桐秋叶黄,珠帘不卷夜来霜。熏笼玉枕无颜色,卧听南宫清漏长。

奉帚平明金殿开,且〔暂〕将团扇共徘徊。玉颜不及寒鸦色,犹带昭阳日影来。

真成薄命久寻思,梦见君王觉后疑。火照西宫知夜饮,分明复道奉恩时。

一首言秋夕不眠,人已失宠,故熏笼玉枕均无颜色。二章言早起愁绪,借团扇联想班婕妤《怨歌行》,而暂共徘徊示同病相怜之意。玉颜不及寒鸦,以失宠也,令人凄楚。此首通篇未出怨字而其怨自深。王士禛推为盛唐压卷之一。三章言不甘此境,尚冀君恩,故梦见君王,然身在长信,觉后恍惚。此时西宫夜饮之热况,忆及当日复道奉恩,情景如昨,而事同隔世。当时愈热,此际愈冷,弥增悲怨。

宫词二十七首(录一)　　王　涯

鸦飞深在禁城墙,多绕重楼复殿旁。时向春檐瓦沟上,散开双〔朝〕翅占朝光。

但写鸦之自在尽占朝光,暗衬人之寂寞,犹"玉颜不及寒鸦色"之意。

宫词二首(录一)　　马　逢

玉楼天半起笙歌,风送宫嫔〔人〕笑语和。月影殿〔殿影〕开

〔深〕闻晓漏,水精帘卷近秋河。

此作旁观语气,写宫殿夜景。三句写彻夜笙歌,末句极言其高,与首句天半相应,写人间宫殿如在天上,故用"月殿"、"秋河"(即天河)字样。

西宫春怨　　王昌龄

西宫夜静百花香,欲卷珠帘春恨长。斜抱云和深见月,朦胧树色隐昭阳。

三四怨君在昭阳而不至西宫也。云和为乐器。

宫怨　　李益

露湿晴花春殿香,月明歌吹(去)在昭阳。似将海水添宫漏,共滴长门一夜长。

长门殿为汉武废置陈皇后之所,两长字以复见巧。刘永济先生云:"不过'愁人知夜长'之意,却将昭阳歌吹与长门宫漏比说,便觉难堪。"

长门怨　　裴交泰

自闭长门经几秋,罗衣湿尽泪还流。一种蛾眉明月夜,南宫歌管北宫愁。

北宫即指长门,三四对比见意。

长门怨二首(录一)　　李白

桂殿长愁不记春,黄金四壁起秋尘。夜悬明镜秋天上,独照长门宫里人。

黄金四壁暗用汉武当年曾许以金屋贮阿娇事,对比今日之凄冷,永夜不寐,其怨可不言而喻,"独照"句言己独不寐,亦见君王之薄倖也。

长门怨　　崔道融

长门花泣一枝春,争奈君恩别处新!错把黄金买辞赋,相如自是薄情人。

首句花字双关,既指花为人泣,亦言人貌如花。三四翻用千金买赋事,深进一层而不悖于理,此可为法。

长门怨　　刘言史

独坐炉边结夜愁,暂时恩去亦难留。手持金箸垂红泪,乱拨寒灰不举头。

三四两句写无聊之极,而用动作表现,较为含蓄。

长门怨二首　　刘　瑗〔媛〕

雨滴梧桐秋夜长,愁心和雨到昭阳。泪痕不学〔共〕君恩断,拭却千行更万行。

学画蛾眉独出群,当时人道便承恩。经年不见君王面,花落黄昏空掩门。

雨滴梧桐,愁人不寐,故觉夜长。二句昭阳指君王所在。三四意新词巧,怨君之薄倖,伤己之痴情。二首似借以抒怀才不遇之感,两首各自一意,非一时之作,赵本仅有第二首。一首言

"泪痕不学君恩断"见曾承恩宠,二首则言未遇。一首秋夜,二首春残,以花落兴已之盛年将逝也。

长门怨　　张　乔

御泉长绕凤凰楼,自是恩波别处流。闲揲(dié)(人)舞衣归未得,夜来砧杵六宫秋。

一二有新意,从泉水着笔,恩波别流,则己之失宠可知。结语推及六宫,含情不尽,只在砧杵秋声中令人自会。

长信宫　　赵　嘏

君恩已尽欲何归,犹有残香在舞衣。自恨身轻不如燕,春来长绕御帘飞。

三四痴情妄想,亦以反衬君恩之薄。

杂词十三首(录一)　　《才调集》

空赐罗衣不赐恩,一薰香后一销魂。虽然舞袖何曾〔时〕舞,长对春风挹(yì)泪痕。

几首皆就舞衣之闲,形容君恩不被,而各运巧思,不相雷同。

赠内人　　张　祜

禁门宫树月痕过(平),媚眼惟看宿燕窠。斜拔玉钗灯影畔,剔开红焰救飞蛾。

唐时称宫人为内人。三四两句前人用以题画,实则暗示同病相怜。首句言无聊之极,惟望月影移动,二句羡宿燕有窠相聚而已则禁闭宫庭。三四见飞蛾投火而生同病相怜之意故救之。

宫人斜　　王　建

未央墙西青草路,宫人斜里红妆墓。一边载出一边来,更衣不减寻常数。

宫人斜为宫人葬地,即在未央宫墙之外,对比之下,令人凄然。三四指斥帝王荒淫使无辜女子不断愁死,入木三分。载出,指尸体;来,指新选入宫。

和都官李郎中经宫人斜　　羊士谔

翡翠无穷掩夜泉,犹疑一半作神仙。秋来还照长门月,珠露寒花是野田。

首句言其死,二句故作疑词。三四言秋月依旧照临长门殿,而人已归野地。珠露寒花点缀夜景之凄冷。

宫人斜　　窦　巩

离宫路远北原斜,生死深恩不到家。云雨今归何处去,黄鹂飞上野棠花。

二句"深恩"二字妙,生既不能归家,死亦不能归骨,其惨可想,反言"深恩"不云"无恩",此处当细会。三句就"不到家"言,四句以春景作结,"野棠花"野字回应首句,见无人管也。黄鹂、野棠与香魂若即若离,妙在不说实。

宫人斜　　雍裕之

几多红粉委黄泥,野鸟如歌又似啼。应有春魂化为燕,年年飞入未央栖。

"红粉"、"黄泥";"歌"、"啼",皆以对比寄情。三四痴绝,见至死而不忘。从表面看对君王何其深情;从反面想,正以刺君之寡恩也。

宫人斜　　孟迟

云惨烟愁苑路斜,路旁丘冢尽宫娃。茂陵不是同归处,空寄香魂着野花。

首句凄恻,引起下文。结语与窦巩相较,则说得过实反不如"黄鹂飞上野棠花"之空灵。

宫人斜　　陆龟蒙

草着〔树〕愁烟似不春,晚莺哀怨向行人。须知一种埋香骨,犹胜昭君作虏尘。

《升庵诗话》卷八评此诗首句云:"只一句便见坟基凄恻之意。"作者选春景而云"不春",听黄莺而云"哀怨",着力写凄恻难以为情。三四忽出新意,似慰墓中人勿复哀怨,实则借昭君以见君王无情自古而然,讽刺更为深刻。此诗立意过前四首远矣。

哭夫二首　　裴羽仙

风卷平沙日欲曛,狼烟遥认犬羊群。李陵一战无归日,望断胡天哭塞云。

良人平昔逐蕃浑,力战轻行〔生〕出塞门。从此不归成万古,空留贱妾怨黄昏。

其夫为将军战殁,故为诗以哭。首章前二句想象塞外战场情景,三句言夫战殁,四句己之痛哭。二首一、二句回忆其夫为国轻生、屡立战功之往事。三句言战殁不归,成就万古英名。末句归至自己之哀怨。

燕子楼三首　　关盼盼

楼上残灯伴晓霜,独眠人起合欢床。相思一夜情多少,地角天涯未是长。

北邙松柏锁愁烟,燕子楼中思(去)悄然。自埋剑履歌尘散,红袖香销已十年。

适看(平)鸿雁岳阳回,又睹玄禽逼社来。瑶瑟玉箫无意绪,任从〔教(平)〕蛛网任从灰。

关盼盼为张建封爱妾,张筑燕子楼以居之。张殁后,关不下楼者十二年。此三诗即自咏愁况。一章写彻夜无聊,"独眠""合欢",触景伤怀。结语以天涯地角反衬对张之情。二章言张死十年己之孤独,皆两两对举,一句张,一句己。三章言生趣毫无,见物候而兴感,结语尤为哀伤。其后白居易有《燕子楼三首》和之云:"满窗明月满帘霜,被冷灯残拂卧床。燕子楼中霜月夜,秋来只为一人长。""钿晕罗衫色似烟,几回欲着即潸(shān)然。自从不舞《霓裳曲》,迭在空箱十一年。""今春有客洛阳回,曾到尚书墓上来。见说白杨堪作柱,争教(平)红粉不成灰。"白诗末句颇有讥其不死之意。关得诗和云:"自守空楼敛恨眉,形同春后牡丹枝。舍人不会人深意,讶道泉台不去随。"旬日绝食而卒。事见《唐诗纪事》卷七十八《张建封妓》条。其后燕子楼成为徐州名胜,诗人题咏甚众。作者有作张仲素者。

杂词十三首(录一)　　《才调集》

一去辽阳系梦魂,忽传征骑(去)到中门。纱窗不肯施红粉,图遣萧郎问泪痕。

众多闺怨之作,皆思而不见。此独写夫归情景,别开生面,故以殿此编。三四写心理入细,与首句相应。

七言四

离群索居,辞亲别友,或纯用白描,或寓情景物。山水猿鸟,花树草虫,正用反衬,各有千秋。合而观之,可见古人立意措词之匠心。今略以内容为序,先家亲而后朋友旅怀,其或构思相近者则并列之,不受上述原则之限。

九月九日忆山东诸〔兄〕弟　　王　维

独在异乡为异客,每逢佳节倍思亲。遥知兄弟登高处,遍插茱萸(zhūyú)少一人。

此摩诘十七岁之作,纯用白描,自然感人。首句与末句"少一人"相应。以己之思亲人,知兄弟亦必思己,大开大合,而又细针密线,举以三反。重九登高插茱萸避灾,末句切九日。"一"字应首句"独"字,而"异"、"每"、"倍"等字皆堪细味。

寄诸弟二首(录一)　　韦应物

雨中禁火空斋冷,江上流莺独坐听。把酒看花想诸弟,杜陵寒食草青青。

措意与上篇略同,而末句少一回环。

别李浦之京　　王昌龄

故园今在灞陵西,江畔逢君醉不迷。小弟邻庄尚渔猎,一封书寄数行啼。

王南迁,李浦至京,故托带家书而情不自已。落句感慨万端。此与韦诗相近,然韦为郡守,寒食禁火,独听流莺,因忆故园春景,忆弟所在,不着悲感字面。王贬斥江南,故结句悲伤不能自持也。

江南送北客因凭寄徐州兄弟书　　白居易

故园望断欲何如?楚水吴山万里馀。今日因君访兄弟,数行乡泪一封书。

与王作揩思相同,可为伯仲。

西上辞母坟　　陈去疾

高盖山头日影微,黄昏独立宿禽稀。林间滴酒空垂泪,不见丁宁嘱早归。

此乃人子肺腑中流出,结语尤沉痛。与孟郊"慈母手中线"(《游子吟》)合读,俱见真情,益增天伦之感。《游宦纪闻》卷四"高盖为闽中佳山……有一联云'云幄护坛仙世界,水帘遮室佛家风'"。

赴北庭度陇思家　　岑　参

西向轮台万里馀,也知乡信日应(平)疏。陇山鹦鹉能言语,为报家人数寄书。

逢入京使　　岑　参

故园东望路漫漫(平),双袖龙钟泪不干。马上相逢无纸笔,凭君传语报平安。

两诗对读,俱见思家之情,一则欲托鹦鹉传言,使已能得家中书信;一则倩人传语家中,报己之平安。皆如平常说话,自然真情感人。

秋思　　张　籍

洛阳城里见秋风,欲作家书意万重。复恐匆匆说不尽,行人临发又开封。

人人有此感,一经道出,自然动人。张籍每以平常语道人意中情事而耐人玩味,不特七绝也。

家书后批家在登州　　韩　偓

四序风光总是愁,鬓毛衰飒(sà)涕横流。此书未到心先到,家在孤城海岸头。

与张诗可谓异曲同工,而多一时世衰乱之感,读末句自知。

听角思归　　顾　况

故园黄叶满青苔,梦后城头晓角哀。此夜断肠人不见,起行残月影徘徊。

首句写梦中故园之秋景,二句角声惊梦,思乡不寐。三四尤酸楚,写思乡无已,只得顾影自伤,令人不忍卒读。

与史郎中饮,听黄鹤楼上吹笛　　李　白

一为迁客去长沙,西望长安不见家。黄鹤楼中吹玉笛,江城五月《落梅花》。

春夜洛城闻笛　　李　白

谁家玉笛暗飞声,散入东风满洛城。此夜曲中闻《折柳》,何人不起故园情!

两首皆由笛声而起思归之感。上首隐以贾谊自比,西望长安,有政治抱负在,三四句言笛声曲调,落梅花有双关意,言笛声效果使人如感满城落花。此首先写笛声远飏,虽不知吹笛人何处,然风吹满城,动人归思,则笛声之妙,自不待言。

听流人水调子　　王昌龄

孤舟微月对枫林,分付鸣筝与客心。岭色千重万重雨,断肠收与泪痕深。

此诗先写听时之环境,倍觉凄楚。三四将歌曲之水调与自然之岭雨合而一之,变为流人之泪痕,盖王贬龙标尉,亦属流人,更听流人水调,其感慨自深,过太白上两首也。

题临泷(shuāng)寺　　韩　愈

不觉离家已五千,仍将衰病入泷船。潮阳〔州〕未到人先〔吾能〕说,海气昏昏水拍天。

情绪虽伤感而造语豪健,结句尤然,韩公近体往往如此。

玉关寄长安主簿　　岑　参

东去长安万里馀,故人何惜一行书?玉关西望肠堪断,况复明朝是岁除!

此亦只如寻常说话,"万里"、"一行",对举见意。末句以令节加重乡愁,用层递语出之,更见分量。

除夜　　高　適

旅馆寒灯独不眠,客心何事转凄然?故乡今夜思千里:"霜鬓明朝又一年!"

佳节应守岁欢娱,而"转凄然",用一问引起下文。不曰己之思家,而言家人今夕当思自己独宿千里之外,徒增岁月。此翻进一层,大开大合,可以为法。

寒食　　孟云卿

二月江南花满枝,他乡寒食远堪悲。贫居往往无烟火,不独明朝为子推。

首句写春景堪赏,二句却写堪悲,起处即有扬有抑。三四句亦翻进一层,兼悯贫困者。

登楼寄王卿　　韦应物

踏阁翻林恨不同,楚云沧海思(去)无穷。数家砧杵秋山下,一郡荆榛(zhēn)〔芜〕寒雨中。

以上两首诗皆于思乡怀友中寓悯民之贫困意。韦诗"邑有流亡愧俸钱",与此诗三四句可合参。蔼然仁者之言。

渡桑乾　　　刘皂〔贾岛〕

客舍并州已十霜,归心日夜忆咸阳。无端更渡桑乾水,却望并州是故乡。

此亦思乡之作,流落之感,不言自见。不特故乡十年未归。今欲留久住望乡之并州,亦不可得,叹故乡之日远,归乡之无望也。三四伤神。

舟行作　　　衡山舟子

野鹊滩西一棹孤,月光遥接洞庭湖。堪嗟〔憎〕回雁峰前过,望断家山一字无。

归雁传书,故有三句。事见《唐语林》卷二。举此可见唐代诗风之盛,而绝句尤为天籁,触事感兴,自然动人。

送梁六至洞庭山作　　　张说

巴陵一望洞庭秋,日见孤峰水上浮。闻道神仙不可接,心随湖水共悠悠。

梁六即梁知微,张说谪守岳州,梁由潭州入朝,张作诗相送。孤峰句指君山,传为神仙窟宅,张借以起兴,以梁之入朝犹如登仙而己则无份,不胜歆羡,故《唐诗纪事》卷二十二称此诗末句"盖心存魏阙之意",得之。

送杜十四之江南　　　孟浩然

荆吴相接水为乡,君去春江正淼(miǎo)茫。日暮征〔孤〕帆

133

泊何处？天涯一望断人肠。

水行多风波之险，全诗着眼于此，故三四云然，亦见友情之深厚也。

送孟浩然之广陵　　李　白

故人西辞黄鹤楼，烟花三月下扬州。孤帆远影碧空〔山〕尽〔净〕，唯见长江天际流。

谚云："腰缠十万贯，骑鹤上扬州。"首二句似暗用其意，有艳羡意。三四句含情不尽，见目送征帆直至都无所见而犹望之也。

送客不及　　雍　陶

水阔江天两不分，行人两处更相闻。遥遥已失风帆影，半日虚销指点云。

与太白末二语相较，着迹太甚，乏空灵之趣。

柳杨送客　　李　益

青枫江畔白蘋洲，楚客伤离不待秋。君见隋朝更何事？柳杨南渡水悠悠。

青枫、白蘋皆《楚辞》习见物色，故二句云然，且翻悲秋之意，以见离别堪悲。三四借送客之地名联想而发兴亡之叹，此送别诗中又一格也。

送别　　刘方平

华亭霁色满今朝，云里樯竿去转遥。莫怪山前深复浅，清淮一日两回潮。

首句送别地点及天气,二句目送远去。三四若慰若惜,耐人寻味。连二句看,亦暗示凝望之久,见潮涨潮退也。

江楼感旧　　赵嘏

独上江楼思(去)渺然,月光如水水如天。同来望月人何处?风景依稀似去年。

首句"独"字引起三句,二句写月夜如画。四句"风景"关合二句。

谢亭送别　　许浑

劳歌一曲解行舟,红叶青山水急流。日暮酒醒人已远,满天风雨下西楼。

首句行者登程;二句用景色点明时令;三句言以酒自解;末句入神:满天风雨,既念行者,增别离之悲,又见无可奈何。

江陵愁望有寄　　鱼玄机

枫叶千枝复万枝,江桥掩映暮帆迟。忆君情似西江水,日夜东流无歇时。

一二写愁望之所见所感。三四易落套语。

都门送客　　沈彬

岸柳萧疏野草秋,都门行客莫回头。一条灞水清如剑,不为离人割断愁。

三四奇想奇语,未经人道。以水不能断愁,故劝行客莫回头也。

湘南即事　　戴叔伦

卢橘花开枫叶衰,出门何处望京师？沅湘日夜东流去,不为愁人住少时。

此写渴望回京之情。首句湘南景物,迥异京师,故引出二句。三四所谓无理有情之句。秦少游词:"郴江幸自绕郴山,为谁流下潇湘去？"似渊源于此。

宿武关　　李　涉

远别秦城万里游,乱山高下入商州。关门不锁寒溪水,一夜潺湲送客愁。

宿石门山　　雍　陶

窗灯欲灭夜愁生,萤火飞来促织鸣。宿客几回眠又起,一溪秋水枕边声。

过分水岭　　温庭筠

溪水无情似有情,入山三日得同行。岭头便是分头处,惜别潺湲一夜声。

三诗皆写因水声终宵不眠。李诗三四设想奇;雍诗写夜景平平;温诗最蕴藉,化用《陇头歌》"陇头流水"句意,使人不觉。

芙蓉楼送辛渐二首　　王昌龄

寒雨连江夜入吴,平明送客楚山孤。洛阳亲友如相问,一片冰心在玉壶。

丹阳城南秋海阴,丹阳城北楚云深。高楼送客不成醉,寂寞寒江空月明。

王夜至江南,即逢辛北归,首二句叙此事,而写景苍茫。鲍照《白头吟》:"直如朱丝绳,清如玉壶冰。"首章末句用其意。沈德潜云:"言己之不以宦情牵怀也。"得此诗旨。盖作者虽远贬而自视品格孤高,故有此喻。二首音节奇拗,结语一片寒寂之感,以示对辛之怀念。芙蓉楼在今江苏镇江市,当日近海,故写此苍茫海气,渲染气氛。

送元二使安西　　王　维

渭城朝雨裛(同浥,湿也)轻尘,客舍青青柳色新〔春〕。劝君更尽一杯酒,西出阳关无故人。

纯用白描,自然真挚,"更尽"者已酣而更劝尽,引出末句。好事者谱为《阳关三叠》,作为送别乐曲。王渔洋亦以之为盛唐绝句四首压卷之一。

送李侍御赴常州　　贾　至

雪晴云散北风寒,楚水吴山道路难。今日送君须尽醉,明朝相忆路漫漫(平)。

此与王诗措意相同,首二句言道路艰难,末句无王之沉厚。

古离别二首(录一)　　韦　庄

晴烟漠漠柳毵毵,不那离情酒半酣。更把玉〔马〕鞭云外指,断肠春色在江南。

江南春色而着以"断肠"字,见以远去江南为愁也。

离筵诉酒　　韦　庄

感君情重惜分离,送我殷勤酒满卮。不是不能判(平)酩酊,却忧前路酒醒(平)时。

庾信《代人伤往诗》二首其一:"青田松上一黄鹤,相思树下两鸳鸯。无事交渠更相失,不及从来莫作双。"

别友人　　长孙佐辅

愁多不忍醒(平)时别,想极还寻静处行。谁遣同衾又分手,不如行路本无情。

梁简文《夜望单飞雁诗》云:"早知半路应相失,不如从来本独飞。"长孙此意翻腾入妙。

赠别李纷　　卢　纶

头白乘驴悬布囊,一回言别泪千行。儿孙满眼无归处,唯到樽前似故乡。

此数首别情皆有酒为衬,王、李二作已作分析。韦庄《离筵诉酒》别出心裁,前人未道。长孙一首入骨相思,结语出人意表而在情理之中。卢纶一诗写孤苦老人,惟酒消愁,暂忘飘流之感,其情亦苦矣。

别董大二首(录一)　　高　适

千里黄河〔云〕白日曛,北风吹雁雪纷纷。莫愁前路无知己,天下何人不识君!

董大即名琴师董庭兰。首二句写景开阔苍凉,似引悲感,而忽用"莫愁"句一翻,用豪语送别,读之神旺。

赠苏绾(wǎn)书记　　杜审言

知君书记本翩翩,为许从戎赴朔边。红粉楼中应(平)计日,燕支山下莫经年。

末句借用燕支字样,暗寓规讽,勿觅新欢而忘室家计日待己之归。此得古人赠言之旨。

巴陵送贾舍人　　李　白

贾生西望忆京华,湘浦南迁莫怨嗟。圣主恩深汉文帝,怜君不遣到长沙。

从贾姓着笔,以贾谊比拟,不见凑泊之迹,三四亦情亦慰,含蕴无穷。

送李山人归山　　陆　畅

来从千山万山里,归向千山万山去。山中白云千万重,却望人间不知处。

此以复字见巧而切山人身分,望其勿轻出山也。

伏翼洞送夏方庆　　陈　羽

洞里春晴花正开,看花出洞几时回?殷勤好去武陵客,莫引世人相逐来。

此用《桃花源记》意,主旨与陆畅诗相似,劝其勿惹世氛也。

送上饶严明府摄玉山　　戴叔伦

家在故林吴楚间,冰为溪水玉为山。要将旧政化邻邑,遥见逋(bū 逃亡)人相逐还。

首句写其故居,二句写山水之明洁,又将玉山二字嵌入,见人之高洁。三四寓劝勉于颂扬中,得赠言之旨。

送沈子福归江东　　王　维

杨柳渡头行客稀,罟(gǔ 网)师荡桨向临圻。唯有相思似春色,江南江北送君归。

首句"杨柳"即伏三四句意。三四易落套,不可轻学。

送李判官之润州行营　　刘长卿

万里辞家事鼓鼙,金陵驿路楚云西。江春不肯留行客,草色青青送马蹄。

前二句叙事,末句如画,三句为四句作转语。

峡中送友人　　司空曙

峡口花飞欲尽春,天涯去住泪沾巾。来时万里同为客,今日翻成送故人。

首句春将尽已感难堪,而客中送友,去住皆愁,二句有实感,引出三四两句,此亦但道即目,自然销魂。

舟中送李观　　皇甫冉

江南近别亦依依,山晚川长客伴稀。独坐相思计行日,出门临水望君归。

此与上首异曲同工,上首远地送客,此首舟中近别,三四明白如话,亦以白描见长。

淮上与友人别　　郑　谷

扬子江头杨柳春,杨花愁杀渡江人。数声风笛离亭晚,君向潇湘我向秦。

此诗誉之者以为晚唐压卷,贬之者以为衰飒无味。平心而论,三四句亦明快可诵,惜馀味不足。谢榛《四溟诗话》卷一云:"凡起句当如爆竹,骤响易彻;结句当如撞钟,清音有馀。郑谷《淮上别友》诗'君向潇湘我向秦',此结如爆竹而无馀音。予易为起句足成一首:'君向潇湘我向秦,杨花愁杀渡江人。数声长笛离亭外,落日空江不见春。'"录以广见闻。

京口送朱昼之淮南　　李　涉

两行客泪愁中落,万树山花雨里残。君到扬州见桃叶,为传风水渡江难。

首二句作对,意在衬托渲染,客泪山雨,似即似离。三四倩人传语,别具一格,末句亦含对朱之关切意。

送别魏二　　王昌龄

醉别江楼橘柚香,江风引雨入船凉。忆君遥在湘山月,愁听清猿梦里长。

此在湖南作,所写皆湖南景色。一二写送别情景,三四写两人别后相思,即"那堪两处宿,共听一声猿"意境。

发渝州却寄韦判官　　司空曙

红烛津亭夜见君,繁弦急管雨纷纷。平明分手空江转,唯有猿声满水云。

此留别之作,前二句叙送别夜席情景,"雨纷纷"既形容弦管之声,亦有自然雨声。三句分别,四句别后之岑寂,亦用猿声寄托哀愁。

夜发袁州〔江〕寄李颍川、刘侍御　　戴叔伦

半夜回舟入楚乡,月明山水共苍苍。孤猿更叫秋风里,不是愁人亦断肠。

结语令人遐想。首二句写半夜舟行,独行无友,已满愁怀;三句孤猿哀切,不是愁人亦当肠断,况已亦孤行乎?李即李嘉祐,见《唐诗纪事》卷二十一,时李贬袁州。

重送裴郎中贬吉州　　刘长卿

猿啼客散暮江头,人自伤心水自流。同作逐臣君更远,青山万里一孤舟。

首句情景已极不堪,二句就一句来,"人自伤心"引出后文,"水自流"由暮江头来,载孤舟去,不会人之伤心。此种句法亦易落套,而此处则甚贴切。三四从伤心字来,肺腑中言,令人凄断。末句"一"字加重"万里孤舟"之情感,非与"孤"字重复,当细味。

妓席送独孤云之武昌　　李商隐

叠嶂千重叫恨猿,长江万里洗离魂。武昌若有山头石,为拂苍苔检泪痕。

几首用猿啼表愁思之诗,此首首句特为沉郁。叠嶂千重,长江万里,背景何等广阔,而接以"叫恨猿"、"洗离魂",沉重可想。三四化用望夫石事,言若有石人亦当为之下泪,何况活人亲身经此?几首别诗,义山此作沉郁苍凉,尤为杰出。

送日本僧归　　韦　庄

扶桑已在渺茫中,家在扶桑东更东。此去与师谁共到?一船明月一帆风。

送僧不当作世俗悲苦语,此诗首二句言其为日本僧,结句表明空诸所有,又含一帆风顺之祝愿,含蓄不尽。

冬夜〔日〕送客　　皎　然

平明走马上村桥,花落梅溪雪未消。日短天寒愁送客,楚山无限路迢迢。

僧诗而无酸馅气,二句写景清新。

宣城见杜鹃花　　李　白

蜀国曾闻子规鸟,宣城还见杜鹃花。一叫一回肠一断,三春三月忆三巴。

此以复字见巧。见花而思鸟(子规亦名杜鹃),因念故乡也。首句故土鸟鸣,二句他乡所见,三句因花名忆及故乡子规之啼,四句由宣城忆三巴。结构井然。

闻杜鹃二首(录一) 雍　陶

蜀客春城闻蜀鸟,思归声引未归心。却知夜夜愁相似,汝正愁时我正吟。

此以人鸟对举见意。首句人闻鸟,二句鸟声引人,三四人鸟合举,缴足二句。

晚次宣溪,韶州张使君惠书叙别,酬以二章(录一)　韩　愈

潮州南去接宣溪,云水苍茫日向西。客泪数行先自落,鹧鸪休傍耳边啼。

杂词十三首(录一)　《才调集》

近寒食雨草萋萋,着麦苗风柳映堤。一〔等〕是有家归未得,杜鹃休向耳边啼。

两诗结语同一构思,韩诗首句记叙,二句暮景渐逼,行客愁生,故结语云云。后首写春暮景色,颇为引人,而由寒食想在异乡。故有三四句,善于点化杜鹃传闻,非袭韩作也。

移家别湖上亭　戎　昱

好是〔去〕春风湖上亭,柳条藤蔓系离情。黄莺久住浑相识,欲别频啼四五声。

《云溪友议》云此为歌妓而作,黄莺代所悦歌妓,恐出附会。但借鸟以表惜别之情,亦自有味。前四诗写乡思旅愁皆取子规

鹧鸪,此独取黄莺惜别,具见巧思。

湖南春日二首(录一) 戎　昱

三湘飘寓若流萍,万里江乡隔洞庭。羁客春来心欲碎,东风莫遣柳条青。

末句即李白《劳劳亭》"东风知别苦,不遣柳条青"意,但有前三句蓄势,忽出此句,遂觉感情沉重难忍。

春日思归 王　翰

杨柳青青杏发花,年光误客转思家。不知湖上菱歌女,几个春舟在若耶?

写景如画,仅二句出思家二字,三四即想象故乡景色,不言乡愁而乡愁自在此中。上首通过浓重抒情字眼表现乡愁。此首则从淡淡画面中传出,似乎全不着力。

柳州二月榕叶落尽偶题 柳宗元

宦情羁思(去)共凄凄,春半如秋意转迷。山城过雨百花尽,榕叶满庭莺乱啼。

异乡景物徒令人悲,因落叶故疑春如秋。此诗不言远谪之苦,而其愁自见。莺啼着一"乱"字,感情色彩可知。此诗选本题只作《柳州二月》,此依本集标题。

长安旅怀 高　蟾

马嘶九陌年年苦,人语千门日日新。唯有终南寂无事,寒光不入帝乡尘。

首二句写长安奔竞之风,犹孟郊所谓"长安无缓步"也。所谓"日日新"者,见宦途风波、"王侯第宅皆新主"之意。三四借终南山之清高以讽帝乡之污浊。不可一日居之意自在言外。

夕阳楼　　李商隐

花明柳暗绕天愁,上尽重城更上楼。欲问孤鸿向何处,不知身世自悠悠。

起句即惊人,花明柳暗,美景堪娱,却续以"绕天愁"三字,出人意外。愁无可诉,乃登城楼以图排遣。三四翻进一层,波澜起伏。见孤鸿无所,方思发问,而不知己亦孤鸿无所止息也。若先说自身飘泊,再悯孤鸿,则无此曲折之势矣。

酬曹侍御过象县见寄　　柳宗元

破额山前碧玉流,骚人遥驻木兰舟。春风无限潇湘意,欲采蘋花不自由。

音节意境均有《楚辞》味,唯末句较刻露,不若《柳州二月》之含蓄。

与初上人　　柳宗元

海畔尖山似剑铓,秋来处处割愁肠。若为化作身千亿,散上峰头望故乡。

较之上首,刻露尤甚,情愈苦而辞愈直。首句就柳州山形特色着笔,二句就首句生发,惨痛之极,与"水作青罗带,山如碧玉簪"之喻适相河汉。三四忽发痴想,点出愁因在异乡也。

登崖州城作　　李德裕

独上高楼望帝京,鸟飞犹是半年程。青山似欲留人住〔也恐人归去〕,百匝千遭绕郡城。

德裕相武宗,功勋卓著,为中晚唐名相。武宗崩,被贬海南,此诗从肺腑流出,一字一泪,鸟飞犹是半年,人行当几年?何况连青山也妒人之归!结句有双关意,既表明海南多山,亦见群小阻滞不放北还也。卒死于海南。

长滩梦李绅　　元　稹

孤吟独寝意千般,合眼逢君一夜欢。惭愧梦魂无远近,不辞风雨到长滩。

杜甫《梦李白》云:"三夜频梦君,情亲见君意。"此诗似师其意写友情。如写成己梦李绅反觉少味。所谓"故人入我梦,明我长相忆",见两人交亲。结句补充首句独寝于风雨中,应留心。

闻乐天左降江州司马　　元　稹

残灯无焰影幢幢(chuáng),此夕闻君谪九江。垂死病中惊坐起〔仍怅望〕,暗风吹雨入寒窗。

首末二句气氛凄绝,佐以二三之直叙,弥觉酸楚。白得诗,《与元九书》云:"此语他人尚不可闻,况仆心哉?"微之七绝,或当推此为冠。

重赠　　元　稹

休遣玲珑唱我诗,我诗多是别君词。明朝又向江头别,月落潮平是去时。

商〔高〕玲珑为馀杭歌者,元为越州,曾向白借玲珑至越州唱曲半载,故此诗如此措辞,亦见两人私交之深也。

赠别二首　　杜　牧

婷婷〔娉娉〕袅袅十三馀,豆蔻梢头二月初。春风十里扬州路,卷上珠帘总不如。

多情却似总无情,唯觉尊前笑不成。蜡烛有心还惜别,替人垂泪到天明。

此为狎邪之作。一首夸其年轻貌美,以二月豆蔻含苞未放为喻,三四谓偌大扬州无一人可及。二首言临别终夕相对不忍分离。以蜡烛为衬,未免纤巧,然宋代词人每喜仿此,如晏几道《蝶恋花》云:"红烛自怜无好计,夜寒空替人垂泪。"唐人赠妓之诗颇多,举此以见一斑。

七言五

同写山水景物，或表欢愉，或诉幽怨，皆与诗人身世心情相关。以风格言，或雍容都雅，含蓄有余；或险怪幽峭，刻削见骨。甚或借题发挥，因以讽世。其中写都市之繁华及战后之冷落，对比而观，发人深省。闲情逸趣可以养性怡情者，亦加甄录。

峨嵋山月歌　　李　白

峨嵋山月半轮秋，影入平羌江水流。夜发青溪向三峡，思君不见下渝州。

每句皆有地名，四句五地，读之不嫌板滞而流转自如，此太白出奇而使人不觉。此月盖借以指友人。

横江词五首(录二)　　李　白

海潮南去过浔阳，牛渚由来险马当。横江欲渡风波恶，一水牵愁万里长。

海神东过恶风回，浪打天门石壁开。浙江八月何如此，涛似连山喷雪来！

或谓此有感于永王璘事而作,恐出附会。但看形容江潮之险,与海涛并观,亦足惊心动魄。疑石壁为涛所打开,而成天门,险恶可想。所谓"一水牵愁万里长"者,但言长江之难渡,不必向政治形势深求,以致流于穿凿。

扬子津　　卢　仝

风卷鱼龙暗楚津,白波沉郁海门山。鹏腾鳌倒且快意,地拆天开总是闲。

卢仝险怪,此写长江风涛之险,亦可与太白上诗相比。但嫌三四两句太着力,无太白之从容。

望庐山瀑布　　李　白

日照香炉生紫烟,遥看(平)瀑布挂前〔长〕川。飞流直下三千尺,疑是银河落九天。

庐山瀑布　　徐　凝

虚空落泉〔瀑布瀑布〕千仞直(入),雷奔入江不暂息(入)。今〔千〕古长如白练飞,一条界〔解〕破青山色〔石〕(入)。

《云溪友议》卷中《钱唐论》条以凝此诗压倒张祜。《庐山记》中亦盛赞凝诗。苏子瞻游庐山痛加贬斥云:"帝遣银河一派垂,古来唯有谪仙词。飞流溅沫知多少,不与徐凝洗恶诗。"平心而论,徐诗亦能状物,但粘皮带骨,不如太白之超脱,借银河以状瀑布气势,非徐所能及。传宣宗未遇时与禅师联句咏瀑布云:"溪涧岂能留得住,终归大海作波涛。"亦较徐诗开阔。

望洞庭　　刘禹锡

湖光秋月两相和,潭面无风镜似〔未〕磨。遥望洞庭山水〔翠〕色,白银盘里一青螺。

题君山〔洞庭诗〕　　雍　陶

烟波不动影沉沉,碧色全无翠色深。应是水仙梳洗罢〔处〕,一螺青髻〔黛〕镜中心。

君山　　程　贺

曾游方外见麻姑,说道君山此本无。云〔元〕是昆仑山顶石,海风吹〔飘〕落洞庭湖。

三诗皆写洞庭君山,刘诗以小喻大,末句传神。雍诗似有意与刘争胜,就刘诗之梳妆盘之喻,引出妆罢对镜之喻,兼有动态,又引二湘水仙,令人遐想。而程诗却从题外着笔,诗句亦如天外飞来,一气呵成,以气势压倒前作,人称"程君山",以一诗而不朽。

白帝下江陵　　李　白

朝辞白帝彩云间,千里江陵一日还。两岸猿声啼不住,轻舟已〔须臾却〕过万重山。

"有时朝发白帝,暮至江陵",此《水经注》写三峡水流之迅急也。"巴东三峡巫峡长,猿鸣三声泪沾裳",此三峡行旅之愁叹也。太白遇赦放还,扁舟出峡,首二句即《水经注》语,而着"彩云间"三字,既写白帝之高,又为诗句着色。三四欢惊豪气,一扫千年凄怆。"啼不住"语带双关,猿啼不住,欲舟之暂住亦不可得,轻舟已过,何快如之。此诗遂为绝句写行旅之压卷。

湘中酬张十一功曹　　韩　愈

休垂绝徼千行泪,共泛清湘一叶舟。今日岭猿兼越鸟,可怜同听不知愁。

韩愈与张署同遭贬斥,又同时北归,此盖北归江陵途中所作。以昔日之愁绪,衬今日之欢欣。三句"今日"二字为一篇关楗,过去猿鸟引愁,今日因获北归故"不知愁"也。

郴口又赠二首　　韩　愈

山作剑攒(cuán)江写〔泻〕镜,扁舟斗转疾于飞。回头笑向张公子,终日思归此日归。

云颩霜翻看不分,雷惊电激语难闻。沿崖宛转到深处,何限青天无片云!

前首气势雄浑,落笔迅急,亦写出山中水流之特色,欢快之情,跃然纸上。二首从"疾于飞"句来。一二句写水流迅急,舟行气势。结语忽由险及夷,有无限自在情趣,自然景物又见人之心情,犹胜于"柳暗花明又一村"也。

峡中行　　雍　陶

两崖开尽水回环,一叶才通石罅(xià)间。楚客莫言山势险,世人心更险于山。

此借以讽世,犹刘禹锡《竹枝词》:"长恨人心不如水,等闲平地起波澜。"前两句写两崖之险,三句一转,四句点明正意。

以上几首皆写山水险峻,而措意造语迥别,雍诗最平。

江陵道中　　王　建

菱叶参差萍叶重,新蒲半拆夜来风。江村水落平地出,溪畔渔船青草中。

写村景如画。先写近处小塘,后及溪边渔船。因水落,故船搁青草中。

江陵使至汝州　　王　建

回看巴路在云间,寒食离家麦熟还。日暮数峰青似染,商人说是汝州山。

但叙情事,渐近目的地,三四不言欢娱,而其情自在其中。三句得山水画趣。

秋下荆门　　李　白

霜落荆门烟树空,布帆无恙挂秋风。此行不为鲈鱼鲙,自爱名山入剡中。

首句点题,烟树空指木叶已落。"布帆无恙"用顾恺之语入诗,极自然。三四翻用张翰事,剡中谢灵运游览之所,《梦游天姥吟》所属意者。秋风行旅,江湖风波,他人常多苦语,太白则飘然自得。

陪族叔刑部侍郎晔及中书贾舍人至游洞庭五首(录一)　　李　白

洞庭西望楚江分,水尽南天不见云。日落长沙秋色远,不知何处吊湘君?

贾至被贬于此,故就古之怀才不遇者着笔。前二句写水天空阔之景,旷望无极。三句特点长沙,暗出贾谊(指贾至),贾谊投文以吊屈原,此句借湘君以代古之贤才迍遭,则贾至、李晔及白均含其中,牢骚而不见痕迹,语言颇有《楚辞》之神。《升庵诗话》卷九云:"此诗之妙不待赞,前句云不见,后句不知,读之不觉其复。此二不字决不可易。大抵盛唐大家正宗,作诗取其流畅,不似后人之拘拘耳。聊发于此。"

桃花矶　　张　旭

隐隐飞桥隔野烟,石矶西畔问渔船:"桃花尽日随流水,洞在清溪何处边?"

此就矶名"桃花"而联想《桃花源记》。首句写景即有恍惚迷离之状,与下文情调统一。后文用《桃花源记》事,引人悬想美境。

山行留客　　张　旭

山光物态弄春晖,莫为轻阴便拟归。纵使晴明无雨色,入云深处亦沾衣。

首句"弄春晖"三字写出一片春光融融景态,为留客根据,使人如身临其境。末句尤妙于形容,非入山深者不能会此。

过耶溪　　朱庆馀

春溪缭绕出无穷,两岸桃花正好风。恰是扁舟堪入处,鸳鸯飞起碧流中。

此亦诗中有画,静中有动,结语尤耐玩味。

南行　　罗邺

腊晴江暖鹭鹚飞,梅雪香沾越女衣。鱼市酒村相识遍,短船歌月醉方归。

一二写景,有声、有色、有味。三四尤自得其乐。末句亦入画也。赵本未见,《升庵诗话》卷一称之。

题清远峡观音院二首　　卢肇

清潭洞澈深千尺,危岫攀萝上几层!秋尽更无黄叶树,夜阑唯对白头僧。

风入古松添急雨,月临虚槛背残灯。老猿啸狖(yòu)还欺客,来撼窗前百尺藤。

此写幽峭之境,使人凄神寒骨。首句深潭见底,二句危岫层霄。三四除白头僧外,空无所有,则危岫深潭更增凄冷。二首就夜阑句来,松风声如急雨,月光影背残灯,已极难堪。而三四两句老猿啸狖几使人毛骨悚然,亦见此境极幽,常无人住,故野物敢如此恶作剧也。

柏林寺南望　　郎士元

溪上遥闻精舍钟,泊舟微径度深松。青山霁后云犹在,画出西南四五峰。

前二句叙事点题极简洁,舟行闻钟知有寺,然后泊舟从松林微径中寻至柏林寺。三四画境尤生动,暗用"夏云多奇峰"意。

梓州牛头寺　　柳公绰

才出城西第一桥,两边山木晚萧萧。井花莫洗行人耳,留听溪声入夜潮。

此诗着眼以声音写寺之幽静,颇饶情趣。赵本未见,《升庵诗话》卷七称之。

欸乃曲五首(录一)　　元　结

千里枫林烟雨深,无朝无暮有猿吟。停桡静听曲中意,好是云山《韶》《濩》(hù)(古乐名。《韶》,舜之乐;《濩》,尧之乐)音。

此写猿吟反增幽趣,所谓"山水有清音",以见脱离尘俗情怀。元好问取以入《论诗绝句》:"浪翁水乐无宫徵(zhǐ),自是云山《韶》《濩》音。"

洛桥晚望　　孟　郊

天津桥上冰初结(入),洛阳陌上行人绝(入)。榆柳萧疏楼阁闲,月明忽见嵩山雪(入)。

此写初冬萧瑟之景,结句自有高致,全诗自是孟诗孤寒本色。

题龙阳县青草湖　　唐温如

西风吹老洞庭波,一夜湘君白发多。醉后不知天在水,满船清梦压星河。

波浪而被吹老,湘君而忽生白发,皆醉中狂想,用字造语惊人。第三句点明,结句尤非人意所料,"压"字一字千钧。全诗意奇境奇而语尤险狠。补:据考证,唐温如实为元末明初人。

江畔独步寻花七绝句(录二) 杜 甫

黄师塔前江水东,春光懒困倚微风。桃花一簇开无主,可爱深红爱浅红?

黄四娘家花满蹊,千朵万朵压枝低。留连戏蝶时时舞,自在娇莺恰恰啼。

杜公七绝喜用拗体,自具特色。此写春景正浓,第一首着眼桃花。第二首以蝶莺妆点春色,人之愉快,不言而喻。两绝首句皆点地名,交代题中独步寻花之意。黄四娘之名遂因杜诗而传,似为当日栽花名手。

春水生二绝(录一) 杜 甫

二月六日春水生,门前小滩浑欲平。鸂鶒鸂鶒(xīchì)莫漫(平)喜,吾与汝曹俱眼明。

首句点明日期,见郑重其词,为结语伏线。三四出人意表,想见此老得意神情。

绝句四首(录一) 杜 甫

两个黄鹂鸣翠柳,一行白鹭上青天。窗含西岭千秋雪,门泊东吴万里船。

前二句四种颜色,而鸟之飞鸣自在之状入画。后二句以小见大,由近及远复由远见近,纵横开合。四句若断若连,不言乡思而思乡自在其中。

城东早春　　杨巨源

诗家清景在新春,绿柳才黄半未匀。若待上林花似锦,出门俱是看花人。

着眼"早春",二句点明早春景色。三四展望未来,一片生机,此写早春而借春浓时点缀生色。

早春呈水部张十八员外二首(录一)　　韩　愈

天街小雨润如酥,草色遥看近却无。最是一年春好处,绝胜(平)烟柳满皇都。

首句写春雨,二句雨后草色,此非身临不易体会,写景入细。三四贬烟柳以扬此景,着眼于"早"字,以草色写早春光景之美,别具匠心。

晚春　　韩　愈

草树知春不早归,百般红紫斗芳菲。杨花榆荚无才思(去),惟解漫天作雪飞。

前二句写万紫千红而拟人化,不落套。三四句意有所讽,盖讥无才而欲自炫者,此所谓借题发挥也。

寒食　　韩　翃(hóng)

春城无处不飞花,寒食东风御柳斜。日暮汉宫传蜡烛,轻烟散入五侯家。

首二句写春景浓郁,后二句写对外戚之殊宠以表皇家之恩泽。韩翃以此诗受知德宗,骤擢中书舍人,传为佳话,诗话、小说,津津乐道。德宗之欣赏或以其善颂皇恩。高步瀛先生《唐宋诗举要》云:"唐肃、代以来,宦官擅权,后汉事讽谕尤切。"亦可参考,不必强求一律也。

晓登迎春阁　　刘　驾

未栉凭栏眺锦城,烟笼万井二江明。春风满阁花满树,树树树梢啼晓莺。

二句写早景人烟稠密之状亦颇见工力。三四重四"树"字见巧,驾数诗皆然。此偶一为之,不着痕迹,如"庭院深深深几许"之类则可,刻意追求,便入魔道。

滁州西涧　　韦应物

独怜幽草涧边生〔行〕,上〔尚〕有黄鹂深树鸣。春潮带雨晚来急,野渡无人舟自横。

赵蕃、韩淲选此诗为压卷。谢枋得注以为君子在下小人在上之象,未免穿凿。此诗但写境幽可喜,动静结合,有清幽闲静之深树莺啼,复有急风骤雨之孤舟横泊。其人之胸襟情趣,自然超绝。此诗三四句尤有名,宋人以为画题。苏舜卿《淮中晚泊犊头》云:"春阴垂野草青青,时有幽花一树明。晚泊孤舟古祠下,满川风雨看潮生。"有意与此诗争胜,但终觉太着力。吴旦生《历代诗话》卷四十九《字讹》作"作""尚"。吴旦生曰:此太清楼帖所刻手写也。系蔡元长校鉴,自属真本。何元朗言怜草而行于涧边,当春深之时黄鹂尚鸣,始于性情有关。今本"行"作"生","尚"作"上",则于我了无干涉矣。杨升庵亦云"生"本

159

作"行","上"作"尚",见古法帖。

春行寄兴　　李　华

宜阳城下草萋萋,涧水东流复向西。芳树无人花自落,春山一路鸟空啼。

二句言山之多曲,三四写幽寂之境,无人欣赏,似有怜惜意。

泛舟入后溪二首(录一)　　羊士谔

雨馀芳草静沙尘,水绿滩平一带春。唯有啼鹃似留客,桃花深处更无人。

幽静可喜,写啼鹃不落套,结句暗使桃花源事,使人不觉。

赏春　　罗　邺

芳草和烟暖更青,闲门要路一时生。年年〔来〕检点人间事,唯有春风不世情。

首句写一片生机,二句闲门、要路对举见意,引出三四,言"唯有"者,见人世无不势利也。借赏春以讽世,出人意外而言之入情入理。

早春雪中　　卢　纶

阴云万里昼漫漫(平),愁坐关心事几般。为报春风休下雪,柳条初放不禁(平)寒。

三四句关心幼芽,恐遭摧折,蔼然仁者之言,当有所指也。

澧陵道中　　李群玉

别酒离亭十里强,半醒(平)半醉引愁长。无人〔端〕寂寂春山路,雪打溪梅狼藉香。

末句最耐玩味,雪打溪梅,狼藉满地,然香故依然,此讽雪而赞梅,疑亦有所寄托。

宋氏林亭　　薛能

地湿莎青雨后天,桃花红近竹林边。行人本是农桑客,记得春深欲种田。

一二句写景如画,二句尤美。三四忽转入农桑,写春景诗中罕见。

题王明府郊亭　　欧阳詹

日日郊亭启竹扉,论桑劝穑是常机。山城要得牛羊下,方与农人分背归。

写县令郊亭着眼农桑牛羊,寓劝农于景物叙写中,得古人赠言之体,绝诗中不多见也。

休日寻人不遇　　韦应物

九日驱驰一日闲,寻君不遇又空还。怪来诗思(去)侵人骨,门对寒流雪满山。

二句写怅惘之情,着一"又"字表明非一次不遇,三四写其人所居幽绝,人之高格,见于言外,故对景怀人而诗思不能自己也。

傍水闲行　　裴　度

闲馀何事觉身轻,暂脱朝衣傍水行。鸥鸟亦知人意静,故来相近不相惊。

裴以宰相之尊,机务缠身,能暂脱朝衣闲行水傍,即觉无限自在。三四用列子海鸥事,亦示己无机心与物无忤也。

长安早秋　　子　兰

风舞槐花落御沟,终南山色入城秋。门门走马征兵急,公子笙歌醉玉楼。

首二句写秋景,非长安不可。三四两种人物,欢愁迥异,见社会之不平也。

堤上行三首(录一)　　刘禹锡

酒旗相望大堤头,堤下连樯堤上楼。日暮行人争渡急,桨声幽轧满中流。

写水运中心晚景,前二句静态写其繁荣,后二句动态,写人船众多。有声有色。

枫桥夜泊　　张　继

月落乌啼霜满天,江枫渔火〔父〕对愁眠。姑苏城外寒山寺,夜半钟声到客船。

但写即景,暗示旅泊不寐,而千古传诵。夜半钟声正点愁眠不寐,说较宛转。佛教有夜半鸣钟施食之仪,宋人纷纷辨说夜半有无钟声,"可怜无补费精神"也。

江村即事　　司空曙

罢钓归来不系船,江村月落正堪眠。纵然一夜风吹去,只在芦花浅水边。

写渔父之优游无碍,逸趣横生。

润州听暮角　　李涉

江城吹角水茫茫,曲引边声怨思(去)长。惊起暮天沙上雁,海门斜去两三行。

刘永济先生云:"诗不言人惊而曰雁惊,所谓不犯正位写法也。然有第二句'怨思长',则人惊可知。"此诗虽写怨思,而三四入画,觉海天空阔,不徒愁思也。

秋浦途中　　杜牧

萧萧山路穷秋雨,淅淅溪风两岸蒲。为问寒沙新到雁,来时还下杜陵无?

前二句写江南秋雨萧飒之景,为三四引出乡愁伏笔。思乡之情在末句点出。

江南春　　杜牧

千里莺啼绿映红,水村山郭酒旗风。南朝四百八十(平)寺,多少楼台烟雨中!

四句写出江南春景及富庶。首句自然景物,二句人物繁富,故山村水落酒旗临风招展。三句写佛寺之盛,四句写富家楼台建筑之夥,盖江南之繁荣因南朝而然。杨慎以为"千里"当作"十里",认为"千里"非目力所及,然"十里"目力亦何尝能及?后人驳之是矣。此盖整个江南之画卷也。

泊秦淮　　杜牧

烟笼寒水月笼沙,夜泊秦淮近酒家。商女不知亡国恨,隔江犹唱《后庭花》。

此盖借题发挥,讽时风之淫靡,欲当朝者以陈亡为戒。否则陈亡已二百余年,此时商女有何亡国可恨耶?《升庵诗话》卷十:"二君骄淫奢靡以至于亡乱,世代虽异,声音犹存,故诗人怀古皆有犹唱犹吹之句。呜呼,声音之入人深矣。"亦可参考。

寄扬州韩绰判官　　杜牧

青山隐隐水迢迢,秋尽江南草未〔木〕凋。二十四桥明月夜,玉人何处教吹箫?

首二句写秋景无肃杀之气,三四写夜景游冶,艳羡之情,溢于言外。谢枋得云:"情虽切而辞不露。"

忆扬州　　徐凝

萧娘脸下难胜(平)泪,桃叶眉尖〔头〕易得愁。天下三分明月夜,二分无赖是扬州。

写扬州冶游故用"无赖"字样,不便明说也。三分、二分,后人习用,总从《孟子》"三分天下有其二"来。

纵游淮南　　张　祜

十里长街市井连,月明桥上看神仙。人生只合扬州死,禅智山光好墓田。

淮南政治中心为扬州,此即写扬州,首句市井繁华,二句游妓众多,神仙即指妓女。三四极写纵游,所谓乐可忘死,而其语未经人道,死犹恋扬州,则生当何如!

金陵渡　　张　祜

金陵津渡小山楼,一宿行人自可愁。潮落夜江斜月里,两三星火是瓜洲。

前二句写在此待渡,故虽一宿而行人亦愁。三四写望渡之心情,眼前景写来如画,夜行每有此感。

金陵晚望　　高　蟾

曾伴浮云归晚翠,又陪落日泛秋声。世间无限丹青手,一片伤心画不成。

此借晚景以感伤时世,借题发挥。

金陵图二首　　韦　庄

谁谓伤心画不成,画人心逐世人情。君看六幅南朝事,老木寒云满故城。

江雨霏霏江草齐,六朝如梦鸟空啼。无情最是台城柳,依旧烟笼十里堤。

首句似对高蟾而发,二句足成首句之意。三句点明"图"字,四句一片荒寒,应首句画出伤心也。二首写春景,三四句千古传诵,亦所谓无理有情者也。胡翔冬先生避日寇至成都,见柳树有旧叶未脱而新叶已吐者,翻此诗云:"二年老我锦官城,花落花开总莫惊。故叶如聱新叶笑,谁人敢道柳无情?"亦有情致。

将赴吴兴登乐游原　　杜　牧

清时有味是无能,闲爱孤云静爱僧。拟〔欲〕把一麾江海去,乐游原上望昭陵。

满腹牢骚而以反语出之。三句用颜延之"屡谏不入官,一麾乃出守"句意,点明赴吴兴。唐人有不平事可至昭陵痛哭。此登乐游原而望昭陵,自有无限牢骚,不便明说。

登乐游原　　杜　牧

长空淡淡孤鸟没〔没孤鸿〕,万古消沉向此中。看取汉家何事业,五陵无树起秋风。

此忧时之意甚明。二句统古今而言,三四借汉以讽,当年何等功业,今日陵墓荒冷,树木全无,可发本朝深省。

乱后经淮阴岸　　朱　放

荒村古岸谁家在?野水溪云处处愁。唯有河边衰柳树,蝉声相送到扬州。

淮阴为水陆枢纽,繁华可想。今则荒凉如此,唯有衰柳寒蝉,诗人悯乱之怀,不言自见。

登慈恩寺塔　　　杨　玢(bīn)

紫云楼下曲江平,鸦噪残阳麦垄青。莫上慈恩最高处,不堪看又不堪听。

首句平时游观胜地,二句凄凉之景,"麦垅青"暗用《黍离》、《麦秀》之歌,结句即由此而言,虽过于直率,然句法结构三一三极少见。

郡中即事二首(录一)　　　羊士谔

登临何处见琼枝?白露寒花自绕篱。唯有楼中好山色,稻畦残水入秋池。

末句见作者关心农事之情,写景中不经见。其余则皆平平无奇。

秋词二首　　　刘禹锡

自古逢秋叹寂寥,我言秋日胜春朝。凌〔晴〕空一鹤排云上,便引诗情到碧霄。

山明水净夜来霜,数树深红出浅黄。试上高楼清入骨,岂如春色嗾人狂!

前首二句一反悲秋老调,引出下文。三四写秋景一鹤高飞引出诗情远上,以明"胜春朝"之实。二首前二句霜后景色,亦自可赏;三四秋清入骨;四句以春色恼人对比,回应篇首之议论。气势充盛,画面简洁,翻陈案,出新意,读之令人神旺。

山行　　　杜牧

远上寒山石径斜,白云生〔深〕处有人家。停车坐爱枫林晚,霜叶红于二月花。

写秋景而充满生机。三四千古传诵,景色既美,寓意亦深,与刘禹锡《秋词》异曲同工,后先辉映。

山店　　王　建〔卢纶〕

登登山路何时尽?决决溪泉到处闻。风动叶声山犬吠,几〔一〕家松火隔秋云。

秋山行旅,如见其境,如闻其声。

山中　　卢　纶

饥拾松花渴饮泉,偶从山后到山前。阳陂软草厚如织,因与鹿麕相伴眠。

写山居幽趣,末句见与物无忤而忘机也。

雨过山村　　王　建

雨过鸡鸣一两家,竹溪村路板桥斜。妇姑相唤浴蚕去,闲着中庭栀子花。

社日　　王　驾〔张蠙〕

鹅湖山下稻粱肥,豚栅鸡埘(shí)〔栖〕半掩扉。桑柘影斜春社散,家家扶得醉人归。

此两诗皆可谓风俗画,一写浴蚕之紧张,一写春社之欢饮,而衬以村景,使人如亲临其境。

暮江吟　　白居易

一道残阳铺水中,半江瑟瑟半江红。谁怜九月初三夜,露似真珠月似弓。

《升庵诗话》卷三云:"诗有丰韵,言残阳铺水,半江之碧如瑟瑟之色,半江红,日所映也。可谓工致之画。"此写晚景如画。后人多习此调,易流滑俗。

杂词十三首(录一)　　《才调集》

满目笙歌一段空,万般离恨总随风。多情为谢残阳意,与展晴霞片片红。

前二句意虽衰飒,而三四忽萌兴旺气象,使人斗忆刘禹锡"莫道桑榆晚,为霞尚满天"之句,较之"半江瑟瑟半江红",意尤深刻。

晚渡　　陆龟蒙

一波飞雨半波晴,渔曲飘秋野调清。各样莲船逗村去,笠檐蓑袂有馀声。

一句写渡船激水之状,二句渔歌野趣。三四承二句来,船已去而歌声犹在人耳。此风景画兼风俗画,清音淡色,自然引人入胜。

南池　　李　郢

小田微雨稻苗香,田畔清溪潏潏(yù 水涌)凉。自忆东吴榜舟日,蓼花沟水半篙强。

言池畔景物有似东吴也,写来如画。

冬日平泉路晚归　　白居易

山路难行日易斜,烟村霜树欲栖鸦。夜归不到应(平)闲事,热饮三杯即是家。

前二句写晚归之景,三四闲适之情,见作者随遇而安之处世态度。

醉后口号　　刘　商

春草秋风老此身,一瓢长醉任家贫。醒来还爱浮萍草,漂寄官河不属人。

三四意新,看似旷达,情实可悯。自伤无家,倚食于人,反不如浮萍之自在飘流也。

与村老对饮　　韦应物

鬓眉雪色犹嗜酒,言辞淳朴古人风。乡村年少生离乱,见话先朝如梦中。

首句写其年貌,二句言其风度,引起下文。所谓淳朴古人风即指先朝太平时人情风俗之厚。三四感慨万端,伤天宝乱后,年少不知太平为何物也。

力疾下吴村看杏花十九首(录一)　　司空图

浮世浮荣总不知,且忧花阵被风欺。侬家自有麒麟阁,第一功名只赏诗。

首句言己之不慕荣利,为衬起二句。三四言作诗咏杏花,而以麒麟阁功名为言,亦表蔑视富贵之怀。

筹边楼　　薛　涛

平临云鸟八窗秋,壮压西川四十州。诸将莫贪羌族马,最高层处见边头。

首句言楼之高,二句言气势雄伟,语带双关,引出三句对诸将之警戒。四句言若能如此则可保边头宁静也;此亦双关语,既指高言,又从政治形势看。气壮言雄,语带风霜,女子诗中殊不多见。

自朗州至京,戏赠看花诸君子　　刘禹锡

紫陌红尘拂面来,无人不道看花回。玄都观里桃千树,尽是刘郎去后栽。

此为政治讽刺诗。首二句写游人之众,讥其趋炎附势,反衬自身之高。三四句借用天台山刘、阮事,讥宰相之任用私人,不以正道。故时宰知之大怒,刘因复遭远贬。

再游玄都观　　刘禹锡

百亩庭中半是苔,桃花净尽菜花开。种桃道士归何处?前度刘郎今又来。

此诗与前诗合读,当日权贵又皆为尘土,刘公傲然自得,铁骨铮铮。或以此认为刘公轻薄,必不能宦达。真所谓以小人之心度君子之腹。

171

浪淘沙二首　　皇甫松

滩头细草接疏林,浪恶罾(zēng)船半欲沉。宿鹭眠鸥非旧浦,去年沙嘴是江心。

蛮歌《豆蔻》北人愁,松雨浦风野艇秋。浪起鵁鶄(jiāojīng)眠不得,寒沙细细入江流。

看似写江边岸沙受侵蚀变化之景,实寓时世颓迁、家国将亡、无可奈何之意。罾船欲沉,鵁鶄难眠,景色中皆有动乱不安之感。

送蜀客　　张　籍

蜀客南行祭碧鸡,木棉花发锦江西。山桥日晚行人少,时见猩猩树上啼。

首句言其南行祠祭,二句言沿途风物。三四想象日晚苍茫之景;猩猩为南中特有之物,以见其乡土特色。

蛮州　　张　籍

瘴水蛮中入峒流,人家多住竹棚头。青山海上无城郭,时见松牌出象州。

此从民居等特色,写其与中原迥异。张虽未至西南,然若干写西南风物之诗,颇为传诵,盖间接得于他人也。

祠渔山神女歌二首　　王　叡(ruì)

通草头花柳叶裙,蒲葵树下舞蛮云。引领望江遥祭〔酹〕酒,白蘋风起水生文。

枨枨(chéng)山响答琵琶，酒湿青莎肉饲鸦。树叶无声神去后，纸钱灰出木棉花。

此可作南方风俗画观。首句迎神歌舞者之服饰，二句舞以迎神，两句中皆南方草木。三句滴酒望神之来。四句水中景色，似神乘风而来。二首祭神送神；山响为南方乐器。首句奏乐娱神，二句祭酒之众而神鸦享祭肉。三四送神后之景。两首结句皆写风景。神在有无疑似之间。此类诗皆祖《九歌》神理。

七言六

　　以古人古事古迹为题,最易见命意之匠心。或质木无文,或风流蕴藉,对比而观,优劣自见。诗人此作,大都吊古伤今,刘禹锡《金陵五题》、李商隐《北齐二首》堪称绝唱。杜牧多刻意翻案,出奇制胜。中唐以后咏明皇、玉环之事,亦当以史视之。今仍以所咏之史事为后先,而立意相近者附焉。

泰伯庙　　陆龟蒙

故国城荒德未荒,年年椒奠湿中堂。迩来父子争天下,不信人间有让王。

此借吴泰伯之逃位让于季历事,辛辣嘲讽争天下者。首二句颂扬泰伯之德永为人所纪念。三四转入讽今,入木三分,惜乎过于露骨,含蓄不足。

瑶池　　李商隐

瑶池阿母绮窗开,《黄竹》歌声动地哀!八骏日行三万里,穆王何事不重来?

此但用《穆天子传》事,而以浓烈抒情气氛出之。阿母即西王母。至其主旨,众说纷纭:或云讽求仙之非,或云伤武宗之崩,或云但叙哀情艳事……读者见仁见智,不必强求一律。

题楚昭王庙　　韩　愈

丘园满目衣冠尽,城阙连云草树荒。犹有国人怀旧德,一间茅屋祭昭王。

前二句极写荒凉,三句忽然扬起,四句承三句来,然"一间茅屋"四字,赞叹乎?讽刺乎?耐人寻味。

题伍员(yún)庙　　徐　凝

千载空祠云海头,夫差亡国已千秋。浙波只有灵涛在,拜奠青山人未休。

此以夫差与伍员对比,见忠义之士永为人所怀念。

伍相庙　　常　雅

苍苍古庙映林峦,幂幂(mì)烟霞覆石坛。精魄不知何处在?威风犹入浙江寒。

首二句写庙之环境,林木烟霞,则其盛自不待言。三句故设一问,四句用浙江潮事写英灵永在。僧诗无蔬笋气,较之徐诗语尤健拔。

吴王庙〔经夫差庙〕　　陈　羽

姑苏城畔〔上〕千年木,刻作夫差庙里神。幡盖寂寥尘满室〔坐〕,不知箫鼓乐何人?

姑苏为夫差亡国之都,以其木刻为夫差木主,颇见揶揄。三句写其冷落,故知四句云箫鼓盈耳,非为夫差,不过人民借以自乐耳。用问话比直说有味。

吴中览古　　陈　羽

吴王旧国水烟空,香径无人兰叶红。春色似怜歌舞地,年年先发馆娃宫。

旧国已亡,而风景依旧,三四婉转有致。此以空灵取胜。

馆娃宫怀古五首(录一)　　皮日休

响屧廊中金玉步,采香径里〔兰山上〕绮罗身。不知水葬今何处,溪月弯弯欲效颦。

西施结局有投水而死之一说,此取其说。前二句写其盛时受宠之极;三句一抑,终于水死;末句钩转有致。用溪月弯弯想象其美丽,见水月而怀其人也。无限盛衰兴亡之感,又若为西施美丽而惋惜。

吴宫怀古　　陆龟蒙

香径长洲尽棘丛,奢云艳雨只悲风。吴王事事须亡国,未必西施胜六宫!

首二句皆前四字写当时之奢况,后三字写今日之荒凉,凝炼有力。三四有理,但太浅露。

西施二首(录一)　　罗　隐

家国兴亡自有时,吴人何苦怨西施!西施若解倾吴国,越国亡来又是谁?

为西施鸣冤,不为无见。然此全为议论,较陆作尤刻露少诗味。

姑苏台怀古　　陈　羽

忆昔吴王争霸日,歌钟满地上高台。三千宫女看花处,人尽台崩花自开。

首句以"忆昔"二字领起;二、三两句极写当时之繁华;四句写今日之荒凉,一落千丈。"人尽台崩"四字应二句"高台"、三句"三千宫女",写尽衰亡;"花自开"应三句"看花",见人世繁华不如无情之花木。吊古伤今,不言自见。

越中怀古　　李　白

越王勾践破吴归,义士还家尽锦衣。宫女如花满春殿,只今唯有鹧鸪飞。

前三句写当日盛况,如火如荼,义士尽锦衣还乡,何况上层?三句写越王之志得意满,纵情声色。四句"只今"二字拍到今日,一落千丈,令人叹嗟,发人深省。从结构言,与上首同,均较少见。

南游感兴　　窦　巩

伤心欲问前朝事,唯见江流去不回。日暮东风春草绿,鹧鸪飞上越王台。

此与李诗均以鹧鸪飞表今日之荒凉冷落。然此诗平平,但写今日，气势非特不逮李诗，即与陈羽相较亦逊色。浙江有越王台，指勾践遗迹；岭外亦有越王台，指南越〔粤〕王赵佗。此或指岭外者。

越溪怨　　冷朝光

越王宫里如花人，越水溪头采白蘋。白蘋未尽人先尽，唯见江南春复春。

冷朝光传世仅此一诗，《升庵诗话》卷七以为真奇作也。盖其一腔兴亡之感，从采蘋细节中传出。作者或由今日春日白蘋，想象当日盛况，与陈羽"人尽台崩花自开"相似，见兴亡之速不如春天之历久不已也。

湘中　　韩愈

猿愁鱼涌水翻波，自古流传是汨罗。蘋藻满盘无处荐，空闻渔父叩舷歌。

首句满腔不平之气，见猿鱼犹然，二句点明屈原之屈故环境尚如此。三四暗用《渔父》事，见己对屈原怀念之情。盖此时韩愈正受冤南迁也。

题三闾庙　　洪州军将

苍藤古木几经春，旧祀祠堂小水滨。行客谩陈三酹(lèi)酒，大夫原是独醒(平)人。

首句写祠庙之古，起二句"旧祀"字。三四用《渔父》事出神入化。《诗话总龟》卷十六记此诗题后，过客搁笔。而其人姓名不传，可见唐代能诗者之众。

过楚宫　　李商隐

巫峡迢迢旧楚宫,至今云雨暗丹枫。微生尽恋人间乐,只有襄王忆梦中。

首句巫峡暗伏巫山神女事,二句即用云雨字样点实。三四就宋玉赋事立意,讽襄王之昏,意似有所指。

渑池　　汪　遵

西秦北赵各称高,池上张筵列我曹。何事君王亲击缶?相如有剑可吹毛。

但以韵语述渑池之会,颂蔺相如之功,殊乏精采。

长城　　汪　遵

秦筑长城比铁牢,蕃戎不敢过临洮。虽然万里连云际,争及尧阶三尺高!

前二句写长城之气势,三句"虽然"二字一转,四句出正义,言守国在德不在险。《唐诗纪事》卷五十九记汪以此诗得名于时。此诗立意平正,但此种议论易有头巾气而变腐。

焚书坑　　章　碣

竹帛烟销帝业虚,关河空锁祖龙居。坑灰未冷山东乱,刘项原来不读书。

首句以焚书为秦亡之本,二句言秦山河依旧而已亡。三四就首句发挥,冷嘲热讽,入木三分。

焚书坑　　罗　隐

千载遗踪一窖尘,路旁耕者亦伤神。祖龙算事浑乖角,将谓《诗》《书》活得人。

此从今日写及当时。乖角犹乖巧,反语以讽始皇之残暴,以为《诗》《书》可以活人,故焚书以期人死。与章诗相较,开合跌宕不足。

始皇陵　　罗　隐

荒堆无草树无枝,懒向行人问昔时。六国英雄谩(平)多事,到头徐福是男儿。

首句写始皇陵今日之荒凉,二句虚宕一笔。三四未经人道,讽始皇求仙之愚昧,挖苦而说得平常,更为有味。

祖龙祠　　熊　皦(jiǎo)

平吞六国更何求?童女童男问十洲。沧海不回应(平)怅望,到头徐福解风流。

与罗诗三四意同而逊其辛辣。

经秦皇墓　　许　浑

龙盘虎踞树层层,势入浮云亦是崩。一种青山秋草里,路人唯拜汉文陵。

首句当日陵墓之雄伟,二句今日之崩颓。三四以汉文作对比,耐人寻味。几首咏始皇陵之诗皆伤于率直,此首结语最胜。

过鸿沟　　韩　愈

龙疲虎困割川原,亿万苍生性命存。谁劝君王回马首,真成一掷赌乾坤。

此亦翻案法,当时若汉兵守鸿沟之约,则未来又将如何,尚难逆料。李白诗云:"天地赌一掷,未能亡战争。"末句即用其意。诗语特雄健。

鸿沟　　许　浑

相持未定各为〔怀〕君,秦政山河此地分。力尽乌江千载后,古沟荒〔芳〕草起寒云。

对项羽之败似叹似惜,结句以景色寄情思。与韩相较,气势弱甚。

乌江　　汪　遵

兵散弓残挫虎威,单枪匹马突重围。英雄去尽羞颜在,看却江东不得归。

乌江　　胡　曾

争帝图王势已倾,八千兵散楚歌声。乌江不是无船渡,耻向东吴再起兵。

此两首皆以韵语叙史事,平板乏味。

题乌江亭　　杜　牧

胜败兵家事不期,包羞忍耻是男儿。江东子弟多才俊,卷土重来未可知。

此与上数诗立意迥别。谢枋得云："众人题项羽庙只言项羽速亡之罪耳。牧之题项羽庙独言项羽有可兴之机。此等意思,亦死中求活,非浅识所到。"

仲山　　唐彦谦

千载遗踪寄薜萝,沛中乡里汉〔旧〕山河。长陵亦是闲丘垅,异日谁知与仲多?

刘邦二兄耕种之地,后人谓之仲山。首句言其遗迹,二句就仲家乡与刘邦帝业合言。《史记·高帝本纪》记刘邦称帝后于太公前自鸣得意,言太公曾责其不事生计,反问太公："今某业所就,孰与仲多?"彦谦即就此揶揄。一为仲山,一为丘垅,反诘幽默而辛辣。

题商山庙　　杜　牧

吕氏强梁嗣子柔,我与天性岂恩仇?南军不袒左边袖,四老安刘是灭刘。

商山四皓出山定惠帝太子之位,《史记》记为佳话,后世言商山四皓者多褒词。牧之独就后世史事力翻此案,令人服其史识。

商山四老　　蔡　京

秦末家家思逐鹿,商山四老〔皓〕独忘机。如何鬓发雪相似,更出深山定是非?

嘲讽有理,但讥其出山首尾不一,不如杜以后事责之,使无言以对也。

贾生　　李商隐

宣室求贤访逐臣,贾生才调更无伦。可怜夜半虚前席,不问苍生问鬼神。

此就《史记·屈原贾生列传》中汉文帝问贾生事立议。末句批评人主,自是名言,不必定指实专为武宗求仙而发也。

蔡中郎坟　　温庭筠

古坟零落野花春,闻说中郎有后身。今日爱才非昔日,莫抛心力作词人。

蔡邕闻王粲到门,倒屣迎之于众宾之中,爱才如渴。小说言蔡邕为张衡后身,不知中郎后身为何人。后二句借题发挥,为己之怀才不遇而牢骚,语欠含蓄。

赤壁　　孙玄晏

会猎书来举国惊,只应(平)周鲁不教(平)迎。曹公一战奔波后,赤壁功传万古名。

此亦但就史事以韵语出之,无新意亦乏韵味。

赤壁　　杜　牧

折戟沉沙铁未(半)销,自将磨洗认前朝。东风不与周郎便,铜雀春深锁二乔。

谢枋得云:"众人咏赤壁只善当时之胜,杜收之咏赤壁独忧当时之败……此是无中生有、死中求活,非浅识所到。"牧之咏史喜翻成案。此作翻案之笔而风流蕴藉,一唱三叹,尤非他作所及。《许彦周诗话》评其不顾社稷存亡只恐没了二乔为不识好歹,可谓腐儒之尤。

邓艾庙　　唐彦谦

昭烈遗黎死尚羞,挥刀斫石恨谯周。如何千载留遗庙,血食巴山伴武侯?

邓艾带兵灭蜀,而蜀地有邓艾庙,作者斥立庙之无理。前二句写蜀民之痛恨当日投降(谯周主后主出降),有声有色,为后二句反问作势。三四实际言其庙当毁也。

题桃花夫人(即息夫人)庙　　杜　牧

细腰宫里露桃新,脉脉无言度几〔几度〕春。至竟息亡缘底事?可怜金谷坠楼人。

楚王以息妫之美而灭息,占有息妫,息妫几岁不与楚王交一言,前人艳称。此以绿珠对比,批判其含垢偷生,独具卓识。以涉及绿珠,故编于此。

金谷园　　杜　牧

繁华事散逐香尘,流水无情草自春。日暮东风怨啼鸟,落花犹似坠楼人!

此就春残花落,想象绿珠坠楼光景。似乎花鸟皆为绿珠而怨。低徊往复,一唱三叹。全诗不言金谷园,而非此莫属。

金谷园　　胡　曾

一自佳人坠玉楼,繁华东逐洛河流。唯馀金谷园中柳,残日蝉声送客愁。

此诗在胡曾百首咏史诗中,较有韵味,见于结语。然与杜作不可同日而语。

金谷览古　　徐　凝

金谷园中数尺土,问人知是绿珠台。绿珠歌舞天下绝,唯与石家生祸胎。

议论未尝无可取,然近于腐,语言亦太质木无文,非绝句风格。

再过金陵　　包　佶

《玉树》歌终王气收,雁行高送石城秋。江山不管兴亡事,一任斜阳伴客愁。

吊古伤今,不言自见。写金陵景物但有雁阵斜阳,满眼秋色耳。

咏史　　李商隐

北湖南埭(dài 坝)水漫漫(平),一片降旗百尺竿。三百年间同晓梦,钟山何处有龙蟠?

刘禹锡《西塞山怀古》云:"千寻铁锁沉江底,一片降幡出石头。"千古名句。义山此诗首二句写金陵之亡,可相抗衡。末句暗言在德不在险,而以唱叹出之,馀情不尽。

金陵五题(录三)　　刘禹锡
石头城
　　山围故国周遭在,潮打空城寂寞回。淮水东边旧时月,夜深还过女墙来。

　　刘于题后自序云:"他日友人白乐天掉头苦吟,叹赏良久,且曰:'石头诗云:潮打空城寂寞回,吾知后之诗人不复措辞矣。'馀四韵虽不及此,亦不孤乐天之言耳。"可见刘对此诗之自负。当六朝盛日,乘潮玩月,何等热闹,今则山、城、月等虽在,而寂寞荒凉,无复馀物。不言冷落,而昔日繁华都归逝水。乐天激赏,或以此也。此实翻老杜"国破山河在"语言。

乌衣巷
　　朱雀桥边野草花,乌衣巷口夕阳斜。旧时王谢堂前燕,飞入寻常百姓家。

　　此言盛衰无常。朱雀桥边,昔日御道,鞠为茂草;世族豪家,今沦为寻常百姓,而用燕子飞入表达之,委婉含蓄。与上首均用"旧时"以衬今日之冷落,想象昔日之繁华。

台城
　　台城六代竞豪华,结绮临春事最奢。万户千门成野草,只缘一曲《后庭花》。

　　此首于前二首基础上以议论点明教训。帝王而图逸乐,足以亡国丧身。三四句"万户千门"与"一曲"对比强烈,"野草"与"花",亦相关联。

台城　　张乔
　　宫殿馀基长草花,景阳宫树噪村鸦。云屯雉堞依然在,空绕渔樵四五家。

此写宫殿之荒凉冷落,六代繁华之成逝水亦清新可诵,然与刘作相较,笔力既弱,曲折亦少。

北齐二首　　李商隐

一笑相倾国便亡,何劳荆棘始堪伤! 小怜〔莲〕玉体横陈夜,已报周师入晋阳。

巧笑知堪敌万机,倾城最在着戎衣。晋阳已陷休回顾,更请君王猎一围。

晋阳为北齐军事要地,晋阳陷则北齐大势已去,故就此事着笔。一起用李延年北方佳人歌意,而着一"便"字呼起二句,知者见微知著,不待宫城荆棘始伤亡国也。姚培谦笺此诗云:"前首是溺惑开场,后首是溺惑下场。"此借北齐事以见国君溺于女宠,必致亡国。而女色之能与戎事尤为可戒,不特为武宗宠王才人发也。语挟风霜而情殊蕴藉,义山擅场。

隋宫　　李商隐

乘兴南游不戒严,九重谁省谏书函? 春风举国裁宫锦,半作障泥半作帆。

如此暴殄天物,不亡何待? 不着评论,贬斥自见。

隋宫燕　　李　益

燕语如伤旧国春,宫花一落旋成尘。自从一闭风光后,几度飞来不见人。

借燕语写兴亡,用思甚巧,然较刘禹锡《乌衣巷》少一曲折。

杨柳枝词十一首(录一)　　刘禹锡

炀帝行宫汴水滨,数株残柳不胜(平)春。晚来风起花如雪,飞入宫墙不见人。

汴河曲　　李　益

汴水东流无限春,隋家宫阙已成尘。行人莫上长堤望,风起杨花愁杀人。

两诗皆借杨花以悯隋亡,盖炀帝开运河两岸植柳。刘诗结语以杨花拟人,较李多一曲折。

汴河　　胡　曾

千里长河一旦开,亡隋波浪九天来。锦帆未落干戈起,惆怅龙舟更不回。

直叙其事,虽用"一旦"、"九天"、"未落"、"起"等对比见意,而收束平庸乏味。

汴河　　罗　邺

炀帝开河鬼亦悲,生民不独力空疲!至今呜咽东流水,似向清平怨昔时。

首句用《开河记》事非泛指,出语惊人,二句跌宕出之,三四回应首二句,有开合而感情自深。

汴河怀古　　皮日休

尽道隋亡为此河,至今千里赖通波。若无水殿龙舟事,共禹论(平)功不较多。

此亦无中生有之法,人尽言隋亡为开河,此独言若不荒淫,开河功可与禹等,出人意表而不悖于理。

汴河直进船　　李敬方〔芳〕

汴水通淮利最多,生人为害亦相和。东南四十三州地,取尽脂膏是此河。

较皮作又进一层,批判剥削之重,然直率如议论,更无含蓄。

炀帝陵　　罗　隐

入郭登桥出郭船,红楼日日柳年年。君王忍〔认〕把平陈业,只博〔换〕雷塘数亩田。

炀帝陵在雷塘。三四两句貌似惋惜,嘲讽尤辛辣,两句大小不侔,对比见意。前二句言景物依旧也。

过骊山　　孟　迟〔赵嘏〕

冷日微烟渭水〔上〕愁,华清宫树不胜(平)秋。《霓裳》一曲千门锁,白尽梨园弟子头。

寓讽刺于感喟之中,写景衬情,耐人寻味。

华清宫四首　　崔　鲁〔橹〕

银河漾漾月晖晖,楼碍星边织女机。横玉叫云清似水,

189

满空霜逐一声飞。

障掩金鸡蓄祸机,翠华[环]西拂蜀云飞。珠帘一闭朝元阁,不见人归见燕归。

草遮回磴绝鸣銮,云树深深碧殿寒。明月自来还自去,更无人倚玉栏杆。

门横金锁悄无人,落日秋声渭水滨。红叶下山寒寂寂,湿云如梦雨如尘。

一章写华清宫盛时情况。首二句言其楼阁高耸云汉;三四言乐声高妙。二章言天宝乱后之冷落。首句言宠信禄山而暗藏祸机;二句玄宗幸蜀;三四写朝元阁上更无人来。此章由盛及衰。三章写日渐荒凉,自二章末句"不见人归"来。一二句写草树荒寒;三四以明月之夜盛衰对比,"更无人倚玉栏杆"指杨妃已死,暗伏长生殿事。四章写今日游此之感受。三四两句荒凉冷落之景,吊古伤今,盛衰之感,如梦如痴之情,均在其中。谢枋得云可与杜甫《玉华宫》参看而此尤简切。

过华清宫三首　　杜　牧

长安回望绣成堆,山顶千门次第开。一骑(去)红尘妃子笑,无人知是荔枝来。

新丰绿树起黄埃,数骑(去)渔阳探使回。《霓裳》一曲千峰上,舞破中原始下来。

万国笙歌醉太平,倚天楼殿月分明。云中乱拍禄山舞,风过重峦下笑声。

此三首与上四首命意迥别,上四首由盛及衰,此三首则但写盛时景象。首章言宠杨妃而远方飞骑送荔枝。首句从长安回望骊山,交代题目中之"过"字,然后即回忆盛时景象。三四写送荔枝用倒笔,千门开后即伫望荔枝,而惟妃子一人心领,其宠幸自不待言。有人讥此诗失实,以为玄宗十月幸骊山温泉,而荔枝夏熟,亦有以玄宗六月避暑骊山以相诘难,均失之固。杜但以此典型事件写其宠幸耳。二章黄埃、数骑与首章"一骑红尘"对映成趣,言其祸乱已萌,犹不之顾。三四暗示安史之乱,中原尽丧。"舞破"字双关,盖乐曲有名"入破"。此章极言玄宗迷于杨妃,置家国于脑后。三章回述当年宠幸安禄山、同在华清逸乐之态。此章所言事在二章之前,作者如是结撰,取其回环叹喟,不欲点破。三首诗极写玄宗耽于逸乐,不惜一切取悦杨妃,宠及禄山,以致酿成巨难。其祸为人所共知,故不必言。不着一字评论,而于繁华耀眼之中,自有风霜之气。此组诗与崔诗各有其妙。

华清宫三首　　吴　融

中原无鹿海无波,凤辇鸾旗出幸多。今日故宫归寂寞,太平功业在山河。

四郊飞雪暗云端,唯此宫中落旋(去)干。绿树碧檐相掩映,无人知道外边寒。

渔阳烽火照函关,玉辇匆匆下此山。一曲《羽衣》听不尽,至今遗恨水潺潺。

此一组诗与崔、杜机杼又别。首章写恃太平而致乱。首句天下太平,二句宴游无度。此写盛时。三句今日荒凉,四句言当时功业惟山河依旧,他皆乌有。明明言荒乱之馀,偏用"太平功业"字样,回应前二句,同时引起末章。二章写华清之冬暖,末句暗示不问人民疾苦,必致祸乱。三章写禄山之乱,匆匆逃离。

三四句含情不尽,似惋惜其作乐未终,而水声潺潺似诉离恨;又似恨其不恤民而致乱,使华清荒废。此数诗以含蓄胜。其章法结构,一章由盛到衰,二章盛时享乐,三章乱离至今日。井井有条。

游华清宫　　李　约

君王游乐万机轻,一曲《霓裳》四海兵。玉辇升天人已去,故宫犹有树长生。

首句直斥其荒嬉废政。二句招致祸乱,"一曲"、"四海"对举强烈。三四借用长生殿设誓事讽其荒唐,唯有树长生,则他事不待言矣。

华清宫二首(录一)　　李商隐

华清恩幸古无伦,犹恐蛾眉不胜人。未免被他褒女笑,只教(平)天子暂蒙尘。

首句"古无伦"反引三四褒姒事。此借褒姒以甚言杨妃之罪也。语过刻露,前人讥末二句为"轻薄",疑愤激之词,有为而发,不如他作之蕴藉。

集灵台　　张　祜

日光斜照集灵台,红树花迎晓露开。昨夜上皇新受箓,太真含笑入帘来。

虢国夫人承主恩,平明骑马入宫门。却嫌脂粉污颜色,淡扫蛾眉朝至尊。

集灵台为修真养性之所,首章三四所言可见荒唐。二章言杨妃姊妹之骄宠,中有不堪言说者,令人想象得之。

朝元阁　　权德舆

缭垣复道上层霄,十月离宫万国朝。胡马忽来清跸去,空馀台殿照山椒。

首二句写昔日之盛,三句乱时,四句乱后。但顺叙写来,一片盛衰之感,无限惋叹之情,令人自想。

过马嵬（wéi）　　李益

汉将如云不直言,寇来翻罪绮罗恩。劝君休〔莫〕洗莲花血,留寄千年妾泪痕。

借杨妃之口以讥大臣,前二句翻案有理,后二句语言有情。

马嵬坡　　郑畋

玄宗回马杨妃死,云雨难忘日月新。终是圣明天子事,景阳宫井又何人!

以陈后主事为玄宗开脱,委婉有致。合观咏杨妃诸作,立意既别,措辞各异,可以领会作者之识力才情。

宫词　　长孙翱

一道甘泉接御沟,上皇行处不曾秋。谁言水是无情物,也到宫前咽不流。

此虽名宫词,实为感慨兴衰,借御沟而思玄宗在日之盛。三四句言水非无情而着一"也"字,则人自在其中,意亦较委婉也。

《苕溪渔隐丛话后集》引此题作《经昭应县温泉》言唐孙叔向作,疑翱字叔向也。

陪留守仆射巡内至上阳宫感兴二首(录一) 窦 庠

愁云漠漠草离离,太液钩陈处处疑。薄暮毁垣春雨里,残花犹发万年枝。

前三句满目荒凉,结句花似尚恋昔日,人之感情,不言自喻。"钩陈(一作沉)"星名,亦指后宫。此当取后宫意。

洛中即事 窦 巩

高梧叶尽鸟巢空,洛水潺湲夕照中。寂寂天桥车马绝,寒鸦飞入上阳宫。

此两首皆即景抒情,以其所写皆前朝胜地,今日荒落,犹之吊古伤今,故入之此编。下数首亦援此例。

乱后曲江 王 驾

忆昔争游曲水滨,未春长有探春人。游春人尽空池在,直至春深不似春。

此从曲江春日之冷落感慨盛衰。首二句昔日春游之盛,三四今日之衰。王驾喜用复字见巧,此亦一例。

法雄寺东楼 张 籍

汾阳〔河〕旧宅今为寺,犹有当时歌舞楼。四十年来车马绝,古槐深巷暮蝉愁。

经汾阳旧宅　　赵嘏

门前不改旧山河,破虏曾轻马伏波。今日独经歌舞地,古槐疏冷夕阳多。

两诗同写郭子仪故居之盛衰,张诗一起平平,三四对举见意。赵诗首句写山河不改,暗示人事已非;二句极写汾阳功业;末句一落千丈。起伏跌宕,较张诗精采多矣。

七言七

　　苏子瞻云："论画以形似，见与儿童邻。赋诗必此诗，定非知诗人。"咏物诗不难于形似，而难于形似之外，有人有事有理有情。晚唐咏物诗多借题讽世，惜易流于刻露而少含蓄。今略以物类为次，先自然而后禽虫。

讽山云　　施肩吾

　　闲云生叶不生根，常被重重蔽石门。赖有风帘能扫荡，满山晴日照乾坤。

　　古诗云："浮云蔽白日，游子不顾返。"此诗反用其意，首二句言浮云之蔽物，后二句言终被扫清，而结语景象鲜明，以赞蔽贤之人终不能久而美景必至也。

云　　崔涂

　　得路直为霖济物，不然闲共鹤忘机。无端是向阳台畔，长送襄王暮雨归。

　　一二以喻君子：为霖济物，所谓达则兼善天下；共鹤忘机，所谓穷则独善其身。"无端"二句则以讽小人之趋炎附势自甘低贱也。

云　　来鹄〔鹏〕

千形万象竟还空,映水藏山片复重。无限旱苗枯欲死,悠悠闲处作奇峰。

顾长康诗:"夏云多奇峰",此翻用其义,以讽握权而不顾人民之死活者。胡仔《苕溪渔隐丛话》卷五十七记《冷斋夜话》引僧奉忠诵夏云诗以讽章惇,诗云:"如峰如火复如绵,飞过微阴落槛前。大地生灵干欲死,不成霖雨漫遮天。"较此诗更进一层,直讽权臣壅君害民,惜不知作者为唐人否也。

云　　罗邺

纷纷霭霭遍江湖,得路为霖岂合无?莫使悠飏只如此,帝乡还更暖苍梧。

首句言其多,二句言当有用于世。三四劝其勿飘荡无成。帝乡苍梧言飘荡无定所也。

水帘　　罗邺

万点飞泉下白云,似帘悬处望疑真。若将此水为霖雨,更胜长垂隔路尘。

与上诗措意相近,望能有机缘仁民爱物也。

题张十一旅舍三咏(录一)　　韩愈

井

贾谊宅中今始见,葛洪山下昔曾窥。寒泉百尺空照影,正是行人渴死时。

前二句点明为井。三四句与来鹄《云》诗意同,当有所讽也。

春雪　　韩　愈

新年都未有芳华,二月初惊见草芽。白雪却嫌春色晚,故穿庭树作飞花。

首二句言春色晚,为三四作衬。能写出春雪之神态,惜更无深意。

嫦娥　　李商隐

云母屏风烛影深,长河渐落晓星沉。嫦娥应悔偷灵药,碧海青天夜夜心!

前两句写孤居之寂寞,三四联想嫦娥夜夜如此,何以禁当!表面上写嫦娥,实质自伤孤寂。然三四语前人未道。

月诗　　袁　郊

嫦娥窃药出人间,藏在蟾宫不放还。后羿(yì)遍寻无觅处,谁知天上却容奸?

前三句只就嫦娥奔月事敷写,结句直指天上为逋逃薮,奇语惊人,入木三分,言一切罪恶根在朝廷之不正也。

秋色　　吴　融

染不成干画未销,霏霏拂拂又迢迢。曾从建业城边过,蔓草寒烟锁六朝。

秋色为抽象之物,极难着笔,此诗前二句即写其难摹,三四就六朝荒凉写秋色之悲。刘永济先生云:"结句七字抵多少咏六朝遗迹诗。"司马光之父池咏《行色》诗云:"冷于陂水淡于秋,远陌初穷到渡头。奈是丹青不能画,画成应遣一生愁。"与此诗前二句同一机轴。

终南山　　林　宽

标奇耸峻壮长安,影入千门万户寒。徒自倚天生气色,尘中谁为举头看?

前二句写终南山之高寒,三四貌似评终南山之无补于时,实际正如刘永济先生云:"此讽长安奔竞之徒也。"主旨在末句点出。

泾溪　　罗　隐

泾溪石险人兢惧,终岁不闻倾覆人。却是平流无石处,时时闻说有沉沦。

借题发挥,警世有理,唯语言嫌平浅。

新沙　　陆龟蒙

渤海声中涨小堤,官家知后海鸥知。蓬莱有路教(平)人到,应亦〔也应〕年年税紫芝。

此借新沙以讽征敛之繁苛。二句最耐玩味,三四假设以甚言之也。

江帆　　罗邺

别离不独恨蹄轮，渡口风帆发更频。何处青楼方凭(去)槛，半江斜日认归人。

三四饶有情趣，与"错认几人船"异曲同工。

米囊花　　郭震〔振〕

开花空道胜于草，结实何曾济得民？却笑野田禾与黍，不闻弦管过青春。

米囊花即米囊子之花，米囊子即罂子粟，不能食用。作者借以讽达官贵人，此辈无益于民反耻笑兢兢为民之人，即诗中禾黍也。

早梅　　张谓（《全唐诗》作戎昱）

一树寒梅白玉条，迥临村树傍溪桥。应缘近水花先发，疑是经春雪未消。

四句只写出"早"字，别无深意。

梅花　　来鹄〔鹏〕

枝枝侬槛照池水，粉薄香残恨不胜(平)。占得早春何所利？与他霜雪助威棱。

从来咏梅多赞语，此诗三四独作贬词，意当有所指斥。较《早梅》诗深刻。

梅花坞　　陆希声

冻蕊凝香色艳新,小山深坞伴幽人。知君有意怜寒雪,羞共千花一样春。

此写梅花之高洁,有自比意,盖此时陆隐宜兴也。《升庵诗话》卷九云:"唐诗梅花诗甚少,绝句尤少。此首冻蕊凝香乃暗香疏影之先鞭也。"

小松　　章孝标

爪叶鳞条龙不盘,梳风幂翠一庭寒。莫言只是人长短,须作浮云向上看。

首句言其具龙之姿而尚未长成,着眼小字。二句言其作用已不凡。三句实写小,只及人高,一抑;四句言其势将入云霄,陡然扬起。全诗精神尽在结句,隐隐有自负意。

涧松　　崔涂

寸寸凌霜长劲条,路人犹笑未干霄。南园桃李诚堪羡,怎奈春残又寂寥!

首句言其生长非易,久经磨炼。劲条二字造语有力,甚赞其质。二句言路人之无知见笑,暗伏涧字,此用左思"郁郁涧底松"意。三四一扬一抑,借桃李之暂,回应篇首"凌霜"二字,亦暗用"岁寒然后知松柏之后凋"意。

题窗竹　　白居易

不用裁为鸣凤管,不须截作钓鱼竿。千花百草凋零后,留向纷纷雪里看(平)。

前二句虚笔作陪,三四句转出正意。亦取其不畏岁寒霜雪之操,作者有自赞意,言士须尚气节也。

白莲　　陆龟蒙

素蒴(wěi)多蒙别艳欺,此花端〔真〕合在瑶池。还应(平)〔无情〕有恨无〔何〕人觉,月晓风清欲堕时。

纯从洁白之品格着眼,比之为高人逸士。首句言孤高不群,二句惜其生非地,回应首句"欺"字,盖言当生于神仙之府。三四风情摇曳,惜无知音。言不为人所知而空了一生,故于"欲堕"而有恨耳。作者有自比意。

菊花　　元　稹

秋丛绕舍似陶家,遍绕篱边日渐斜。不是花中偏爱菊,此花开后更无花。

首句言菊栽之众,二句言欣赏之久,三四翻用陶渊明爱菊之意,应首句"陶家"。末句但明其开于百花之后,别无深意。

十日菊　　郑　谷

节去蜂愁蝶不知,晓庭还绕折残枝。自缘今日人心别,未必秋香一夜衰。

首句点明十日,"节"指重九,以蜂蝶生分别,造语趣味,不必深求。二句就"蝶不知"写,以引出"人心别"来。三四借以讽世之向声背实者。题或作"十月菊"者非,"一夜衰"即点明为九月十日也。

题菊花　　黄　巢

飒飒西风满院栽,蕊寒香冷蝶难来。他年我若为青帝,报与桃花一处开。

三四句非其人莫能出此奇想奇语,几欲夺造化之权,一般儒生何敢梦到。

金钱花　　罗　隐

占得佳名绕树芳,依依相伴向秋光。若教(平)此物堪收贮,应被豪门尽劚将。

三四太直率,几乎骂詈。

楸树三首(录一)　　韩　愈

几岁生成为大树,一朝缠绕困长藤。谁人与脱青罗帔?看吐高花万万层。

首句言成长有年,二句言横遭束缚。三句渴望援手,四句看大展才能。四句无一句不说楸树,也无一句非自喻,此所谓物外有人。末句景象何等气派。此盖昌黎遭贬斥时借题抒怀也。上首罗诗与此何啻天壤之别!

题张十一旅舍三咏(录一)　　韩　愈

榴花

五月榴花照眼明,枝间时见子初成。可怜此地无车马,颠倒青苔落绛英。

203

一二言其可爱赏,三四惜无人欣赏,任其飘零,盖伤贤才之不遇时也。

古寺花　　司空曙

共爱芳菲此树中,千跗(fū)万蕊裹枝红。迟迟不去犹回望,覆地无人满寺风。

一二言其盛,三四暗伤其零落无人欣赏,结句语健而情哀。此与昌黎《榴花》旨趣相同。

移牡丹栽　　白居易

金钱买得牡丹栽,何处辞丛别主来？红芳堪惜还堪恨,百处移将百处开。

二句"辞丛别主"为立意关键,引出三四句,刺小人之背恩趋势者。语较浅率,不若上二首之健拔。

画松　　景　云

画松一似真松树,且待寻思记得无？曾在天台山上见,石桥南畔第三株。

以真松衬画松,三四句传神,天台山松树之奇堪入画,画松之妙能写其奇姿,自然不言而喻。

咏柳　　贺知章

碧玉妆成一树高,万条垂下绿丝绦。不知细叶谁裁出,二月春风是〔似〕剪刀。

首句写柳树,二句垂枝,三四柳叶兼点时令。形容尽致,然意尽于此。

杨柳枝词十一首(录二)　　刘禹锡

金谷园中莺乱飞,铜驼陌上好风吹。城中桃李须臾尽,争似垂杨无限时。

城外春风吹酒旗,行人挥袂日西时。长安陌上无穷树,唯有垂杨管别离。

谢枋得云:"管别离者,唯有垂杨耳。意谓王公将相,位高权重,其栽培桃李必多。或辞官,或失势,一旦去国,其门下士终始不相背负者甚少也。"谢说虽失之过实,而刘诗必有所刺讥则可断言。以金谷园、铜驼陌及长安为背景,以桃李须臾尽与垂杨无限时作对比,又以无穷树皆不管离别而惟垂杨独管,意必有所指也。两诗皆以贬斥他树以表杨柳,前人谓之"尊题格"。

青门柳　　白居易

青青一树伤心色,曾入几人离恨中。为近都门多送别,长条折尽减春风。

柳　　裴说

高拂危楼低拂尘,灞桥攀折亦何频!思量(平)却是无情树,不解迎人只送人。

两诗皆以折柳送别立意,白正说,犹王之涣诗"近来攀折苦,应为别离多"之意。裴反说,三四翻案入情入理,未经人道,故胜于白也。

杨柳枝词八首(录一)　　白居易

叶含浓露如啼眼,枝袅轻风似舞腰。小树不禁(平)攀折苦,乞君留取两三条。

字面以人比柳,实质借柳喻人。希望爱惜,勿横加摧残也。

杨柳枝　　韩　翃

梁苑隋堤事已空,万条犹带旧春风。那堪更想千年后,谁[惟]见杨花入汉宫?

此借柳以吊古伤今。末句言汉宫亦将如梁苑隋堤之荒为陈迹,而造语委婉,唐人诗中汉宫多指唐朝,当细会。

折杨柳十首(录一)　　薛　能

和花香雪〔烟絮〕九重城,夹路春阴十万营。惟向边头不堪望,一株憔悴少人行。

此以京都之浓盛与边头之憔悴对比见意。《升庵诗话》卷十四:"此诗意言粉饰太平于京都而废弛防守于边塞也。"得其主旨。十万营暗用细柳营事。

柳三首(录一)　　李商隐

曾逐东风拂舞筵,乐游春苑断肠天。如何肯到清秋日,已带斜阳又带蝉?

此以春秋盛衰对比见意。《升庵诗话》卷五:"宋庐陵陈模诗话云:'前日春风舞筵,何其富盛;今日斜阳蝉声,何其凄凉。

不如望秋先零也。形容先荣后悴之意。'"二句"断肠天"三字应细会,盖当其盛时已预感好景不长,故着此伤感字眼,引出三四句来。

柳十首(录二)　　李山甫

长恨阳和也世情,把香和艳与红英。家家只是栽桃李,独自无根独自生。

弱带低垂可自由？傍他门户倚他楼。金风不解相抬举,露压烟欺直到秋。

首句即露不平之气,二句言恨之实。三句从首句"也世情"来,"阳和"尚且世情,家家只栽桃李,自不足责。四句写出柳之独立精神,傲然自得。二首言处处受欺压,就上首"无根"来。首句"自"字与二句两"他"字对照。金风与首章阳和相呼应,春天世情,秋风欺压。此借咏柳为寒士鸣不平,实同于咏怀也。

杨花　　吴　融

不斗秾华不占红,自飞晴雪野濛濛。百花长恨风吹落,唯有杨花独爱风。

首句从反面、二句从正面写出杨花特色,而暗伏"爱风"之意。三四自是杨花特色,贬百花以尊杨花,亦自写高格也。

柳絮咏　　薛　涛

二月杨花轻复微,春风摇荡惹人衣。他家本是无情物,一向南飞又北飞。

同写杨花随风飘荡,吴诗赞其超然自得,此诗讥其无操守。

薛为官妓,或自伤遭遇也。

拟古咏河边枯树　　长孙佐辅

野火烧枝水洗根,数围枯树半心存。应是无机承雨露,却将春色寄苔痕。

首句点明题目,前四字枯,后三字河边。二句言受害之烈然心犹未死,引出三四句,虽枯而尚有生机见于苔痕,见生命力之顽强也。

题木居士二首　　韩　愈

火透波穿不计春,根如头面干如身。偶然题作木居士,便有无穷求福人。

为神讵比沟中断？遇赏还同爨下馀。朽蠹不胜(平)刀锯力,匠人虽巧欲何如？

此亦枯树,首二句言其偶然成形,三四言人之愚昧求福。二章讽其为神不如自然。三四讽刺之味尤辛辣,然亦少含蓄矣。

赠人斑竹拄杖　　贾　岛

拣得林中最细枝,结根石上长身迟。莫嫌滴沥红斑少,恰是湘妃泪尽时。

郊寒岛瘦,此诗可为例,盖自叹无援之苦况。

傀儡吟　　梁　锽

刻木牵丝作老翁,鸡皮鹤发与真同。须臾弄罢寂无事,还似人生一梦中。

一二写其形,三四因弄傀儡而感慨人生。小说言唐玄宗天宝乱后回京,居于南内,辄吟此诗,感其身世,足见此诗咏物之工,末句更使玄宗自伤不已也。

咏野老曝背　　李　颀

百岁老翁不种田,惟知曝背乐残年。有时扪虱(人)还搔首,目送归鸿篱下眠。

能画其形,兼传其神。

盆池五首(录一)　　韩　愈

池光天影共青青,拍岸才添水数瓶。且待夜深明〔乘〕月去,试看(平)涵泳几多星!

首句大小结合,二句言其小,三四又言其大。因小见大,末句尤耐人寻味,觉无穷境界,尽在此盆池之中。

引水行　　李群玉

一条寒玉走秋泉,引出深萝洞口烟。十里暗流声不断,行人头上过潺湲。

此犹今之渡槽,末句最有情趣,以其非常理所及也。

画鼓　　李　郢

常闻画鼓动欢情,及送离人恨鼓声。两杖一挥行缆解,暮天空使别魂惊。

借此写离情,语特矫健,一二句先扬后抑,有气势。三四写别时如画。

咏灯　　韩　偓

高在酒楼明锦幕,远随渔艇泊烟江。古来幽怨皆销骨,休向长门背雨窗。

前二句但写灯或在繁盛处,或在幽远处,无所不在。三四有情致,为薄命者洒同情之泪。

咏酒二首(录一)　　汪　遵

万事销沉向一杯,竹门哑轧为风开。秋宵睡足芭蕉雨,又是江湖入梦来。

此写酒后闲适之情,三四尤佳,"又"字言此境常有也。

风筝　　高　骈

夜静弦声响碧空,宫商信任往来风。依稀似曲才堪听(去),又被风吹〔吹将〕别调中。

风筝犹"铁马"之类,风吹作声,故一二句云然。三四叹迁徙无定也。高骈经营西川,忽闻调淮南,故借此以寄意。

声　　崔　涂

欢戚由来恨不平,此中高下本无情。韩娥绝唱唐衢哭,尽是人间第一声。

首句用"不平则鸣"之意,言声由不平而生,二句言声之本身本无高下之情,尽系于人。三四引古之韩娥善讴及中唐之唐衢善哭为例,但有至情即为第一声。声本无形可描,此却就声音之产生着墨,颇为不易。

入关咏马　　韩　愈

岁老岂能充上驷?力微当自慎前程。不知何故翻骧首,牵过关门妄一鸣。

此借咏马以自警,岁老力微,勿妄动也。

猿　　杜　牧

月白风清水暗流,孤猿衔恨叫中秋。三声欲断疑肠断,饶是少年须白头。

此但用"猿鸣三声泪沾裳"之意,语句矫健,写于月白风清之中秋,听孤猿衔恨之哀鸣,三四极言其感人欲绝也。

官仓鼠　　曹　邺

官仓老鼠大如斗,见人开仓亦不走。健儿无粮百姓饥,谁遣朝朝入君口!

此类讽刺漫画,不复更为含蓄。老鼠指岁老之鼠故大如斗,言其贪噬之久也。

观斗鸡　　韩　偓

何曾解报稻梁恩,金距花冠气遏云。白日枭鸣无意问,唯将芥羽害同群。

首句斥其忘恩,二句讽其气焰。三四直数其罪恶。此盖以讥唐末诸藩镇也。四句用斗鸡事甚切。

翠碧鸟　　韩　偓

天长水远网罗稀,保得重重翠碧衣。挟弹小儿多害物,劝君莫近市朝飞。

末句勿近市朝与首句"天长水远"相应。唐末危机四伏,仕于朝者朝不保夕,此盖劝人高举远害保全名节,勿为挟弹小儿所伤害也。

海鸥咏　　顾　况

万里飞来为客鸟,曾蒙丹凤借枝柯。一朝凤去梧桐死,满目鸱鸢奈汝何!

此盖况以自比,而以鸱鸢比权贵,故史载况以诗语调谑贬饶州司户。丹凤喻原赏识已才之贤相。

啄木鸟　　朱庆馀

丁丁(zhēng)向晚急还稀,啄尽庭槐未肯归。终日为君除蠹害,莫嗔无事不平飞。

有自明心迹意,但所写非啄木莫属也。

白鹭鸶　　来　鹄

袅丝翘足傍澄澜,消尽年光伫思(去)间。若使见鱼无羡意,向人姿态更应(平)闲。

前二句写其清高自得之态,三句惜其不能无贪心,盖意有所指也。

白鹭鸶　　卢仝

刻成片玉白鹭鸶,欲捉纤鳞心自急(人)。翘足沙头不得时,旁人不知谓闲立(人)。

首句言其洁白如玉,二句鄙其贪心如火。三四言人皆得其假象。此诗所讽较来诗尤深,然直率过甚,不似来诗委婉也。

雁　　罗邺

暮天新雁起汀洲,红蓼花开水国秋。想得故园今夜月,几人相忆在江楼。

此借雁以抒思乡之情,除首句写见雁外,馀三句皆言乡思。

归雁　　钱起

潇湘何事等闲回?水碧沙明两岸苔。二十五弦弹夜月,不胜(平)清怨却飞来。

首句一问领起全篇。二句言环境甚宜不该归来,使问题更深一步。三四以音乐为解,琴瑟有《归雁操》。雁为无情之物尚不胜清怨而归飞,人闻此曲当何以为情。三四虽解答首句之问,而起人以更深之思考,有馀味也。较罗诗曲折多矣。

夜泊咏栖鸿　　陆龟蒙

可怜霜月暂相依,莫向衡阳趁队〔逐〕飞。同是江南〔天〕寒夜客,羽毛单薄稻粱微。

213

首二句言栖鸿,三四与己同病相怜,盖借以自伤无告也,人鸿合而为一。

鹦鹉　　裴夷直

劝尔莫移禽鸟性,翠毛红嘴任天真。如今谩学人言巧,解语终须累尔身。

鹦鹉　　来鹄

色白还应(平)及雪衣,嘴红毛绿语仍奇。年年锁在金笼里,何似陇山闲处飞!

两诗皆言以巧害身,不如任其天真,向往自由。裴诗直率告语,来诗较婉曲。雪衣指白鸽,前二句指白鹦鹉及绿鹦鹉。欧阳修《画眉鸟》:"百啭千声随意移,山花红紫树高低。始知锁向金笼听,不及林间自在啼。"与来诗意近。

子规啼　　韦应物

高林滴露夏夜清,南山子规啼一声。邻家孀妇抱儿泣,我独展转何为情!

此写子规啼声之凄惨,亦写己之同情孀妇无能为力。此诗为拗体,直书所闻所感,不作回环往复之态。

子规　　罗隐

铜梁路远草青青,此恨那堪枕上听!一种有冤犹可取,不如衔石叠沧溟。

一句指子规无家可归,二句啼声使人不寐。此犹常人所及。

三四忽以精卫填海事评子规之空啼无益,出人意表,有陶公《咏荆轲》之豪气。

蛩　　郭　震〔振〕

愁杀离家未达人,一声声到枕前闻。苦吟莫向朱门里,满耳笙歌不听君。

言朱门之人不省平民疾苦也,借蛩鸣发此牢骚。

促织　　张　乔

念尔无机自有情,迎寒辛苦弄梭声。椒房金屋何曾识,偏向贫家壁下鸣。

此与上诗用意相近。无机指无织机。宋人诗:"莫作秋虫促机杼,贫家能有几约(qú)丝。"可与此诗合参。

晚蝉　　卢　殷

深藏高柳背斜晖,能轸孤愁感昔围。犹畏旅人头不白,再三移树带声飞。

此借蝉以抒旅怀。首句点明晚蝉,二句写其声引愁,三四则嫌其专与旅人为难,点明主旨。

闻蝉　　来　鹄〔鹏〕

绿槐阴里一声新,雾薄风轻力未匀。莫道闻时总惆怅,有愁人有不愁人。

三四力翻成案出人意表,四句句法亦奇。

咏蚕　　蒋贻恭

辛勤得茧不盈筐,灯下缫丝恨更长。着处不知来处苦,但贪衣上绣鸳鸯。

此与张乔《促织》同意,为蚕妇寒女鸣不平,犹一类所选《蚕妇》诗意,以题编此。若作《咏蚕妇》入一类为尤宜。

蜂　　罗　隐

不论(平)平地与山尖,无限风光尽被占(平)。采得百花成蜜后,为谁辛苦为谁甜?

此借蜂之辛苦而无所得自伤不遇。后世习用三四句为口头禅。

禽虫十二首(录二)　　白居易

蠮螉杀敌蚊巢上,蛮触交争蜗角中。应似诸天观下界,一微尘内斗英雄。

蟏蛸(xiāoshāo)网上罥(juàn)蜉蝣,反复相持死始休。何异浮生临老日,一弹指顷报恩仇?

白居易喜谈佛理,此两诗皆借虫豸之争以明人事,而劝息纷争。首章用《庄子》事言极小之争,而自诸天见下界争夺亦如此微小也。二章以虫之相杀喻人之恩仇观之非是,寓劝世之意于言外。

七言八

此组内容较五言尤为广泛,举凡前七类所未录者悉入其中,略以内容为次。

回乡偶书二首　　贺知章

离别家乡岁月多,近来人事半销磨。唯有门前镜湖水,春风不改旧时波。

幼小离家老大回,乡音无改鬓毛衰〔腮〕。家〔儿〕童相见不相识,笑〔却〕问客从何处来?

此二诗脍炙人口,盖久别归乡,有此通感。一章三四着"唯有""不改"则其馀人事无不尽改自不待言。二章三四两句尤为传诵,将主人当为客人,则离乡之久,形容尽变,无限感喟,尽在此诙谐语中。

山中答俗人　　李　白

问余何事〔意〕栖〔居〕碧山,笑而不答心自闲。桃花流水窅(yǎo)然去,别有天地非人间。

题目亦见憎俗之意,不屑与言。三四暗用桃花源事以见忘情于世俗也。

山中与幽人对酌　　　李　白

两人对酌山花开,一杯一杯复一杯。"我醉欲眠卿可去,明朝有意抱琴来!"

题目与上首恰成对照,见幽人情怀,不拘礼法,一任天真。三句即用陶渊明语,以见真率,四句见此幽人善琴,言外两人为知音也。一二句直率自然,不可轻学。

诏追赴都　　　柳宗元

十一年前南渡客,四千里外北归人。诏书许逐阳和至,驿路开花处处新。

集题后尚有"二月至灞亭上"六字。子厚贬永州十年,诗多哀怨愁苦。一旦诏追赴都,欢快之情,溢于言表。首句回忆贬期之久,二句贬地之远,皆为得归之喜悦反衬。三句恰为春日,引出四句一片生机。在子厚诗中殊少见也。

南园十三首(录一)　　　李　贺

寻章摘句老雕虫,晓月当帘挂玉弓。不见年年辽海上,文章何处哭秋风!

首句言老于文章,二句从初月发奇想立功辽海。三四愤言文章之无用,为不得报国立功而为愤激之词。他人但言文章何用,长吉独云"何处哭秋风",造语奇险,迥不犹人。

遣兴　　韩　愈

断送一生唯有酒,寻思百事不如闲。莫忧世事兼身事,须着人间比梦间。

此牢骚语,不可当真,题曰遣兴可知也。

菩提寺禁闻逆贼凝碧池上作乐　　王　维

万户伤心生野烟,百官何日更朝天?秋槐叶落空宫里,凝碧池头奏管弦。

此诗但写实感,闻于行在,其后贼平,王维以此诗从轻处分,责授太子中允。杜甫赠诗所谓"一病缘明主,三年独此心",即指此诗。

故人重九日求橘　　韦应物

怜君卧病〔独坐〕思新橘,试〔始〕摘犹酸亦〔色〕未黄。书后欲题三百颗,洞庭须待满林霜。

此犹一短简也。王羲之《奉橘帖》:"奉橘三百枚,霜未降,不可多得。"此用其语。洞庭指苏州洞庭山,时韦为苏州刺史。

赠项斯　　杨敬之

几度见诗诗总好,及观标格过于诗。生平未解藏人善,到处相逢〔逢人〕说项斯。

此用层进法,先言其诗好,再言人胜于诗,末句即以其名字入诗,后遂传为佳话。葛常之《韵语阳秋》痛加贬斥,非公论也。

江上吟元八绝句(录一)　　白居易

大江深处月明时,一夜吟君小律诗。应有水仙潜出听,翻将唱作步虚词。

前二句点题,引出"水仙",三四赞其诗词高妙当为水仙所赏,何况于人!

赠任道士　　张　籍

长安多病无生计,药铺医人乱索钱。欲得定知身后〔上〕(《诗渊》)事,凭君为算小行年。

此犹对面交谈,平易之至。以上皆赠人之诗,其赠行者入四类,他皆入此。下首亦然。

赠歌者何戡　　刘禹锡

二十年来别帝京,重闻天乐不胜(平)情。旧人惟有何戡在,更与殷勤唱《渭城》。

存亡盛衰之感,溢于言外。《渭城》即《阳关三叠》,乃离别之曲。二十年来,旧人亡尽,惟此一人,复唱此曲,情何以堪!

题惠照寺二首　　王　播

三〔二〕十年前此院游,木兰花发院新修。如今再到经行处,树老无花僧白头。

上堂已了各西东,惭愧阇(shé)黎饭后钟。三〔二〕十年来尘扑面,如今始得碧纱笼。

因此诗而"饭后钟"遂成势利之典实。二诗盖叹惜寺僧之势利,世态之炎凉。独苏子瞻过此寺题诗末云:"乃知饭后钟,阇黎盖具眼。"乃以王播为相实聚敛小人,故翻此案。

题都城南庄　　崔　护

去年今日此门中,人面桃花相映红。人面只今何处在?桃花依旧笑春风。

此以人面与桃花对照生情。三句俗本多作"人面不知何处去",则"不知"二字为累赘;此句沈括《梦溪笔谈》曾言之,作"只今何处在",见作者不能忘情。孟棨《本事诗·情感》附会本事,小说戏曲亦取为题材,皆不足信。结句"笑春风"耐人寻味,笑于春风中,言花之盛开,补足二句。笑作者不见人面但见桃花等意,亦在其中。

杂词十三首(录一)　　《才调集》

两心不语暗知情,灯下裁缝月下行。行到阶前知未睡,夜深闻放剪刀声。

此诗写男女相悦而不能公开表露之情入微。首句合写双方,二句上半女下半男。三句明写男方行动,暗写女方,四句点明三句"知未睡"之由来,亦见女方虽在裁缝而持剪刀痴想至夜深始明白而放下剪刀也。

夜雨寄北〔内〕　　李商隐

君问归期未有期,巴山夜雨涨秋池。何当共剪西窗烛,却话巴山夜雨时?

此诗亦一短简,首句述来问归期并即简答。二句言己所处之环境,三四言己亦热望早归共话此夜之情,此由首句"未有期"来。此诗题若作"寄内"自当为夫人,作"寄北"则朋友亦可。韦应物诗"宁知风雨夜,复此对床眠"。此诗三四化用而人不觉。

任弘农尉献刺史　　李商隐

黄昏封印点刑徒,愧负荆山入座隅。却羡卞和双刖(yuè)足,一生无复没阶趋。

写对为尉之厌恶。首句尉职日日如此,二句愧对名山之召唤。而荆山正引出卞和事来。三四"羡"字前人未道,反衬为吏之苦有甚于刖足之刑。此义山诗中极愤懑者,不复更为含蓄,盖为孙简发也。

感弄猴人赐朱绂　　罗　隐

十二三年就试期,五湖烟月奈相违。何如买取猢狲弄,一笑君王便着绯?

"一笑君王",即使君王一笑。官赏之滥,至于如此,不乱何待?此诗不当只作个人牢骚语看,有深沉忧时之意在。

闲题　　郑　谷

举世何人肯自知?须逢精鉴定妍媸。若教(平)嫫母临明镜,也道不劳红粉施。

曹丕云:"常人闇于自见,谓己为贤。"此诗即以天下丑女为言,将此论形象化。

偶题　　郑遨

帆力冲开沧海浪,马蹄踏破乱山青。浮名浮利浓于酒,醉得人心死不醒(平)。

前二句言追求名利,不避山海之险,故有末句"死不醒"之叹。此诗于热衷名利者可为一服清凉散。

偶书　　郑谷

承时偷喜负明神,务实哪能庇此〔得庇〕身？不会苍苍主何事,忍饥多是力耕人。

首句言小人得时者暗中以干丧天害理有负明神之坏事为得意。二句用反问句叹惜老实者一身亦不能保。三四就二句发挥,质问苍天为农夫叫屈。足见作者愤世嫉俗及同情耕者之心。

省试日上崔侍郎四首(录二)　　刘得仁

如病如痴二〔一〕十秋,求名难得又难休。回看(平)骨肉须堪耻,一着麻衣便白头。

方寸终朝似火燃,为求白日上青天。自嗟辜负平生眼,不识春光二十年。

刘得仁为贵主之子,兄弟皆以荫得官。得仁欲以进士举出身,而终未获一第而卒,时人多冤之。唐举子皆着麻衣,故前首云然。唐人以中进士第为白日上青天。观刘二诗,可见唐举子热衷一第之心情,其情亦可悯矣。

下第后归永乐里自题二首　　赵嘏

天地无媒只一身,归来空拂满床尘。尊前尽日谁相对？

唯有南山似故人。

玄发侵愁忽似翁,暖尘寒袖共东风。公卿门户不知处,立马〔在〕九衢春影中。

此写下第较刘诗含蓄,首章言下第无人来往,首句言无人授引故下第也。二章言落第之难受,青年忽成老翁,独立九衢无门可入,应首章"四海无媒"句。

伤愚溪三首(录二)　　刘禹锡

溪水悠悠春自来,草堂无主燕飞回。隔帘惟见中庭草,一树山榴依旧开。

柳门竹巷依依在,野草青苔日日多。纵有邻人解吹笛,山阳旧侣更谁过(平)?

此悼念柳宗元之作。第一首言物在人非,从春至夏,草堂无主,但见庭中草长,而榴花不解存亡依旧开放。二章首言草堂之日渐荒凉,三四反用《思旧赋》事,言朋友辈亦难来凭吊也。全诗未着哀感字面,而哀感自深。

襄阳过孟子旧居　　陈　羽

襄阳城郭春风里,汉水东流去不还。孟子死来江树老,烟霞犹在鹿门山。

此悼念孟浩然,先写大范围,襄阳汉水。三句言孟死已数十年。四句用景色表明孟浩然之影响长存也。浩然隐者,故用烟霞犹在使人想象其德其言。

代人村中悼亡二首(录一)　　刘　商

虚室无人乳燕飞,苍苔满地履痕稀。庭前唯有蔷薇在,

224

花似残妆叶似衣。

首句触景伤感,二句人亡故履痕稀,暗引庭前。三四以花比人,过于纤巧,宜入词语。

宿城南亡友别墅　　温庭筠

水流花落叹浮生,又伴游人宿杜城。还似昔年残梦里,透帘斜月独闻莺。

首句已含悼念亡友之情,叹浮生若水之流花之落耳。"又"字与末句"独"字呼应,此句点题。四句伤神,昔日与亡友共此景色,今则风景依旧而友已亡,故"独"字遥应二句"又"字,特为伤感。

经故翰林袁学士居　　温庭筠

剑逐惊波玉委尘,谢安门下更何人?西州城外花千树,尽是羊昙醉后春。

以秾丽之笔写凄怆之情,尤为难得。羊昙因谢安死后,不由西州路行。一日醉后过此,左右告之,乃以马策叩城门诵曹植诗:"生存华屋处,零落归山丘。"恸哭而去。此用其事,以谢安比袁,羊昙自比。花千树皆羊昙泪血也。语尤沉痛。

哭贝韬　　杜荀鹤

交朋来哭我来歌,喜傍山家葬薜萝。四海十年人杀尽,似君埋少不埋多。

此别出一格,言世乱死者不得埋葬者众多,故哭之而慰藉之,言外悯时之意自见。

解闷十二首(录二) 　　杜　甫

李陵苏武是吾师,孟子论文更不疑。一饭未曾留俗客,数篇今见古人诗。

陶冶性灵存底物,新诗改罢自长吟。熟知二谢将能事,颇学阴何苦用心。

首篇怀念孟云卿,三句赞其人品绝俗,四句赞其诗可及古人,与首句相应。二首杜公自道用功途径。首句言己之爱诗,唯诗可陶冶性灵。二句见其得意神态。三四见取法古人,虽小家亦可师其所长。此可作论诗绝句观。

戏为六绝句(录四) 　　杜　甫

庾信文章老更成,凌云健笔意纵横。今人嗤点流传赋,不觉前贤畏后生。

杨王卢骆当时体,轻薄为文哂未休。汝曹身与名俱灭,不废江河万古流。

才力应难跨数公,凡今谁是出群雄?或看翡翠兰苕上,未掣鲸鱼碧海中。

不薄今人爱古人,清词丽句必为邻。窃攀屈宋宜方驾,恐与齐梁作后尘。

此为后世论诗绝句之祖。议论亦自平实而精采。一章借赞扬庾信,批评不解事而信口雌黄之后生,对前人成就应加尊重。二章就王杨卢骆本朝作家亦加肯定。此二首即后所云"不薄今人爱古人"之实例。三首言今人才力成就于小格局而雄伟不足,而用形象语言对比,言外已当掣鲸碧海也。四首自述己志,既不薄今人而其志则方驾屈宋,亦即上文之掣鲸碧海之直接表述耳。

读韩杜集　　杜　牧

杜诗韩笔愁来读,似倩麻姑痒处搔。天外凤凰谁得髓?无人解合续弦胶。

三四隐然有自负意。

沈下贤　　杜　牧

斯人清唱何人和(去)?草径荒芜不可寻。一夕小敷山下梦,水如环珮月如襟。

三四言沈诗善于风情也。沈下贤,唐代诗人。

读杜紫薇集　　许　浑

紫薇才调复知兵,长觉风雷笔下生。还有枉抛心力处,多于五柳赋《闲情》。

萧统评陶渊明"白璧微瑕,惟在《闲情》一赋"。此诗既赞杜牧之才能,又讥其风情之作,可见古人不妄推崇之义。

夏中病疟(shān 疟疾)作　　温庭筠

山鬼扬威正气愁,便辞珍簟袭狐裘。西窗一夕悲人事,团扇无情不待秋。

写疟疾之寒冷,因及人事之无常,结句尤耐寻味。

答鄱阳客药名诗　　张　籍

江皋岁暮相逢地,黄叶霜前半夏枝。子夜吟诗向松桂,心中万事喜君知。

以药名嵌入诗中:地黄、半夏、栀子、桂心、使君子也。

大言联句　　颜真卿 等

高歌阆风步瀛洲皎然,燂(tán)鹏瀹(yuè)鲲餐未休真卿。四方上下无外头李萼,一啜欲涸沧海流张荐。

《庄子》谓"至大无外",故三句用此,其馀均就生活中事夸张至大也。赵本只署真卿名,今就《全唐诗》注各人名,其末二人未选他诗,故不列传。

回文（见《东坡集》有次韵,云唐人）

春晚落花馀碧草,夜凉低月半枯桐。人随远雁边城暮,雨映疏帘绣阁空。

红手素丝千字锦,故人新曲九回肠。风吹絮雪愁萦骨,泪洒缣书恨见郎。

羞看(平)一首回文锦,锦似文君别恨深。头白自吟悲赋客,断肠愁是断弦琴。

药名、大言、回文皆可广眼界,益巧思。然不可学,否则入魔道而流为文字游戏。如此处三首之情深词茂者不可多得,故东坡、少游皆尝喜而次韵。

入选诗人简介

唐诗作者见于《全唐诗》者将二千三百家。作品多寡悬殊,或仅存一篇,或多于卅卷。本编初选自洪迈原本,后据赵凡夫本厘正,又复参考《全唐诗》及专集等。赵本共四十卷,前十卷为五绝,六言附于卷十之末,后三十卷为七言,大体以初盛中晚为次。本编选诗以类相从,而不以人为次。若循时人选本之例将作者简介置于首见之篇反不便检索,故今殿之编后。

为便于读者了解绝句全貌,继续深入钻研,故于作者介绍下例注《全唐诗》编诗几卷,存绝句若干,赵本见卷几等等。此非有意标新,盖《全唐诗》既易得,赵本亦已排印出版也。

诗人有确切生卒年代者注生卒。年代不确切,但知成进士于某朝,或仕于某帝,或与某名诗人交往者注明之,俾读者约略可推知其时代。《旧唐书》、《新唐书》、《唐诗纪事》、《唐才子传》等书有传者,注明卷数,以便查考。入选十篇以上者,略评其绝句风格。人所习知之著名诗人如李、杜、韩、白等不复详其仕履,以省篇幅。

姓氏编排以简化汉字笔划为序,由少及多。仙释宫闺,均以姓氏笔划编入，不循旧例厕后。僧名仅取双字，不冠僧、释字样，读者亮之。

三　划

于鹄　大历、贞元间诗人，隐居于汉阳。曾有诗云："三十无名客，空山独卧秋。"后来应荐为诸府从事。张籍为诗伤之云："野性疏时俗，甫命乃从军。气高终不合，去如镜上尘。"可想见其人。《全唐诗》存诗一卷。五绝六首，七绝十六首。赵本见卷四、十四。《唐诗纪事》卷二十九、《唐才子传》卷四有传。

于季子　咸亨中登进士第，武则天时为司封员外。《全唐诗》存诗七首。五绝三首。赵本见卷一。《唐诗纪事》卷七有记载。

马逢　《唐才子传》卷五云："关中人，贞元五年(789)卢顼(xū)榜进士，佐镇戎幕府，尝从军出塞，得诗名，篇篇警策。"《全唐诗》存诗五首。七绝三首。赵本见卷二十四。

马戴　字虞臣，曲阳(今江苏东海县西南，《唐才子传》云华州)人。会昌四年(844)登进士第，与项斯、赵嘏同榜。宣宗大中初，太原李司空辟掌书记，以正言得罪，贬龙阳(今湖南常德)尉，懿宗咸通末佐大同军幕，官终太常博士。戴与贾岛、姚合为诗交，颇多唱酬之作。又曾主动暗中赒济诗人许棠家庭生活，可以想见其风范。集名《会昌进士诗集》，今存。《全唐诗》编诗二卷。五绝十首，七绝十三首。赵本见卷八、三十六。《唐诗纪事》五十四、《唐才子传》卷七有传。

子兰　晚唐诗僧，昭宗时为"文章供奉"。《全唐诗》编诗一卷。中存五绝三首，七绝十三首。赵本见卷十、三十九。《唐诗纪事》卷七十二有传。《唐才子传》卷三灵一传论中提及其名。

四　划

方干　晚唐诗人之困穷者,因为兔唇而累举不第。为人质野,每见人设三拜,故号"方三拜"。后遇医补唇,镜湖人号曰补唇先生。死后学者私谥为"玄英先生"。孙郃《玄英先生传》曰:"先生,新定人,字雄飞。章八元即先生外王父也。广明、中和间为律诗,江之南未有及者。始谒钱塘守姚公合,公视其貌陋,初甚侮之,坐定,览卷骇目,变容而叹之。先生举不得志,遂遁于会稽,渔于镜湖。"方干学诗于徐凝,李频又学于方干。王赞序方干诗云:"张祜升杜甫之堂,方干入钱起之室。"《全唐诗》编诗六卷。存七绝四十三首。赵本见卷三十。传见《唐诗纪事》六十三、《唐才子传》卷七。

元结(723—772)　字次山,河南人。少不羁,十七乃折节自学,擢上第,复举制科。国子司业苏源明荐结于肃宗。时史思明攻河阳,帝将幸河东,召结诣京师,结上《时议》三篇,乃摄监察御史,发宛叶军屯泌阳,全十五城,帝善之。代宗时侍亲归樊上,后拜道州刺史,民乐其教。还京师,卒。杜甫《和元使君舂陵行序》有云:"今盗贼未息,知民疾苦,得结辈十数公,落落然参错天下为邦伯,万物吐气,天下小安可待矣。"诗中云:"粲粲元道州,前圣畏后生。观乎《舂陵》作,欻见俊哲情。复览《贼退》篇,结也实国桢。贾谊昔流恸,匡衡尝引经。道州忧黎庶,词气浩纵横。两章对秋月,一字偕华星。"可见推重。元以古诗见长。唐诗人中,元别号甚多,初号猗玗子,又号浪士、漫郎、漫叟、聱叟。后人诗中多称为漫郎。有《元次山集》十卷。《全唐诗》编诗二卷。五绝八首,七绝五首。赵本见卷二、十二。《新唐书》一四

三、《唐诗纪事》二二、《唐才子传》卷三均有传。

元稹(779—831)　字微之,河南河内(今洛阳市)人。幼孤,母郑氏贤而有文,教之学。贞元九年(793)明经及第,又登才识兼茂明于体用科,名列第一。除左拾遗,历监察御史。因得罪宦官,贬江陵士曹参军。后变节与宦官相勾结,官职连升,长庆二年(822)与裴度同时拜相,时论不满,出为同州刺史,转越州刺史兼浙东观察使。后卒于武昌节度使任所。元稹与白居易相友善。两人诗风学杜甫之新题乐府,同为元和新乐府运动之领袖人物。诗歌语言平易流畅,当时流传极广,号为元和体。元白集名都为《长庆》,后人亦称为长庆体。元稹有《元氏长庆集》六十卷,《补遗》六卷。《全唐诗》编诗二十八卷。五绝三十一首,七绝二百二十七首。赵本见卷六、二十一。《旧唐书》一六六、《新唐书》一四五、《唐诗纪事》三七,《唐才子传》卷六均有传。

王周　晚唐诗人,曾官巴蜀。胡震亨以为五代人。《唐才子传》卷十殷文圭传云:"如王周、刘兼……等数人,虽有集相传,皆气格卑下。"《全唐诗》编诗一卷。五绝八首,七绝三十一首。赵本见卷八。七绝漏收。

王驾　字大用,河中(今山西永济县)人。大顺元年(890)登第,仕至礼部员外郎。自号守素先生。有集六卷。《全唐诗》仅存诗六首。七绝五首。赵本见卷三十七。《唐诗纪事》六三、《唐才子传》卷九有传。

王勃(650—676)　字子安,绛州龙门(今山西河津县)人。隋末大儒文中子王通之孙。与杨炯、卢照邻、骆宾王并称初唐四杰。杜甫《戏为六绝句》云:"王杨卢骆当时体,轻薄为文哂未休。汝曹身与名俱灭,不废江河万古流。"四人中王勃享年最短而才气最高,成就亦较大。世传勃好读书,医卜星相,释道内典,无所不通。属文初不精思,先磨墨数升,引被覆面而卧,忽起书之,不易一字,时人谓之腹稿。有《王子安集》二十卷。清人蒋清翊注。《全唐诗》编诗二卷。五绝二十三首,七绝五首。赵本见卷一、十一。《旧唐书》一九〇、《新唐书》二〇一、《唐诗纪事》卷七、《唐才子传》卷一有传。

王建 字仲初,颍川(今河南许昌市)人。宪宗元和年间,官昭应县丞,渭南尉。最后官陕州司马。晚年退职居咸阳原上,贫困以死。与张籍、白居易等交游,善乐府,与张籍齐名,称张王乐府。又以《宫词》百首闻名于时。有《王司马集》八卷。《全唐诗》编诗六卷。五绝二十九首,七绝二百三十四首。赵本见卷七、二十四。《唐诗纪事》四四、《唐才子传》卷四有传。

王涯(?—835) 字广津,太原人。博学工属文。贞元八年(792)与韩愈同榜擢进士,又举宏词,调蓝田尉,以左拾遗为翰林学士。大和九年(835)甘露之变为宦官仇士良所杀。涯与令狐楚,张仲素均善五七言绝句,三人唱和有《三舍人集》一卷。有集十卷。《全唐诗》编诗一卷。五绝十一首,七绝四十一首。赵本见卷七、二十五。《旧唐书》一六九、《新唐书》一七九、《唐诗纪事》四二、《唐才子传》卷五有传。

王绩(585—644) 字无功,自号东皋子,文中子之弟,王勃之叔祖。隋大业中授秘书省正字,不乐在朝,出为六合县丞。嗜酒,著《醉乡记》以自放,归乡里。唐初,以前官待诏门下省。时太乐署史焦革家善酿,绩求为丞。革死,弃官归东皋,著书立说,号《东皋子集》五卷,今存作三卷。《全唐诗》编诗一卷。五绝十九首。赵本见卷一。《旧唐书》一九二、《新唐书》一九六、《唐诗纪事》卷四、《唐才子传》卷一有传。

王维(701—761) 字摩诘,原籍太原祁州(治所在今祁县),自其父即寄籍蒲州(今永济县)。开元九年(721)登进士第。安史之乱陷贼中,服药取喑,仍为禄山迫受伪职,其后以《凝碧池》诗闻于行在。贼平,以此诗获免严谴,责授太子中允。杜甫赠诗云:"一病缘明主,三年独此心。"官终尚书右丞。王维晚年奉佛,半官半隐。后人称李白诗仙,杜甫诗圣,王维诗佛。王维既通音乐,尤工丹青,为文人画之祖。苏轼云:"味摩诘之画,画中有诗;味摩诘之诗,诗中有画。"各体均善,尤长五律与五绝。有《王右丞集》。赵殿成注本分二十八卷。《全唐诗》编诗四卷。五绝五十一首,七绝二十四首。赵本见卷二、十二。《旧唐书》一九〇下、《新唐书》二〇二、《唐诗纪事》一六、《唐才子传》卷二有传。

王适 幽州(今北京市西南)人。武则天时,敕吏部糊名考选人判以求才俊,适与刘宪、司马锽、梁载言相次入第二等,官至雍州司功参军。《陈子昂别传》云:"始为诗,幽人王适见而惊曰:此子必为海内文宗矣。"《全唐诗》存诗五首。五绝一首。赵本见卷一。《旧唐书》一九〇中、《新唐书》二〇二、《唐诗纪事》卷六有传。

王播(759—830) 字明敭(yáng),父恕从太原为扬州仓曹参军,遂家焉。播少孤贫,尝客扬州惠照寺木兰院,随僧斋饭。僧厌怠,斋罢而后击钟。后二纪,播于穆宗时为相,出为淮南节度使,来镇扬州,因访旧游,昔之题名皆笼以碧纱。播因题二绝。《全唐诗》存诗三首。七绝二首。赵本见卷十七。《旧唐书》一六四、《新唐书》一六七、《唐诗纪事》四五有传。

王翰 初盛之间,诗名甚大。杜甫自序少年得意事云:"李邕求识面,王翰愿卜邻。"翰字子羽,晋阳(今太原市)人。登进士第,举直言极谏,调昌乐尉。复举超拔群类,召为秘书正字,擢通事舍人。出为汝州长史,改仙州(今河南叶县)别驾。日与才士豪杰饮乐游畋,坐贬道州司马卒。集十卷,今佚。《全唐诗》编诗一卷。七绝四首。胡应麟《诗薮》推其"蒲桃美酒"一绝为初唐之冠。赵本见卷十一。《新唐书》二〇二、《唐诗纪事》二一、《唐才子传》卷一有传。

王叡 元和后诗人,自号炙毂子,集五卷佚。《全唐诗》存诗九首。七绝六首。赵本见卷二十七。《唐诗纪事》五〇有记载。

王之涣(688—742) 字季凌,原籍晋阳(今太原市),迁为绛郡(今绛县)人。开元初为衡水县主簿,被诬去官,漫游大河南北十五年,后补文安县尉,卒于文安。与兄之咸、之贲皆有文名。开元、天宝间与王昌龄、崔国辅、郑昈联唱迭和,名动一时。薛用弱《集异记》曾记之涣与王昌龄、高適旗亭赌诗画壁事,虽出小说家言,然可旁证靳能所为《墓志铭》云"歌从军,吟出塞……传乎乐章,布在人口"非虚言也。惜乎作品多散佚,《全唐诗》仅存诗六首。五绝二首,七绝四首。其"黄沙直上"一篇王士禛推为盛唐压卷之一。赵本见卷二、十二。《唐诗纪事》二六、《唐才子传》卷三有传。

王昌龄(698—约757) 字少伯,太原人,一说京兆(今西安市)人。开元十五年(727)登进士第,授汜水尉。二十八年又中博学宏词科,官校书郎,出为江宁令,故世亦称为王江宁。晚年贬龙标(今湖南黔阳县)尉。安史乱后,居乡里,为刺史闾丘晓所杀。有集六卷。《全唐诗》编诗四卷。五绝十四首,七绝七十五首。王尤长七绝,杨慎推为唐代第一。边塞、闺怨、宫怨等题材,委婉曲折,前人称为绪密而思清。王世贞《艺苑卮言》称"少伯与太白,争胜毫厘,俱是神品",可见推重,评论参见后李白条。赵本见卷三、十三。《旧唐书》一九〇下、《新唐书》二〇三、《唐诗纪事》二四、《唐才子传》卷二有传。

孔绍安（577—?）　越州山阴（今绍兴市）人。父奂为陈尚书。绍安少诵古文集数十万言，外兄虞世南叹异之。隋末为监察御史，归唐，拜内史舍人，恩礼甚厚。尝诏撰《梁史》未成而卒。有文集五十卷今佚。《全唐诗》存诗七首。五绝四首。赵本见卷一。《旧唐书》一九〇、《新唐书》一九三、《唐诗纪事》卷三有传。

长孙翱　与朱庆馀同时，籍贯仕履不详。《全唐诗》仅存七绝一首。《唐诗纪事》卷五八亦仅记此一诗。赵本见卷二十七。《苕溪渔隐丛话后集》卷三十四引其诗云唐孙叔向作，疑翱字叔向。

长孙佐辅　德宗时人，其弟公辅为吉州刺史，往依焉。其诗号《古调集》，今佚。《全唐诗》存诗十七首。七绝四首。赵本见卷二十七。《唐诗纪事》四〇、《唐才子传》卷六有传。

韦庄（836—910）　字端己，杜陵（今西安市东南）人，唐宰相韦见素之后。疏旷不拘小节。黄巢起义时避乱江南，曾写长诗《秦妇吟》以见乱离之惨，被称为秦妇吟秀才。乾宁元年（894）登进士第，为校书郎。其后仕王建之蜀为宰相。尤长小词，与温庭筠齐称温韦，为花间派之代表作家。七绝亦近于词风，清新婉丽，尤长于即景言情。有集二十卷，今存《浣花集》十卷。《全唐诗》编诗五卷，补遗一卷。五绝五首，七绝九十二首。赵本见卷九、三十。《唐诗纪事》六八、《唐才子传》卷十有传。

韦应物（737—约793）　京兆长安（今西安市）人。少年任侠，仕玄宗为三卫郎。其后折节读书，曾由比部员外郎出为滁州刺史、江州刺史，改左司郎中，又为苏州刺史以终，世称韦左司、韦江州、韦苏州。为刺史时关心民生疾苦，曾有诗云："身多疾病思田里，邑有流亡愧俸钱。"（《寄李儋元锡》）白居易赞其诗云：

"近岁韦苏州歌行,清丽之外,颇近兴讽。其五言诗又高雅闲淡,自成一家之体。"(《与元九书》)后人每以王孟韦柳并称,以为学陶而深有得者。应物性高洁,所在焚香扫地而坐,门无杂宾,唯顾况、刘长卿、丘丹、秦系、僧皎然之俦与之酬唱。有《韦苏州集》十卷,今存。《全唐诗》编诗十卷。五绝十首,七绝十三首。赵本见卷五、十六。《唐诗纪事》二六、《唐才子传》卷四有传。

韦承庆 字延休,郑州阳武(今属河南)人。事继母以孝闻。举进士,官太子司谏。武后朝屡有谏纳。长寿中,累迁凤阁侍郎,三掌天官选事,铨授平允。神龙初,以附张易之流岭表。起为秘书少监,授黄门侍郎,未拜卒。有集六十卷,今佚。《全唐诗》存诗七首。五绝三首。赵本见卷一。《唐诗纪事》卷九有记载。

五 划

丘为 苏州嘉兴(今属浙江)人。事继母尽孝,年八十馀,继母始卒。丘为寿至九十六,唐诗人中享年最高者萧德言九十七岁,为次之。为与王维、刘长卿为诗友。《全唐诗》存诗十三首,五绝一首。赵本见卷三。《唐诗纪事》一七有记载。

包佶 字幼正,吴兴人。其父融与贺知章、张旭、张若虚齐名,号吴中四士。佶与弟何,并有诗名。天宝六年(747)登进士第,累官谏议大夫。刘晏奏为汴东西税使。晏罢,以佶充诸道盐铁轻货钱物使,迁刑部侍郎,改秘书监,封丹阳郡公。与刘长卿、窦叔向等为莫逆之交。《全唐诗》编诗一卷。七绝七首。赵本见卷二十七。《新唐书》一四九、《唐诗纪事》四〇、《唐才子传》卷三有传。

皮日休(约834—约883) 字袭美,一字逸少,外号鹿门子、醉吟先生、闲气布衣等。咸通八年(867)登第,曾官著作郎,太常博士。黄巢入长安,署为学士,后卒。或传为巢所杀,或传死于官军,疑莫能明。皮诗学白居易,文宗韩愈,讥刺时政,与陆龟蒙松陵唱和,并称皮陆。有《皮子文薮》十卷,今存。皮之小品散文,尤为精采。《全唐诗》编诗九卷。五绝十七首,七绝六十六首。赵本见卷八、三十三。《唐诗纪事》六四、《唐才子传》卷八有传。

白居易(772—846) 字乐天,晚号香山居士,世称白香山。原籍太原,后徙居下邽(今陕西渭南县),为下邽人。生才六月,即识"之"、"无"两字。贞元十六年(800)登进士第,授秘书省校书郎。元和间任翰林学士、左拾遗及左赞善大夫。此间与李绅、元稹倡新乐府运动,曾为讽谕诗多首,几至家喻户晓。因上书言事贬江州司马,移忠州刺史。长庆时由中书舍人出任杭州刺史,有惠政。筑西湖白堤,至今称之。又任苏州刺史。晚年以太子宾客及太子少傅分司东都,故后人亦称为白傅。官终刑部侍郎。中唐诗人韩孟元白并宗师杜甫而取径各别。白自负其诗:"一篇《长恨》有风情,十首《秦吟》近正声。"长篇如《长恨歌》,当时脍炙人口,人目之为长恨歌主。《琵琶行》对音乐技艺之描写,堪称独步。讽谕诗之关怀国计民生,更不待言。白诗出语自然,看似浅易。绝句善写眼前景物、身边琐事而见恬然自得之趣。然较之盛唐之王昌龄、李白既望尘莫及,较之同时唱和之刘禹锡亦觉稍逊其豪。有《白氏长庆集》七十一卷。《全唐诗》编诗三十九卷,为唐人存诗及绝句最多者。五绝一百首,七绝六百七十七首。赵本见卷六、十八、十九、二十。《旧唐书》一六六、《新唐书》一一九、《唐诗纪事》四九、《唐才子传》卷六有传。

处默 晚唐诗僧,初与贯休同时出家,后入庐山,与修睦、栖隐游。《全唐诗》存诗八首。五绝一首,七绝二首。赵本见卷

十、三十九。《唐诗纪事》七七有记载。《唐才子传》卷三于灵一传中提及。

令狐楚(766—837) 字壳士,宜州华原(今属陕西)人。贞元七年(791)登进士第,宪宗时累擢知制诰,敬宗时为尚书左仆射。历任诸镇节度,曾封彭阳郡公,卒于山南西道节度使任内。著名诗人李商隐即出其门下,从之学四六章奏之文。在中书日与王涯、张仲素唱和,称《三舍人集》。又与白居易、刘禹锡唱酬。刘《重酬前寄》云:"新成丽句开缄后,便入清歌满座听。"唐人多唱七绝,可见令狐长于此体。集一百三十卷,歌诗一卷。文集已佚。《全唐诗》编诗一卷。五绝二十二首,七绝十六首。从军、塞下之篇是其杰作。赵本见卷七、二十五。《旧唐书》一七二、《新唐书》一六六、《唐诗纪事》四二、《唐才子传》卷五有传。

司空图(837—908) 字表圣,河中虞乡(今山西永济附近)人,咸通末,年三十三登进士第,官至中书舍人,知制诰。光启三年(887)归隐中条山王官谷。其后屡征不起,自号知非子、耐辱居士。朱温篡位,召为礼部侍郎,绝食而卒。有《一鸣集》三十卷,内诗十五卷,今称《司空表圣诗集》。《全唐诗》编诗三卷。五绝七十七首,七绝二百四十四首。赵本见卷九、三十四。司空图有《诗品》二十四则,标榜"韵外之致"、"味外之旨",颇开严羽论诗之先河。《旧唐书》一九〇下、《新唐书》一九四、《唐诗纪事》六三、《唐才子传》卷八有传。

司空曙 字文明〔初〕,广平(今河北永丰县附近)人,登进士第,从韦皋于剑南。贞元中为水部郎中,终虞部郎中。为大历十才子之一。大历十才子多长于五律,诗格清华而内容较浅。司空言情之作,如:"乍见翻疑梦,相悲各问年。"(《云阳馆与韩绅宿别》)"雨中黄叶树,灯下白头人。"(《喜外弟卢纶见宿》)等脍炙人口。集三卷,今佚。《全唐诗》编诗一卷。五绝二十四首,七绝十八首。赵本见卷五、二十七。《新唐书》二〇三、《唐诗纪事》三〇、《唐才子传》卷四有传。宋人避英宗讳或称司空晓,司空文明。

卢仝(？—835) 范阳(今北京市西南)人。隐少室山,自号玉川子。韩愈爱其诗,曾效其体,厚礼之。后因宿王涯之第,罹甘露之祸。有《玉川子集》三卷。其诗以险怪著称。元好问《论诗绝句》云:"万古文章有坦途,纵横谁似玉川卢？真书不入今人眼,儿辈从教鬼画符。"盖深致不满。《全唐诗》编诗三卷。五绝十六首,七绝十三首。赵本见卷七、十七。《新唐书》一七六、《唐诗纪事》三五、《唐才子传》卷五有传。

卢纶(748—约800) 字允言,河中蒲(今山西永济县)人。早年避安史之乱客居鄱阳。大历初数举进士不第。其后以元载荐其文,得官阌(wén)乡(今属河南灵宝)尉,累迁监察御史,辄称疾去。后辟河中元帅府判官,贞元中卒。大历十才子中,卢纶较突出。《塞下曲》之类五言绝句,迥出时流。有集十卷。《全唐诗》编诗五卷。五绝二十二首,七绝五十七首。赵本见卷四、十四。《旧唐书》一六三、《新唐书》二〇三、《唐诗纪事》三〇、《唐才子传》卷四有传。

卢僎 临漳人,吏部尚书卢从愿之从父。初唐诗人。自闻喜尉入为学士,终吏部员外郎。《全唐诗》存诗十四首。五绝四首。赵本见卷一。《新唐书》二〇〇有传。

卢隐(746—810) 原名殷,宋人避讳改作隐字。范阳人。为登封尉。与韩愈同时交游,愈志其墓,称其能诗,孟郊亦有诗哭之。今仅《全唐诗》存诗十三首。五绝三首,七绝五首。赵本见卷三十七,五绝漏收。

卢肇 字子发,袁州(今江西宜春)人。会昌三年(843)登进士第。恃才傲物。咸通中出知歙州,移宣、池、吉三州卒。赋集八卷,诗文集十三卷,今佚。《全唐诗》编诗一卷。五绝一首,七绝十六首。赵本见卷九、二十八。《唐诗纪事》五五有记载。

卢汝弼 卢纶之孙,亦作卢弼。登进士第,以祠部员外郎知制诰,从昭宗迁洛,后依李克用为节度副使。《唐才子传》卷九赵光远传云:"惟卢弼气象稍严,不迁狐惑,如《边庭四时怨》等作赏音大播,信不偶然。"《全唐诗》存诗八首。七绝四首。赵本见卷三十八,作卢弼。

卢照邻(637?—680?) 字升之。十岁从曹宪王义方授《苍》《雅》,调邓王府典签。王有书十二车,照邻悉披览,略能记忆。王爱重,比之司马相如。调新都尉。染风疾(或云即麻风)去官,居太白山,饵丹药中毒,手足残废。自号幽忧子,居阳翟(今河南禹县)具茨山。疾愈甚,乃自投颍水而死。四杰之中,此最不幸。有集二十卷,《幽忧子》三卷,今存者七卷。《全唐诗》编诗二卷。五绝十一首,七绝五首。赵本见卷一、十一。《旧唐书》一九〇上、《新唐书》二〇一、《唐诗纪事》卷七、《唐才子传》卷一有传。

东方虬 武则天时为左史。陈子昂推重其诗,称其《孤竹篇》:"骨气端翔,音韵顿挫,不图正始之音,复睹于兹。"惜其集已佚,今仅《全唐诗》存五绝四首。赵本见卷一。《唐诗纪事》卷七有记载。

六 划

朱放 字长通,襄州人,隐于越之剡溪。大历中,嗣曹王皋镇江西,辟为节度参谋。贞元初召为拾遗,不就。《全唐诗》编诗一卷。五绝七首,七绝九首。赵本见卷五、二十七。《唐诗纪事》二六、《唐才子传》卷五有传。

朱斌 处士,盛唐诗人,仅存五绝一首。赵本见卷二。

朱绛 无考,《唐诗纪事》二八仅存诗一首。赵本见卷二十一作朱绎。

朱庆馀 名可久,以字行,越州(今浙江绍兴市)人。受知于张籍,登宝历二年(826)进士第,官秘书省校书郎。曾客游边塞。与张籍、贾岛、姚合、顾非熊、僧无可等交游。有集今存。《全唐诗》编诗二卷。五绝六首,七绝二十七首。赵本见卷七、二十五。《唐诗纪事》四六、《唐才子传》卷六有传。

羊士谔 泰山人,贞元元年(785)登进士第。元和初拜监察御史,出为资州刺史,诗集一卷今存。《全唐诗》编诗一卷。五绝三首,七绝三十三首。赵本见卷四、二十二。《唐诗纪事》四三、《唐才子传》卷五有传。

戎昱 荆南(今湖北江陵县附近)人。登进士第。贞元时任虔州刺史,又贬辰州。唐宪宗极重其诗。集五卷。今唯《全唐诗》编诗二卷。五绝二首,七绝三十四首。赵本见卷五、十六。《唐诗纪事》卷二十八、《唐才子传》卷三有传。

江为 宋州(今河南商丘县)人,避唐末之乱家建阳,游庐山,师陈贶为诗,有集一卷,《全唐诗》存诗八首。五绝一首,七绝二首。赵本见卷三十五,五绝漏收。马令《南唐书》卷十四、《唐诗纪事》七一、《唐才子传》卷十有传。

孙革 宪宗朝为监察御史。《全唐诗》存五绝一首,赵本未见。

孙元晏 不知何许人,曾为七绝《咏史诗》七十五首。《全唐诗》编为一卷。赵本见卷三十八。

关盼盼 徐州妓也,张建封纳之,居燕子楼。张殁后独居楼中历十馀年。白居易赠诗讽其死。盼盼得诗泣曰:"妾非不能死,恐我公有从死之妾,玷清范耳。"乃和白诗,旬日不食而死。《全唐诗》存七绝四首。赵本见卷四十。《唐诗纪事》七八作张建封妾。徐州燕子楼以关盼盼故,后世文士题咏甚夥。

权德舆(759—818) 字载之,天水略阳(今陕西略阳)人。未冠即以文章称,杜佑、裴胄交辟之。德宗闻其名,召为太常博士,后历礼部侍郎,三知贡举。宪宗时曾为相,薨后赠左仆射,谥曰文,故后人亦称权文公、权相。文集五十卷今存。《全唐诗》编诗十卷。五绝三十二首,七绝七十一首。赵本见卷七、二十六。《旧唐书》一四八、《新唐书》一六五、《唐诗纪事》三一、《唐才子传》卷五有传。

许浑 字用晦,润州丹阳(今江苏丹阳)人。大和六年(832)登进士第,为当涂、太平二县令,以病免,后起为润州司马。大中三年(849)为监察御史,历虞部员外郎,睦、郢二州刺史。润州有丁卯桥,浑有别墅在桥畔,因名其集为《丁卯集》。晚唐诗人中,许也颇为重要,为杜牧、韦庄所推重。集内全为近体,好用"水"字,时人因称"许浑千首湿"。七律尤见长。《全唐诗》编诗十一卷。五绝六首,七绝五十八首。赵本见卷八、二十九。《唐诗纪事》五六、《唐才子传》卷七有传。

刘叉 元和时人。少任侠,因酒杀人,亡命。会赦出,更折节读书,能为歌诗。曾游韩愈之门,为《冰柱》、《雪车》两诗,大著声名。后因不能下宾客,持愈金数斤去曰:"此退之谀墓中人得耳,不若与刘公为寿。"遂行,归齐鲁,不知所终。《全唐诗》编诗一卷。五绝七首,七绝五首。赵本见卷六、二十七。《唐诗纪事》三五、《唐才子传》卷五有传。

刘皂 贞元间人,以"归心日夜忆咸阳"句观之,或家咸阳,久客并州,复渡桑乾至朔方。《全唐诗》存诗五首。五绝一首,七绝四首。赵本见卷七、二十七。《唐诗纪事》三六有记载。

刘驾 字司南,江东人。唐宣宗大中六年(852)登进士第,官国子博士。与曹邺为诗友,并称曹刘,尤长于乐府古风。《全唐诗》编诗一卷。五绝六首,七绝七首。赵本见卷九、三十七。《唐诗纪事》六三、《唐才子传》卷七有传。

刘商 字子夏,彭城(今徐州市)人。少好学,工文善画。登大历进士第,官至检校礼部郎中,汴州观察判官。刘禹锡称之为"大历中诗人",颇为重视。集十卷,今佚。《全唐诗》编诗二卷。五绝十一首,七绝六十一首。赵本见卷七、二十二。《唐诗纪事》三二、《唐才子传》卷四有传。

刘瑗 一作媛,生平不详。《全唐诗》存七绝三首。《唐诗纪事》七九有记载。《唐才子传》卷二列其名于李季兰传论中。

刘方平 河南洛阳人,隐居汝、颍边,与元德秀善,不仕。又与皇甫冉为诗友。萧颖士称为"山东茂异"。诗尤长于绝句。《全唐诗》存诗一卷,二十六首。五绝五首,七绝六首。赵本见卷三、十二。《唐诗纪事》二八、《唐才子传》卷三有传。

刘长卿(709—约780) 字文房,河间(今河北省河间县)人。开元二十一年(733)登进士第。至德中为监察御史。为转运判官时被诬奏贬潘州南巴尉。后有人为辨诬,任睦州司马,官终随州刺史,故人称刘随州,亦以名其集。其年长于杜甫,然诗歌活动在中唐,诗风亦开中唐风气,尤长五言律,自诩为五言长城。皇甫湜于人少许可,独加推重。陈绎曾《吟谱》称其"最得风人之兴,专主情景"。刘诗以近体为主,善于融情于情,耐人寻味。《全唐诗》编诗五卷。五绝二十八首,七绝三十八首。赵本见卷四、十四。《唐诗纪事》二六、《唐才子传》卷二有传。

刘言史 邯郸(今河北邯郸市)人,与孟郊为诗友。初客镇冀,王武俊奏为枣强令,不受,人因称为刘枣强。后客汉南,李夷简奏署司空掾,寻卒。孟郊有诗哭之(《孟东野诗集》卷十)。皮日休《刘枣强碑》称其"所著歌诗千首,其美丽恢赡,自贺外世莫能比"。今已佚大半。《全唐诗》编诗一卷。五绝二首,七绝五十八首。赵本见卷六、二十六。《唐诗纪事》四六、《唐才子传》卷四有传。

刘禹锡(772—842) 字梦得,洛阳人,一作彭城人,自称为汉中山王刘胜之后。唐代重郡望,韩愈文中即称"中山刘梦得禹锡"(《柳子厚墓志铭》)。后人亦称之为刘中山。与白居易、柳宗元、韩愈等为友。白推之为诗豪,深所倾服。胡震亨评之云:"禹锡有诗豪之目。其诗气该今古,词总华实,运用似无甚过人,却都惬人意,语语可歌,真才情之最豪者。"(《唐音癸签》卷七)。刘七绝尤为擅长。杨慎于唐人七绝推重四人,刘则为中唐代表。其诗气既雄豪而语殊自然,又善于民歌中汲取清新意境,叶律可歌。刘官终太子宾客,集称《刘宾客集》,今存。《全唐诗》编诗十二卷。五绝五十八首,七绝一百六十七首。赵本见卷六、十七。《旧唐书》一六〇、《新唐书》一六八、《唐诗纪事》三九、《唐才子传》卷五有传。

刘得仁 贵主之子,长庆中即以诗名。自开成至大中三朝,昆弟皆历贵仕。而得仁苦于诗,出入举场三十年,卒无成。尝有句云:"外家虽是帝,当路苦无亲。"又云:"外族帝王是,中朝亲故稀。翻令浮议者,不许九霄飞。"时人冤之。既终,诗人竞以诗悼之,集一卷。《全唐诗》编诗二卷。七绝十八首。赵本见卷五(实为五律截句)、三十六。《唐诗纪事》五三、《唐才子传》卷六有传。

刘采春 淮甸(今江苏淮阴淮安一带)人。一作越州人。伶工周季崇之妻。极善歌唱,为元稹所赏识。所唱《啰唝曲》六首五绝,未必其自作。《全唐诗》即以为其作。

纥干著 纥干为少数民族姓氏,其人无可考。《全唐诗》存五绝一首,七绝三首。赵本见卷九、三十八。

吕温(772—811) 字和叔,一字化光,河中人,亦作东平(今山东泰安)人,吕渭之子。贞元十四年(798)登进士第。与刘禹锡、柳宗元等并善王叔文。贞元末使吐蕃,元和元年乃还,故刘、柳等坐王叔文党远谪时,温独免。使回,进户部员外郎。与羊士谔、窦群等善。为御史,因劾宰相李吉甫失实贬道州。久之,徙衡州卒。有《吕和叔文集》十卷,内诗二卷。《全唐诗》编诗二卷。五绝十六首,七绝三十三首。赵本见卷七、二十一。《旧唐书》一三七、《新唐书》一六〇、《唐诗纪事》四三、《唐才子传》卷五有传。

七 划

冷朝光 《全唐诗》仅存《越溪怨》一诗,无可考。赵本见卷十二。入盛唐,未言所据。

吴融 字子华,越州山阴(今绍兴市)人。龙纪元年(898)进士及第。韦昭度讨蜀表掌书记,又依荆南成汭。久之,召为左补阙,拜中书舍人,造次草诏称旨,进户部侍郎。昭宗被劫至凤翔,吴莫从,去客阌乡。俄召还迁承旨郎。融与贯休、方干等唱和,有《唐英集》,或称《唐英歌诗》三卷。《全唐诗》编诗四卷。五绝七首,七绝八十七首。赵本见卷三十七,五言失收。《新唐书》二〇三、《唐诗纪事》六八、《唐才子传》卷九有传。

宋之问(?—712) 名少连,字延清。父令文为力士。虢州弘农(今河南灵宝县)人。一说河南灵宝人。少知名,初征,令与杨炯分直内敕,后与修《三教珠英》。中宗时置修文馆,宋与薛稷、杜审言首膺其选。睿宗即位,徙钦州,寻赐死。宋与沈佺期对五律诗体之成熟均有贡献,并称沈宋,当时诗名藉甚。有集。《全唐诗》编诗三卷。五绝十八首,七绝七首。赵本见卷一、十一。《旧唐书》一九〇中、《新唐书》二〇二、《唐诗纪事》一一、《唐才子传》卷一有传。

岑参(约715—770) 江陵(今湖北江陵县)人,先世居南阳棘阳(今河南新野),唐初宰相岑文本之后。幼孤贫,发愤为学。天宝三年(744)登进士第。天宝八年(749)于安西节度使高仙芝幕掌书记,其后又参封常清幕充判官。官终嘉州刺史,故亦称岑嘉州。岑参与高適并以写边塞题材见称,世谓高岑。杜甫《渼陂行》云"岑参兄弟皆好奇",一奇字可以概括岑参诗风。盖自题材至形式,岑均刻意求奇。陆游《跋岑嘉州诗集》"以为太白、子美之后一人而已"。集八卷,今存。《全唐诗》编诗四卷,称其"词意清切,迥拔孤秀,多出佳境,每一篇出,人竞传写,比之吴均、何逊。"五绝十九首,七绝三十六首。绝句亦以边塞风光及离乡思旧为主,而造语清新,思家之作,明白如话,写人意中事、眼前景,"看似寻常最奇崛"也。赵本见卷二、十二。《唐诗纪事》二三、《唐才子传》卷三有传。

汪遵 宣城人。幼为县吏,后辞役就贡,咸通七年(866)登进士第。善为绝句诗。《全唐诗》编为一卷。七绝六十一首。赵本见卷三十五。《唐诗纪事》五九、《唐才子传》卷八有传。

沈彬 字子文,高安(今江西高安县)人。唐末应进士举不第,浪迹湖湘。尝与僧虚中、齐己为诗友,事杨吴为秘书郎,以吏部郎中致仕,年八十馀卒。《全唐诗》编诗十九首。七绝五首。赵本见卷三十七。马令《南唐书》卷十五、《唐诗纪事》七一、《唐才子传》卷十有传。

沈如筠 《唐诗品汇》云句容人,曾为横阳主簿,诗曾入殷璠编《丹阳集》,馀无考。《全唐诗》存诗四首,五绝三首。赵本入盛唐后,见卷三。

辛洪〔弘〕**智** 无可考,仅《唐诗纪事》三五记其与人争诗句,知曾入国子监为进士。《全唐诗》存五绝三首。赵本见卷一。

杜甫(712—770) 字子美,唐代最重要诗人。后世称其诗为诗史,人为诗圣。因其诗中常自称"杜陵野老",又曾住少陵,故后世称为杜陵或杜少陵。官终检校工部员外郎,故又称杜工部。诗集今存,自宋以来,注者之众为唐集之冠。今较习用者为清人注本,如仇兆鳌《杜少陵集详注》、钱谦益《杜工部集笺注》、浦起龙《读杜心解》、杨伦《杜诗镜铨》等。《全唐诗》编诗十九卷。五绝三十二首,七绝一〇一首。赵本见卷二、十三。杜公绝句,后人评价,天地悬殊。贬之者认为杜诗各体俱佳,唯独绝句极劣,不入格,如杨慎、胡应麟等,盖以王昌龄、李白之风格为准绳予以评杜,自然不合。尊之者以为杜公诸体中绝句最精采。平心而论,杜公于诗体既集大成,又开新路,不囿于前人及时贤。以绝句言,凡抒情、写景、记事以至议政、论诗,皆能运用自如,随时变化,不拘一格,盖亦本其独创精神而开后世无数法门者,不当以非当时正统风格而少之也。《旧唐书》一九〇下、《新唐书》二〇一、《唐诗纪事》一八、《唐才子传》卷二有传。今人冯至先生《杜甫传》较详。

杜牧(803—852) 字牧之,京兆万年(今西安市)人,宰相杜佑之孙。大和二年(828)登进士第。曾参沈传师江西观察使、宣歙观察使及牛僧儒淮南节度使幕,历任黄、池、睦、湖等州刺史。又为司勋员外郎。李商隐赠诗曾云:"刻意伤春复伤别,人间唯有杜司勋。"两人齐名,人称小李杜,以别于李白、杜甫。集名《樊川集》,今存。杜牧才高;曾为《孙子兵法》作注。诗最佳,文次之。诗体中又以绝句为最。杨慎推其七绝为晚唐第一。绝句富于丰风,咏史自出手眼,复以唱叹出之,最其擅场也。《全唐诗》编诗八卷。五绝三十二首,七绝一百〇一首。赵本见卷八、三十二。《旧唐书》一四七、《新唐书》一六六、《唐诗纪事》五六、《唐才子传》卷六有传。

杜审言(约646—约708) 字必简,杜甫祖父。咸亨元年(670)登进士第,历任丞尉等官。武后时授著作郎,迁膳部员外。神龙初(705)坐交张易之兄弟贬峰州(今在越南境),不久召还,为国子监主簿,修文馆直学士。审言善五言诗,工书翰,少与李峤、崔融、苏味道并称文章四友。性夸诞,好大言,尝语人曰:"吾文章合得屈宋作衙官,吾之书迹合得王羲之北面。"杜甫曾云"吾祖诗冠古"。有集十卷,今仅存诗四十三首。《全唐诗》编诗一卷。七绝三首。赵本见卷十一。《旧唐书》一九〇上、《新唐书》二〇一、《唐诗纪事》卷六、《唐才子传》卷一有传。

杜荀鹤(846—904) 字彦之,号九华山人,池州石埭(今安徽石台县)人。屡试不第,后以赋诗称颂梁王朱全忠受赏识,授翰林学士。有《唐风集》。前期作品颇能揭露社会矛盾,为民呼冤,《春宫怨》一首脍炙人口,时人为之语曰:"杜诗三百首,尽在一联中:风暖鸟声碎,日高花影重。"他诗语言不及此一联含蓄。《全唐诗》编诗三卷。五绝四首,七绝五十二首。赵本见卷九、三十。《旧五代史》二四、《唐诗纪事》六五、《唐才子传》卷九有传。

杨玢 字静夫。杨虞卿之曾孙。蜀王建时累官礼部尚书。王衍嗣位贬荣经尉,乾德中复为太常少卿,归后唐授工部尚书致仕。《全唐诗》存七绝三首。赵本见卷三十八。

杨凌 字恭履,弘农(今河南灵宝县)人。少以篇什著声,大历中与兄凭、弟凝皆登进士第。时称三杨,官终侍御史。柳宗元即其兄凭之婿。《全唐诗》编诗一卷。五绝六首,七绝六首。赵本见卷七、二十七。《唐诗纪事》二八有记载。

杨凝(?—803) 字懋功,凌弟。由协律郎仕终兵部郎中。集二十卷,佚。《全唐诗》编诗一卷。五绝七首,七绝十一首。赵本见卷七、二十七。《新唐书》一六〇有传。

杨巨源 字景山,河中人。贞元五年(789)登进士第,为张弘靖从事,由秘书郎仕为礼部员外郎,终河中少尹,食其禄终身。尝有诗云:"三刀梦益州,一箭取聊城。"白居易有诗赠之云:"久闻一箭取聊城,相识虽新有故情。"《全唐诗》编诗一卷。五绝四首,七绝二十九首。赵本见卷五、二十五。《唐诗纪事》三五、《唐才子传》卷五有传。

杨敬之 字茂孝,凌之子。元和初登进士第,累擢屯田、户部二郎中,坐李宗闵党贬连州刺史,文宗时以为国子祭酒。敬之有《华山赋》受杜佑激赏,杜牧《阿房宫赋》曾部分模仿其文。《全唐诗》仅存诗二首。七绝一首。赵本见卷三十七。《新唐书》一六〇、《唐诗纪事》五一有传。

李中 字有中,陇西人。仕南唐为淦阳(在今江西清江县境)宰。有《碧云集》三卷。《全唐诗》编诗四卷。五绝六首,七绝五十二首。赵本未收。

李白(701—762) 字太白,祖籍陇西成纪,隋末流徙中亚。白诞生于碎叶,五岁随父迁居四川绵州彰明(今四川江油)之青莲乡,故人称之为李彰明、李青莲。天宝初,玄宗以为翰林供奉,故亦称李翰林。贺知章见其诗以为谪仙人,故亦称李谪仙。当时及身后诗名甚大,被称为诗仙,"天才绝"。李白尤长于乐府七言歌行及五七言绝句。五言绝不让王维,七言绝与王昌龄争胜毫厘。合五七言而观,唐人绝句太白首屈一指。胡应麟《诗薮·内编》卷六评之云:"太白诸绝句信口而成,所谓无意于工而无不工者。少伯深厚有馀,优柔不迫,怨而不露,丽而不淫。余尝谓古诗、乐府后,惟太白诸绝近之;《国风》、《离骚》后,惟少伯诸绝近之。体若相悬,意可默会。""李词气飞扬,不若王之自在;然照乘之珠,不以光芒杀值。王句格舒缓,不若李之自然;然连城之璧,不以追琢减称。""李作故极自然,王亦和婉中浑成,尽谢炉锤之迹;王作故极自在,李亦飘翔中闲雅,绝无叫噪之风:故难优劣。然李词或太露,王语或过流,亦不得护其短也。"评颇中肯。李白诗文集以清人王琦注本为通行。《全唐诗》编诗二十三卷。五绝七十九首,七绝八十四首。赵本见卷三、十三。《旧唐书》一九〇下、《新唐书》二〇二、《唐诗纪事》一八、《唐才子传》卷二有传。

李华 字遐叔,赵州赞皇(今河北赞皇县)人。开元二十三年(735)进士及第,天宝二年又举博学鸿词,累官监察御史右补阙,曾弹劾杨国忠党羽为非作歹,为宠幸所嫉。安禄山之乱受伪职,贬抚州司户。其后自伤失节,召还,以疾辞,退居山阳,督子弟力农,安于穷槁。大历初卒。有《李遐叔文集》三十卷。李华文优于诗。《全唐诗》编诗一卷。五绝三首,七绝一首。赵本见卷三、十二。《旧唐书》一九〇下、《新唐书》二〇三、《唐诗纪事》二一有传。

李约 字存博。父勉以功封汧国公。约雅度简远,有山林之致。梁武造寺,令萧子云飞白大书一萧字。约自江淮竭产致归洛中,扁于小亭,号曰萧斋,因以自号。善画梅,工草隶,官兵部员外郎。《全唐诗》存诗十首。五绝一首,七绝四首。赵本见卷七、十七。《唐诗纪事》三一、《唐才子传》卷六有传。

李绅（772—846） 字公垂，无锡人。为人短小精悍，于诗最有名，时号短李。元和初擢第，武宗时曾为相四年，出镇淮南，卒。绅与白居易等为友，曾创新乐府，元白和之，而李作尽佚。今仅存《追昔游编》三卷，杂诗一卷。《全唐诗》编诗四卷。五绝五首，七绝二十首。赵本见卷五、二十三。《旧唐书》一七三、《新唐书》一八一、《唐诗纪事》三九、《唐才子传》卷六有传。

李峤（644—713） 字巨山，赵州赞皇人。弱冠擢进士第。武则天时官凤阁舍人，重要文诰皆特命为之，累迁为相，封赵国公。峤与苏味道、崔融、杜审言并称文章四友，而殁于最后，独为文章耆宿，一时学者取法。集五十卷，今佚，仅存三卷。《全唐诗》编诗五卷。五绝三首，七绝五首。赵本见卷一、十一。《旧唐书》九四、《新唐书》一二三、《唐诗纪事》一〇、《唐才子传》卷一有传。

李贺（790—816） 字长吉，福昌（今河南宜阳）人，自称陇西人，从郡望也，为唐诸王孙。以父名晋肃，避"晋"、"进"同音不举进士。少小即以诗名，韩愈为之延誉。为诗力求幽丽瑰怪，呕心沥血，不永其年，时人称之为"鬼才绝"，盖对太白仙才、居易人才而言也。杜牧为其集序，李商隐为作小传，可见为诗界推重。集今存，王琦等三家注本较详。《全唐诗》编诗五卷。五绝三十一首，七绝二十一首。赵本见卷七、二十一。《旧唐书》一三七、《新唐书》二〇三、《唐诗纪事》四三、《唐才子传》卷五有传。

李颀（690—751） 东川人，家于颍阳（今河南许昌市）。开元十三年（725）登进士第，曾任新乡尉。与王维、高適、王昌龄等唱酬，以五古及七言歌行见长，边塞诗尤著名。集一卷。《全唐诗》编诗三卷。五绝一首，七绝八首。赵本见卷二、十二。《唐诗纪事》

二〇、《唐才子传》卷二有传。

李涉 洛阳人。初与弟渤同隐庐山,后应许陈辟,历官太子通事舍人,后贬司仓参军,召为太学博士,复以事流康州(今昌都地区)。自号清溪子。诗名远播。集二卷。《全唐诗》编诗一卷,七绝为主,九十八首。赵本见卷十四。《唐诗纪事》四六、《唐才子传》卷五有传。

李郢 字楚望,长安人。大中十年(856)登进士第,官终侍御史。与李商隐、杜牧等善。《全唐诗》编诗一卷。五绝一首,七绝二十六首。赵本见卷三十二。《唐诗纪事》五八、《唐才子传》卷八有传。

李益(748—827) 字君虞,姑臧(今甘肃武威市)人。大历四年(769)进士,为大历才子。宪宗时召为秘书少监。大和初以礼部尚书致仕卒。益长于歌诗,每作一篇,教坊乐工赂以为歌词供奉。中唐前期七绝当以益为冠。胡震亨评云:"李君虞益生长西凉,负才尚气;流落戎旃,坎壈世故。所作从军诗,悲壮宛转,乐人谱入声歌,至今诵之,令人凄断。"(《唐音癸签》卷七)集一卷。《全唐诗》编诗二卷。五绝二十七首,七绝五十三首。赵本见卷四、十五。《旧唐书》一三二、《新唐书》二〇三、《唐诗纪事》三〇、《唐才子传》卷四有传。

李频 字德新,睦州寿昌(今浙江建德县)人,学诗于方干。以诗呈姚合,合大嘉赏,以女妻之。大中八年(855)中进士,调校书郎,再迁武功令,擢侍御史,能守法不阿,累迁都官员外郎,表丐建州刺史,有惠政,卒官,父老为立庙梨山,称为梨岳。故其诗集称《建州刺史集》或《梨岳集》。《全唐诗》编诗三卷。五绝九首,七绝十六首。赵本见卷八、三十七。《新唐书》二〇三、《唐诗纪事》六〇、《唐才子传》卷七有传。

李端 字正己,赵郡(今河北邯郸市)人。大历十才子中,李端才思敏捷,凡贵官出巡,若无其诗祖饯,常以为耻,故酬应作品为多。初授校书郎,后移疾江南,官抚州司马卒。诗集三卷。《全唐诗》编诗三卷。五绝二十一首,七绝十二首。赵本见卷四、二十七。《旧唐书》一六三、《新唐书》二〇三、《唐诗纪事》三〇、《唐才子传》卷四有传。

李山甫 咸通中累举不第,依魏博幕府为从事。怨恨中朝大官,故怂恿乐彦祯之子杀王铎而劫其资财。文笔雄健,名著一方,诗多怨刺。《全唐诗》编诗一卷。七绝十七首。赵本见卷三十四。《唐诗纪事》七〇、《唐才子传》卷八有传。

李义府(614—666) 瀛州饶阳(今河北饶阳)人。太宗朝对策擢门下省典仪,与来济俱以文翰见知,时称来李。与撰《晋书》。高宗嗣位,迁中书舍人,以赞立武昭仪(武则天)擢中书侍郎,晋中书令。怙宠稔恶,长流巂(xī)州(今四川西昌)。《全唐诗》存诗八首。五绝二首。赵本见卷一。《旧唐书》八二、《新唐书》二二三上、《唐诗纪事》卷四有传。

李商隐(812—858) 字义山,号玉谿生,怀州河内(今河南沁阳)人。早年受知于令狐楚。开成二年(837)登进士第,授秘书省校书郎,补弘农尉。后就婚于王茂元女。王为李德裕党,令狐为牛僧孺党。李商隐两面受歧视,多为幕官,后死于荥阳。李义山为晚唐最重要诗人。七律学杜而加以绵丽,遂开宋初西昆体之风。七绝与杜牧之争胜,亦工咏史言情。元好问《论诗绝句》云:"望帝春心托杜鹃,佳人锦瑟怨华年。诗家总爱西昆好,独恨无人作郑笺。"盖伤其僻涩也。然义山身世堪怜,有难言之隐,故以典丽繁缛之词出于迷离惝恍之境。杨慎云:"世人但称义山巧丽,俗学只见其皮肤耳。高情远意,皆不识也。"诗集称《玉谿生诗集》，文集称《樊南文集》。冯浩注本（《玉谿生诗详注》）较完备，然不可解者尚有十三四。近人张采田《玉谿生年谱会笺》亦可参考。《全唐诗》编诗三卷。五绝三十九首，七绝二〇六首。赵本见卷九、二十八。《旧唐书》一九〇下、《新唐书》二〇三、《唐诗纪事》五三、《唐才子传》卷七有传。

李敬方〔芳〕 字仲虔，登长庆进士第。大和中为歙州刺史。大中时顾陶集《唐诗类选》称其"才力周备，兴比之间，独与前辈相近"。诗一卷。《全唐诗》仅存八首。七绝一首。赵本未见。《唐才子传》卷七有传。《唐诗纪事》五八作李敬芳。

李群玉 字文山，澧州（今湖南澧县）人。性旷逸，赴举一上而止，唯以吟咏自适。裴休观察湖南延致之。及休为相，以诗论荐，授弘文馆校书郎。未几，乞假归，卒。集三卷，存。《全唐诗》编诗三卷。五绝三十二首，七绝六十七首。赵本见卷八、二十八。《唐诗纪事》五四、《唐才子传》卷七有传。

李德裕(787—849) 字文饶，赞皇人，宰相吉甫之子，少力学，善为文，以荫补校书郎。武宗朝为名相，功业奕赫，拜太尉，封卫国公。宣宗即位，白敏中、令狐绹等使党人构之，贬崖州司户参军，卒。李为政颇为寒素开路，故时人诗云："八百孤寒齐下泪，一时南望李崖州。"有《会昌一品集》。《全唐诗》编诗一卷。五绝七首，七绝十二首。赵本见卷七、十七。《旧唐书》一七四、《新唐书》一八〇、《唐诗纪事》四八有传。

来鹄 豫章（今南昌市）人，师韩柳为文，大中咸通间声名藉甚，然举进士不第，隐居山泽，诗思清丽。《全唐诗》编诗一卷。七绝二十二首。赵本见卷二十九。《唐诗纪事》五六有记载。《唐才子传》卷八有来鹏，疑为一人。

张为 唐末江南诗人，与周朴齐名。张为曾将中晚唐诗人分为几派,成《诗人主客图》,对当时及稍后诗坛有一定影响。诗一卷。《全唐诗》存诗三首。七绝一首。赵本见卷三十七。《唐诗纪事》六五有记载。《唐才子传》卷十《张鼎传》末附见。

张乔 池州人。咸通中值黄巢起义,罢举隐居九华山,为薛能所知。《全唐诗》编诗二卷。五绝四首,七绝三十首。赵本见卷九、三十一。《唐诗纪事》七〇《唐才子传》卷十有传。

张旭 字伯高,苏州吴人。曾为常熟尉,又任金吾长史,故亦称"张长史"。草书尤有名,又嗜酒,尝醉后呼号狂走乃下笔,或以头濡墨而书,既醒,自视以为神。世呼为"张颠"。旭与李白等为"饮中八仙",杜甫《饮中八仙歌》云:"张旭三杯草圣传。"当时以李白歌诗、张旭草书及裴旻剑舞为三绝。《全唐诗》存诗六首。五绝一首,七绝五首。赵本见卷三、十二。

张汯〔纮〕 武则天久视元年(700)登第,与吕太一同官监察御史。后自左拾遗贬许州司户。《全唐诗》存诗三首。五绝一首,七绝一首。赵本见卷一、十一。《唐诗纪事》一三作"纮"。

张说(667—730) 字道济,一字说之,洛阳人。武后时贤良方正对策第一,授左补阙,擢凤阁舍人。以不附和张易之忤旨,流钦州(今广西钦州)。中宗即位召还,历仕武后、中宗、睿宗、玄宗四朝。玄宗时为相,封燕国公。与苏颋(许国公)齐名,擅长朝廷制作之文,号"燕许大手笔"。谪岳州后,诗益凄惋。有《张燕公集》或称《张说之集》三十卷,内诗九卷。《全唐诗》编诗五卷。五绝三十六首,七绝十六首。赵本见卷一、十一。《旧唐书》九七、《新唐书》一二五、《唐诗纪事》一四、《唐才子传》卷一有传。

张祜 字承吉,清河(今河北清河)人。以宫词得名,杜牧极为欣赏,曾有诗云:"谁人得似张公子,千首诗轻万户侯。"祜与崔涯(或作雍)以侠客自命,说部中曾记其受骗,可见其性格豪放之一面。以诗而论，张祜诗受屈于白居易、元稹而伸于杜牧之。七言绝以宫词见称，五言律以善于写景（前人谓之题目佳境）著名。有《张承吉集》十卷。《全唐诗》编诗二卷。五绝四十一首，七绝一百一十二首。赵本见卷五、十五。《唐诗纪事》五二、《唐才子传》卷六有传。

张继 字懿孙，襄州人。登天宝十二载（753）进士第。大历末，官检校祠部员外郎。又为洪州盐铁判官，颇能关心民瘼。后夫妇均卒于洪州，刘长卿有诗哭之。高仲武《中兴间气集》称："累代词伯"，"秀发当时，诗体清迥，有道者风。如'女停襄邑杼，农废汶阳耕'，可谓事理双切。又'火燎原犹热，风摇海未平'，比兴深矣。"《全唐诗》编诗一卷，五绝七首，七绝十首。赵本见卷五、二十六。《唐诗纪事》二五、《唐才子传》卷三有传。

张碧 字太碧，盖慕李白之诗而名、字均仿之。《新唐书》以为贞元时人，实误。陈振孙《直斋书录解题》云集中有览贯休诗，疑为误入。实则其子瀛仕于广南刘氏，碧当为晚唐人。《全唐诗》存诗十六首。五绝二首，七绝八首。赵本见卷七、二十七。《唐诗纪事》四五、《唐才子传》卷五有传。

张蠙 字象文，清河（今河北清河）人。初与许棠、张乔齐名，登乾宁二年（895）进士第，为校书郎、栎阳尉、犀浦令。入蜀仕王建拜膳部员外，终金堂令。《全唐诗》编诗一卷。七绝二十一首。赵本见卷二十九。《唐诗纪事》七〇、《唐才子传》卷十有传。

张潮〔朝〕 曲阿（今江苏丹阳）人。大历中处士。《全唐诗》存诗五首。七绝二首。赵本见卷十二。

张籍（约768—约830） 字文昌，祖籍苏州吴人，后移和州乌江，登贞元十四年（798）进士第，授太常寺太祝。久之，迁秘书郎。

韩愈荐之为国子博士,历水部员外郎,故又称张水部,仕终国子司业。当时名士多与之游。张籍虽出韩门,而诗风与白居易、王建相近,尤长乐府。白居易诗:"张公何为者,业文三十春。尤工乐府题,举代少其伦。"姚合称其"古风无敌手,新语是人知"。王安石《题张司业集》云:"苏州司业诗名老〔久〕,乐府皆言妙入神。看似寻常最奇崛,成如容易却艰辛。"颇能道出张诗特点,七绝五律均有此长处。以明白如话之语言写身边日常之情事而耐人寻味。诗集今存。《全唐诗》编诗五卷。五绝二十一首,七绝一百一十二首。赵本见卷六、二十五。《旧唐书》一六〇、《新唐书》一七六、《唐诗纪事》三四、《唐才子传》卷七有传。

张九龄(673—740) 字子寿,韶州曲江(今广东曲江县)人,人称张曲江,唐玄宗时之名相。曾预见安禄山之必反,劝玄宗除之。玄宗不听。(待西入蜀道,始悔不听其言,而遣使致祭。)为李林甫所排挤,罢相,贬荆州长史。有《张曲江集》。张九龄诗以《感遇》十二首最有名。变藻丽繁缛为和雅清淡而义兼比兴,可视为王孟储韦之先驱。《全唐诗》编诗三卷。五绝七首。赵本见卷一。《旧唐书》九九、《新唐书》一二六、《唐诗纪事》一五有传。

张文姬 鲍参军之妻,《全唐诗》存五绝四首。赵本见卷十。《唐诗纪事》七九有记载。

张仲素(约769—819) 字绘之,河间人。贞元十四年(798)登进士第,又中博学鸿词科。官翰林学士、中书舍人。与王涯、令狐楚以五七言绝句唱和,号《三舍人集》。《全唐诗》存其诗三十九首,编为一卷。五绝十五首,七绝十七首,以写闺情见长。赵本见卷五、二十七。《唐诗纪事》四二、《唐才子传》卷五有传。

张敬忠 官监察御史,以文史著称。开元中为平卢节度使。《全唐诗》存诗三首,五绝、七绝各一首。赵本见卷十一。

张窈窕 女,寓居于蜀,当时诗人,雅相推重。《全唐诗》存诗六首。五绝一首,七绝四首。赵本见卷四十。

苏颋(670—727) 字廷硕。京兆武功(今陕西武功)人。父瓌封许国公。颋袭父封爵,称小许公。与张说并称"燕许大手笔",与李义府并称苏李。集三十卷。今仅存诗集三卷。《全唐诗》编诗二卷。五绝八首,七绝四首。赵本见卷一、十一。《旧唐书》八八、《新唐书》一二五、《唐诗纪事》一〇有传。

陈羽(753—?) 江东(今南京市一带)人。贞元八年(792)与韩愈同榜登进士第。此榜人才最多,被称为龙虎榜。羽年长于愈数岁。韩愈有《落叶送陈羽》云:"谁云少年别,流泪各沾衣。"可见两人交谊。陈羽历官止东宫尉佐。诗多怀古游旅之作。《全唐诗》编诗一卷。五绝四首,七绝四十一首。《唐才子传》称其七绝"二十八字,一片画图。"赵本见卷七、十六。《唐诗纪事》三五、《唐才子传》卷五有传。

陈陶 字嵩伯,岭南(一云鄱阳,一云剑浦)人。大中时游学长安。陶原自负有王霸之才,曾有诗云:"江湖水清浅,不足掉鲸尾。""中原莫道无鳞凤,自是皇家结网疏。"后入南唐,见时事不足为,乃隐洪州西山。或云宋开宝中犹存,故人附会其仙去。《全唐诗》编诗二卷。五绝三十一首,七绝六十六首。赵本见卷八、三十二。马令《南唐书》卷十五、《唐诗纪事》六〇、《唐才子传》卷八有传。

陈去疾 字文医,侯官人。元和十四年(819)登进士第。历官邕管副使。《全唐诗》存诗十三首。五绝一首,七绝七首。赵本见卷三十八。

陈玉兰 吴人王驾之妻。《全唐诗》存七绝一首。赵本见卷四十。

陆畅 字达夫,吴郡人。元和元年(806)登进士第,为皇太子僚属。后官凤翔少尹。畅曾入蜀谒韦皋,为《蜀道易》诗以美皋,皋大喜。畅滑稽辩给,张籍曾有诗赠畅。《全唐诗》编诗一卷。五绝三首,七绝三十二首。赵本见卷五、二十六。

陆希声 吴人,博学善属文,尤工书法。授笔法与僧辩光,隐于宜兴。辩光入朝为翰林供奉,希声寄诗求援引,召为右拾遗,至昭宗时为相,尸位素餐,无所建树,卒谥曰文。有集一卷。《全唐诗》存诗二十二首。七绝二十首。赵本见卷三十七仅一首。《新唐书》一一六、《唐诗纪事》四八有传。

陆龟蒙(?—881) 字鲁望,自号天随子、江湖散人、甫里先生。吴郡人。举进士不第,辟苏州、湖州二郡从事,退隐松江甫里。李蔚、卢携素重之。及当国,召拜拾遗。诏方下而卒。陆龟蒙与皮日休交好,并称皮陆。陆为诗,喜"穿穴险径,囚锁怪异"而"卒造平淡"(《甫里先生传》)。此犹退之赠贾岛诗所谓"奸穷怪变得,往往造平淡"之意,见其受韩之影响。皮陆又喜为回文、双声、人名等文字游戏之诗。各体中以七言绝句为最擅长。以眼前景物、身边琐事为题材而长于讽刺,有时失于浅露。有《甫里先生文集》,今存二十卷。《全唐诗》编诗十四卷。五绝六十七首,七绝一百八十三首。赵本见卷八、三十三。《新唐书》一九六、《唐诗纪事》六四、《唐才子传》卷八有传。

八 划

周朴 字太朴,吴兴人,唐末诗人,寓于闽中,寄食乌石山僧寺,随僧生活。性善吟诗,尤尚苦涩,每遇景物,搜奇抉思,日旰忘返。苟得一联佳句则欣然自快。得意句有"禹力不到处,河声流向西"。一士人跨驴遇之,戏咏"河声流向东",朴狂追不已,嘱改为西。《唐诗纪事》卷七十一记其轶事,令人捧腹。后因不从黄巢见杀。《全唐诗》编诗一卷。五绝一首,七绝七首。赵本见卷九、三十七。《唐才子传》卷九亦有传。

武元衡(758—815) 字伯苍,河南缑氏(今河南偃师县)人。建中四年(783)登第。元和二年(807)为相,寻出为剑南节度。八年还秉政。十年早朝为藩镇遣刺客所杀。《全唐诗》编诗二卷。五绝六首,七绝七十首。赵本见卷五、二十三。《旧唐书》一五八、《新唐书》一五二、《唐诗纪事》三三有传。

林宽 侯官人,馀不详。《全唐诗》编诗一卷。七绝六首。赵本见卷三十七。

孟迟 字迟之(一云升之),郡望为平昌(今山东诸城)。登会昌五年(845)进士第。与杜牧之友善。《全唐诗》编诗十七首。五绝四首,七绝十一首。赵本见卷九、三十七。《唐诗纪事》五四、《唐才子传》卷七有传。

孟郊(751—814) 字东野,湖州武康(今浙江武康)人。少隐嵩山。性耿介,少谐合。韩愈一见为忘形交。贞元十二年(796)四十六岁始登进士第,为溧阳尉。韩愈专为之作《荐士诗》推其"受才实雄骜"。孟郊一生穷困以死,张籍等私谥为贞曜先生。李观称其诗"高处在古无上,平处下顾二谢"。与韩愈联句斗奇,工力悉敌。惟苏子瞻、元遗山等不喜其愁苦之辞。元《论诗绝句》云:"东野穷愁死不休,高天厚地一诗囚。江山万古潮阳笔,合卧元龙百尺楼。"东坡《读孟郊诗》云:"要当斗僧清,未足当韩豪。"前人亦将其与贾岛并称为郊寒岛瘦。有集十卷,今存。五绝二十首,七绝十一首。赵本见卷六、二十五。《旧唐书》一六〇、《新唐书》一七六、《唐诗纪事》三五、《唐才子传》卷五有传。

孟云卿 河南人,一说武昌人,仕终校书郎。年少于元结六七岁,与杜甫元结为诗友。杜甫《解闷》云:"李陵苏武是吾师,孟子论文更不疑。一饭未曾留俗客,数篇今见古人诗。"可见推重。高仲武《中兴间气集》称"当今古调,无出其右者"。张为《诗人主客图》以之为"高古奥逸主"。《全唐诗》编诗一卷。七绝一首。赵本见卷十二。《唐诗纪事》二五、《唐才子传》卷三有传。

孟宾于 字国仪,连州(今广东连县)人。天福九年(944)登进士第,还乡为湖南马氏从事,后归南唐为涪阳令。后主时为水部员外郎,致仕。初居玉笥山,自号群玉峰叟,有《金鳌集》二卷,今佚。《全唐诗》存诗八首。七绝四首。赵本见卷二十四。马令《南唐书》卷二十三、《唐才子传》卷十有传。

孟浩然(689—740) 字浩然(或云名浩),襄阳人,少隐鹿门山,年四十乃游京师,尝于太学赋诗,一坐嗟服。与张九龄、王维为忘形交。李白赠之诗云:"吾爱孟夫子,风流天下闻。红颜辞轩冕,白首卧松云。醉月频中圣,迷花不事君。高山安可仰,徒此挹清芬。"可见推重。杜甫亦称其"清诗句句尽堪传"。其诗与王维相近,受陶渊明影响较深,多写闲适之趣,尤长于五律,世称王孟。苦于篇幅短狭,少长篇巨制。诗集今传。《全唐诗》编诗二卷。五绝十九首,七绝九首。赵本见卷二、十二。《旧唐书》一九〇下、《新唐书》二〇三、《唐诗纪事》二三、《唐才子传》卷二有传。

金昌绪 馀杭人。《全唐诗》仅存五绝一首。赵本编入卷二盛唐,不知所据。《唐诗纪事》一五有记载。

郑谷 字守愚,袁州(今江西宜春)人。光启三年(887)登进士第,官至都官郎中,故后人称为郑都官。又因《鹧鸪》七律盛传于时,故又称郑鹧鸪。乾宁三年(896)唐昭宗避难华州,郑奔赴,"寓居云台道舍",因而自称诗集为《云台编》,三卷,今存。郑谷幼即能诗,受称于司空图、马戴等人。多为近体。《全唐诗》编诗四卷。五绝十一首,七绝八十四首。赵本见卷九、三十。《唐诗纪事》七〇、《唐才子传》卷九有传。

郑畋 字台文,荥阳(今河南郑州市)人。会昌中登进士第。刘瞻镇北门,辟为从事。瞻入相,荐为翰林学士迁中书舍人。瞻罢相,畋为制词反加褒美,因之被贬。后相僖宗、昭宗。为人仁恕,姿采如崝玉。诗一卷。《全唐诗》仅存诗十六首。七绝十二首。赵本见卷三十七。《旧唐书》一七八、《新唐书》一八五有传。

郑遨(865—939) 字云叟,滑州白马(今河南滑县)人。昭宗时举进士不第,入少室山为道士,徙居华阴,种田自给。与道士李道殷、罗隐之友善,世目为三高士。唐明宗以左拾遗、晋高祖以谏议大夫召,皆不起。赐号逍遥先生。《全唐诗》存诗十七首。五绝三首,七绝九首。赵本见卷三十七,五绝漏收。《旧五代史》九三、《新五代史》三四、《唐诗纪事》七一有传。

畅诸 河东人,畅当之弟,兄弟并有诗名。《全唐诗》仅录其五律一首。依李翰《河中府鹳鹊楼诗序》(《文苑英华》七一〇)《登鹳鹊楼》当为畅诸诗。畅氏兄弟生活于大历贞元间《唐诗纪事》二七有记载。《新唐书》二〇〇畅当有传。

鱼玄机 字幼微,一字蕙兰,长安里家女,喜读书,有才思。补阙李亿纳为妾,色衰爱弛,乃为女道士于咸阳观。后以桎笞杀女童绿翘,京兆尹温璋杖杀之。唐女流中,鱼玄机与薛涛诗名最著。鱼有集一卷,今存。《全唐诗》编诗一卷。七绝十五首。赵本见卷四十。《唐诗纪事》七八、《唐才子传》卷八有传。

罗邺 馀杭人,父为盐铁小吏。邺累举进士不第。尤长七言诗,与罗隐、罗虬并称江东三罗。七绝讽刺深刻,但语言时伤浅露。《全唐诗》编诗一卷。五绝五首,七绝五十三首。赵本见卷九、三十六。《唐诗纪事》六八、《唐才子传》卷八有传。

罗隐(833—909) 字昭谏,馀杭(一云新城)人。本名横,十上不中第,遂更名隐。从事各镇无所合,投钱镠,历官钱塘令、著作佐郎等职。年七十七卒。隐少聪敏,既不得志,其诗以讽刺为主,尤长七言绝。隐著有《谗书》,为晚唐小品杰作。有《罗江东集》,或称《罗昭谏集》,今存。《全唐诗》编诗十一卷。五绝五首,七绝九十首。赵本见卷九、三十九。《旧五代史》二四、《唐诗纪事》六九、《唐才子传》卷九有传。

郎士元 字君胄,中山(今河北定县)人。天宝十五载(756)登进士第。历右拾遗,出为郢州刺史。大历十才子之一,与钱起齐名,时人曰:"前有沈宋,后有钱郎。"自丞相而下,出使作牧,如无钱、郎诗祖送,即为时论所鄙,可见当时诗名。集二卷。《全唐诗》编诗一卷,五绝二首,七绝十二首。赵本见卷四、十四。《唐诗纪事》四三、《唐才子传》卷三有传。

欧阳詹(798—?) 字行周,晋江(今福建晋江县)人。福建原无举子,自常衮提倡,欧阳詹为唐代福建首登进士第者,官国子监四门助教。卒,韩愈为《欧阳生哀词》称道之。文集十卷今存。《全唐诗》编诗一卷。五绝二首,七绝三十首。赵本见卷七、二十二。《新唐书》二〇三、《唐诗纪事》三五有传。

九 划

姚月华 少失母,随父寓扬子江,见邻舟书生杨达诗,命侍儿乞其稿。达立缀艳诗致情,自后屡相酬和。会其父有江南之行,踪迹遂绝。《全唐诗》存诗六首。五绝一首,七绝四首。赵本见卷四十。名附见《唐才子传》卷二李季兰传。

施肩吾 字希圣,洪州(今江西南昌市)人。元和十年(815或云十五年)登第,隐洪州之西山。为诗奇丽,有《西山集》十卷,今佚。《全唐诗》编诗一卷。五绝三十二首,七绝一百五十四首。赵本见卷六、二十三。《唐诗纪事》四一、《唐才子传》卷六有传。

柳中庸 名谈〔淡〕,以字行,河东人,柳宗元同族,御史并之弟,与弟中行,皆有文名,萧颖士以女妻之,仕为洪府户曹。李端曾有诗赠之。《全唐诗》存诗十三首。五绝二首,七绝四首。赵本见卷七、二十七。《新唐书》二○二、《唐诗纪事》三一有传。《唐才子传》卷四李端传附见。

柳宗元(773—819) 字子厚,河东人。贞元九年(793)进士,与刘禹锡均为王叔文集团成员。宪宗即位被贬永州司马,身虽废,而古文大进。《永州八记》实为山水游记之杰作。十年召还,又出为柳州刺史,有惠政,卒于任所,柳人立庙祀之,故又称柳柳州。韩愈为其祭文、墓志,极为推重。柳宗元之诗得陶渊明、谢灵运之长,五言古前人评为陶渊明下、韦苏州上,或未公允。元遗山《论诗绝句》云:"谢客风容动古今,发源谁似柳州深?朱弦一拂遗音在,犹是当年寂寞心。"颇有见地。其集今存。《全唐诗》编诗四卷。五绝七首,七绝三十一首。赵本见卷五、十六。《旧唐书》一六○、《新唐书》一六八、《唐诗纪事》四三、《唐才子传》卷五有传。

柳公绰(763—830) 京兆华原(今西安市)人。小字起之,字宽,与裴度曾同为武元衡判官。官终兵部尚书。《全唐诗》存诗三首。七绝一首。赵本未见。《旧唐书》一六五、《新唐书》一六三、《唐诗纪事》四五有传。

祖咏 洛阳人,登开元十二年(724)进士第,与王维友善。

《全唐诗》编诗一卷,五绝三首。赵本见卷三。《唐诗纪事》二〇记其轶事。

胡曾 邵阳(今湖南邵阳市)人,咸通中举进士不第,尝为汉南从事。曾有《安定集》十卷,今佚。《咏史诗》三卷。《全唐诗》编诗一卷。五绝一首,七绝一百五十二首。赵本见卷九、三十五。《唐诗纪事》七一、《唐才子传》卷八有传。辛文房称其"天分高爽,意度不凡,视人间富贵亦悠悠","至于近体律绝等哀怨清楚,曲尽幽情"。

皇甫冉(714—766) 字茂政,润州丹阳人。晋高士皇甫谧之后。十岁能属文,张九龄深器之。天宝十五载(756)以第一名登进士第,授无锡尉。大历初累迁右补阙,奉使江表,卒于家。《中兴间气集》称其诗"发调清新,远出情外"。集三卷,今存。《全唐诗》编诗二卷。五绝三十首,七绝二十三首。赵本见卷五、十五。《新唐书》二〇二、《唐诗纪事》二七、《唐才子传》卷三有传。

皇甫曾 字季常,冉母弟,登天宝十二载(753)进士第,历侍御史,故称皇甫侍御。诗名与兄相上下,诗附兄集。《全唐诗》编诗一卷。五绝二首,七绝四首。赵本见卷五、十五。《新唐书》二〇二、《唐诗纪事》二七、《唐才子传》卷三有传。

皇甫松 字子奇,其父湜(《新唐书》一七六有传)为韩愈门人。松自称檀栾子。曾著《醉乡日月》三卷,词亦有名。《全唐诗》存诗十三首。五绝二首,七绝六首。赵本见卷六、二十一。《唐诗纪事》五二有记载。

荆叔 《全唐诗》仅录其五绝一首,赵本列之卷三盛唐后期,未详所据。

贺知章(659—744) 字季真,会稽永兴(今浙江萧山)人。少以文词知名，后以清谈风流为人所倾慕。武后证圣(695)登进士第。因张说荐入书院同修《六典》及《文纂》，官终秘书监，故亦称贺监。李白入长安，知章极赏其诗，为忘年交，为之延誉。知章性放旷，晚尤纵诞，自号四明狂客。醉后属词，动成卷轴，又善草隶，人共传宝。天宝初，请为道士还乡里，诏赐镜湖剡川一曲，玄宗御制诗以宠其行。年八十六卒。杜甫《饮中八仙歌》，知章其一。《全唐诗》编诗一卷。五绝一首，七绝五首。赵本见卷一、十一。《唐诗纪事》一七、《唐才子传》卷三有传。

赵嘏 字承祐，山阳(今江苏淮安)人。会昌二年(842)登进士第，官终渭南尉，有《渭南集》，人称赵渭南。又因《长安秋望》诗："残星几点雁横塞，长笛一声人倚楼。"为杜牧所激赏，称之为赵倚楼。《全唐诗》编诗二卷。五绝四首，七绝一百二十四首。赵本见卷八、三十一。《唐诗纪事》五六、《唐才子传》卷七有传。

贯休(832—912) 字德隐，唐末诗僧。俗姓姜氏，兰谿(今浙江兰溪县)人。七岁出家，日读经书千字，过目不忘。既精奥义，诗亦奇险，兼工书画。其人亦有可称。初上吴越钱镠诗有"满堂花醉三千客，一剑霜寒十四州"之句。钱镠传言须改为四十州始可相见。贯休答云："州亦难添，诗亦难改，然闲云孤鹤，何天而不可飞。"遂西去。荆南成汭礼之，欲从其学书法。贯休云："此事须登坛可授，安可草草！"成汭大怒，流放黔南，贯休乃走西蜀，终老于王建朝。尝有诗云："一瓶一钵垂垂老，千水千山得得来。"故蜀人称之为得得来和尚。终年八十一。贯休与周朴、吴融、齐己等为诗友。初集名《西岳集》十卷，吴融序之，后改《禅月集》，其弟子改名《宝月集》。《全唐诗》编诗十二卷。五绝十六首，七绝七十一首。赵本见卷十、三十九。《唐诗纪事》七九、《唐才子传》卷十有传。

项斯 字子迁，江东人。会昌四年(844)登进士第，终丹徒尉。杨敬之、张籍称赏其诗，诗格亦类张籍。《唐才子传》卷七称其"清妙奇绝"，似有溢美。诗一卷，五绝二首，七绝三首。赵本见卷八、三十六。《唐诗纪事》四六亦有记载。

骆宾王(约640—约684) 婺州义乌(今浙江义乌县)人。七岁能属文，尤妙于五言诗。尝作《帝京篇》，当时以为绝唱，与王勃等并称四杰。初为道王府属，历武功主簿，又调长安主簿。武后时为临海丞，故人称之为骆丞。徐敬业起兵，骆为草檄讨武后。武后读其檄，矍然叹曰："宰相安得失此人？"敬业败，不知所终，或传于灵隐韬光为僧，不足信。中宗时，诏求其文，得数百篇，集成十卷，今存。骆为诗善用数字对偶，故人戏称为算博士。《全唐诗》编诗三卷。五绝七首，七绝一首。赵本见卷一、十一。《旧唐书》一九〇上、《新唐书》二〇一、《唐诗纪事》七、《唐才子传》卷一有传。

十 划

唐彦谦 字茂业，并州晋阳(今山西太原市)人。曾避地汉南，隐居鹿门山，因自号鹿门先生。学李义山为诗，文词壮丽，博学多艺，至于书画音乐，无不出色。彦谦咸通二年(861)登进士第，历官晋绛二州刺史，后为阆、璧二州刺史，卒官。其孙毂，避石敬唐讳改姓陶，其后遂为陶氏。彦谦有《鹿门集》二卷，今有抄本。《全唐诗》编诗二卷。五绝十九首，七绝六十四首。赵本见卷九、三十。《旧唐书》一九〇下、《唐诗纪事》六八、《唐才子传》卷九有传。

唐温如 字里生平不详。《全唐诗》仅存七绝一首。赵本未见。或以为元末唐珙字温如。

徐凝 睦州(今浙江建德县)人。白居易在杭,凝与张祜各希首荐,白右凝而轻祜,见范摅《云溪友议》,凝受知于白居易,传诗方干。潘若冲《郡阁雅谈》云凝官至侍郎恐不确。《全唐诗》编诗一卷。五绝十七首,七绝八十首。赵本见卷五、二十二。《唐诗纪事》五二、《唐才子传》卷六有传。

徐月英 江淮间妓,有集行世,今存七绝二首,见《全唐诗》。赵本见卷四十。《唐诗纪事》七九有记载。

晁采 小字试莺,大历时人。少与邻生文茂约为伉俪,及长,茂时以诗通情。母知之,叹曰:"才子佳人,自应有此。"遂以采归茂。《全唐诗》存诗二十二首。五绝十八首,七绝三首。赵本未见。

耿湋 字洪源,河东人。登宝应元年(762)进士第。官右拾遗,为大历十才子之一。湋诗有"家贫僮仆慢,官罢友朋疏"之句,可见仕宦失意之状。卢纶《怀旧诗五十韵》只称为耿拾遗,知官终于此。耿诗不深雕琢而风格自胜。集不存。《全唐诗》编诗二卷。五绝十四首,七绝四首。赵本见卷四、二十七。《新唐书》二〇三、《唐诗纪事》三〇、《唐才子传》卷二有传。

袁郊 字之仪,滋之子,朗山(今河南确山县)人。咸通时为祠部郎中,昭宗朝为翰林学士,与温庭筠有交往。著有《甘泽谣》。《全唐诗》存七绝四首。赵本未见。《唐诗纪事》六五有记载。

郭震〔振〕(656—713) 字元振〔震〕,以字显。魏州贵乡(今河北大名县附近)人。少有大志,十八岁进士及第,为通泉尉。任侠使气,结交豪杰,劫财济人。武后诏诘之,对语甚奇,索所为文章,上《宝剑篇》,大受称赏。后为凉州大都督,封代国公,故人称郭代公。集二十卷今佚。《全唐诗》编诗一卷。五绝十首,七绝七首。赵本见卷一、十一。《旧唐书》九七、《新唐书》一二二有传,作郭元振;《唐诗纪事》卷八作郭元震。

郭氏奴 咸阳郭氏捧剑之奴,或称为苍头捧剑。《云溪友议》载其诗三首,后耻为奴逃去。五绝、七绝各一首。《全唐诗》作捧剑仆。赵本见卷九、三十八。

高骈(？—887) 字千里,祖父崇文曾封南平郡王,家世禁卫。骈幼颇修饬,折节为文学。初为朱叔明之司马,其后历居重任。僖宗时封燕国公,其后进封渤海郡王。晚年惑于妖道邪说,为部将毕师铎所害。诗一卷。五绝五首,七绝三十八首。赵本见卷九、三十六。《旧唐书》一八二、《新唐书》二二四下、《唐诗纪事》六三、《唐才子传》卷九有传。

高適(？—765) 字达夫,渤海蓨(tiáo 今河北景县)人。举有道科,释褐封丘尉,不得志,为诗云:"我本渔樵孟诸野,一生自是悠悠者。乍可狂歌草泽中,宁堪作吏风尘下?"去游河右,杜甫有诗送之,为哥舒翰掌书记。安史之乱,哥舒翰潼关败降,适奔赴行在,仕终散骑常侍,故亦称高常侍。封渤海县侯。高适与岑参、李白、杜甫等为诗友。与岑参同以边塞诗见长,并称高岑。盛唐诗家李杜而外,王孟高岑最著。今存《高常侍集》十卷。《全唐诗》编诗四卷。五绝七首,七绝十四首。赵本见卷二、十二。《旧唐书》一一一、《新唐书》一四三、《唐诗纪事》二三、《唐才子传》卷二有传。

高蟾 河朔人,乾符三年(876)登进士第。乾宁间为御史中丞。诗一卷。五绝十首,七绝二十二首。赵本见卷九、三十四。《唐诗纪事》六一、《唐才子传》卷九有传。

聂夷中(837—约884) 字坦之,河东人,一作河南人。咸通十二年(871)登进士第,曾任华阴县尉。诗一卷。五绝九首。晚唐诗人中,聂能关心民瘼,颇多反映民生疾苦之作。赵本见卷九。《唐诗纪事》六一、《唐才子传》卷九有传。

贾至(787—772) 字幼邻〔幾〕,洛阳人。父曾,开元初掌制诰。至明经擢第,后亦拜起居舍人,知制诰。父子继美,玄宗常称之。肃宗擢为中书舍人。与李白、杜甫、岑参、王维等均有诗交往。大历初封信都县伯,迁京兆尹,右散骑常侍,卒谥曰文,人称贾舍人或贾文公。集十卷,今佚。《全唐诗》编诗一卷。五绝二首,七绝二十首。赵本见卷三、十二。《旧唐书》一九〇中、《新唐书》一一九、《唐诗纪事》二二、《唐才子传》卷三有传。

贾岛(779—843) 字阆〔浪〕仙,范阳人。初为僧名无本,后来东都,以诗为韩愈所知,与孟郊、张籍、姚合等唱酬,大著诗名,韩愈劝其还俗应进士举,卒不第。文宗时坐飞谤贬长江主簿,以普州司仓参军迁司户,未受命卒。人称贾长江或贾司仓。贾岛以苦吟推敲见称于后世,尤工五言律,开一派诗风,晚唐影响很大,李洞甚至铸像膜拜称贾岛佛。有《长江集》十卷,今存。《全唐诗》编诗四卷。五绝十九首,七绝四十六首。赵本见卷七、二十八。《新唐书》一七六、《唐诗纪事》四〇、《唐才子传》卷五有传。

钱起(722—780) 字仲文,吴兴(今浙江省湖州市)人。天宝十年(751)登进士第,官至考功员外郎。有《钱考功集》十卷,今存。钱起为大历十才子中最著名者,所谓"前有沈宋,后有钱郎",以五言律诗最为擅场。《全唐诗》编诗四卷。五绝一百三十四首。《全唐诗逸》又一首。七绝二十首。五绝中《江行无题》百首,当为其曾孙珝作。赵本见卷四、十四。《旧唐书》一六八、《新唐书》二〇三、《唐诗纪事》三〇、《唐才子传》卷四有传。

钱珝 字瑞文,起之曾孙,徽之子也。父为吏部尚书。珝善文词,宰相王抟荐知制诰,进中书舍人,后贬抚州司马。有《舟中录》二十卷,今佚。《全唐诗》编诗一卷。五绝一百〇一首,七绝五首。赵本见卷八、三十七。《新唐书》一七七、《唐诗纪事》六六、《唐才子传》卷九有传。

顾况(725—814) 字逋翁,又字悲翁,苏州人,或云海盐人。至德二载(757)登进士第。性诙谐,与柳浑、李泌为方外友。李泌为相,仅迁著作郎,意不乐,坐诗语调谑,贬饶州司户,后隐居茅山,自号华阳真逸,以寿终。皇甫湜序其文集云:"偏于逸歌长句,骏发踔厉,往往若穿天心,出月胁,意外惊人语,非寻常所能及,最为快也。其为人类其词章云。"可见一斑。《华阳集》二十卷,今只存三卷本。《全唐诗》编诗四卷。五绝三十六首,七绝六十八首。赵本见卷五、十五。《旧唐书》一三〇、《唐诗纪事》二八、《唐才子传》卷三有传。

十一划

崔护 字殷功,博陵人。贞元十二年(796)登进士第,官终岭南节度使。人面桃花一诗为时艳称。孟棨《本事诗》致傅会故事以实之。《全唐诗》存诗六首。七绝二首。赵本见卷二十七。《唐诗纪事》四〇有记载。

崔涂 字礼山,江南人,光启四年(888)进士。因"蝴蝶梦中家万里,子规枝上月三更"(《春夕旅怀》)句,人称之为崔蝴蝶。诗一卷。《全唐诗》五绝三首,七绝二十四首。赵本见卷九、三十五。《唐诗纪事》六一、《唐才子传》卷九有传。

崔颢(?—754) 汴州(今河南开封市)人。开元十一年(723)登进士第,有俊才。相传《黄鹤楼》诗为李白所叹服。累官司勋员外郎。天宝十三载(754)卒。诗一卷。五绝四首,七绝一首。赵本见卷二、十二。《旧唐书》一九〇下、《新唐书》二〇三、《唐诗纪事》二一、《唐才子传》卷一有传。

崔橹〔鲁〕 大中(一说广明)时进士及第,仕为棣州司马,慕杜牧为诗,有《无机集》四卷,今亡。《全唐诗》存诗十六首。五绝二首,七绝八首。赵本见卷八、三十七。《唐诗纪事》五八、《唐才子传》卷九有传。

崔国辅 吴郡人,开元中应县令举,授许昌令,累迁集贤直学士,礼部员外郎,后坐事贬晋陵郡司马。诗一卷。长于小乐府。五绝二十三首,七绝四首。赵本见卷二、十二。《唐诗纪事》一五、《唐才子传》卷二有传。

崔道融 荆州(今湖北江陵)人,自号东瓯散人。与司空图为诗友,以征辟为永嘉令,累官右补阙,避地入闽。《申唐诗》三卷、《东浮集》九卷均佚。《唐才子传》卷九颇加推重云:"谁谓晚唐间忽有此作,使古人复生,亦不多让。"《全唐诗》编诗一卷。五绝四十首,七绝三十八首。赵本见卷八、三十六。

曹松 舒州人,早年栖居洪都西山。又往建州依李频。后流落江湖,久困名场。光化四年(901)杜德祥主文,悯其年老放及第,五人皆过七十,时称五老榜,授秘书省正字。松学贾岛为诗,铸词炼句,取径幽深。《全唐诗》编诗二卷。五绝八首,七绝十五首。赵本见卷九、三十七。《唐诗纪事》六五、《唐才子传》卷十有传。

曹邺〔业〕 字业之,桂林人,登大中四年(850)进士第,历官太常博士、祠部郎中、洋州刺史,有《祠部诗集》二卷。五绝二十七首,七绝十六首。赵本见卷八,七绝漏收。《唐诗纪事》六〇、《唐才子传》卷七有传。

梁锽 天宝中人,官执戟。诗存十五首。五绝一首,七绝一首。赵本见卷三。

皎然 字清昼,亦称为昼公,俗姓谢氏,灵运十世孙,长城(今浙江湖州市)人,居杼山。唐诗僧中,皎然造诣最高,颜真卿、韦应物均与之唱酬。著有《诗式》,阐述创作主张。有集十卷,称《皎然集》或《杼山集》或《昼上人集》。《全唐诗》编诗七卷。五绝四十五首,七绝六十六首。赵本见卷十、三十九。《唐诗纪事》七三、《唐才子传》卷四有传。

黄巢(?—884) 曹州冤句(今山东曹县)人。唐末农民起义著名领袖。《全唐诗》存诗三首,其中一首为元稹诗略改数字,附会其为僧之说,不足信。可信者两首七绝《菊花诗》。赵本未见。《旧唐书》二〇〇下、《新唐书》二二五下有传。

常建 长安人,开元十五年(727)与王昌龄同榜登进士第。大历中曾任盱眙尉,仕宦失意,每以山水自娱,诗名颇著。殷璠《河岳英灵集》取为压卷,评云:"高才无贵士,诚哉是言。曩刘桢死于文学,左思终于记室,鲍照卒于参军,今常建亦沦于一尉,悲夫!建诗似初发通庄,却寻野径,百里之外,方归大道。所以其旨远,其兴僻,佳句辄来,唯论意表。"足见推重。诗集今存。《全唐诗》编诗一卷。七绝十二首。赵本见卷十二。《唐诗纪事》三一、《唐才子传》卷二有传。

常雅 唐末诗僧。《全唐诗》仅录七绝一首。赵本见卷三十九。《唐诗纪事》七三有记载。

章碣 桐庐(今浙江桐庐县)人。父孝标能诗。碣乾符中登进士第,后流落不知所终。诗一卷。七绝二首。赵本见卷三十七。《唐诗纪事》六一、《唐才子传》卷九有传。

章孝标 碣父,登元和十四年(819)进士第,除秘书省正字,大和中试大理评事,与李绅有诗交往。诗一卷。七绝十四首。赵本见卷二十三。《唐诗纪事》四一、《唐才子传》卷六有传。

十二划

温庭筠(812—?) 原名岐,字飞卿。《酉阳杂俎》作庭云,与飞卿字相应,然人仍习用筠字。太原祁(今山西祁县)人。先世彦博为唐宰相。庭筠少敏悟,才思艳丽,工为词章小赋,与李商隐齐名,号温李。为赋一叉手而一韵成,人称温八叉或温八吟。然因行为不检,又喜讽刺当政,尤为宰相令狐绹所深恶,故屡试均见黜。徐商辟为巡官,其后贬方城尉,迁隋县尉,官终国子助教。温尤工小词,与韦庄并称温韦,为花间派之祖。诗集今传八卷本,明曾益注,清顾予咸补注,其子顾嗣立重校并续注集外诗。《全唐诗》编诗九卷。五绝七首,七绝五十一首。赵本见卷十、二十九。《旧唐书》一九〇下、《新唐书》九一、《唐诗纪事》五四、《唐才子传》卷八有传。

景云 与岑参同时之诗僧,善草书。《全唐诗》存诗三首。七绝一首。赵本见卷三十九。《唐诗纪事》七六、《唐才子传》卷四灵一传附见。

程贺 原为崔亚厅仆,亚见其有才思,勉其应举,凡三十上始第。因《君山诗》得名,人称程君山。《全唐诗》仅存此首七绝。赵本未见。《唐诗纪事》六七有记载。

储光羲(707—约760) 兖州(今山东兖州市)人。开元十四年(726)进士登第,诏中书试文章,历监察御史。受安禄山伪署,贼平贬官岭南。诗集五卷,今存。五言古学陶渊明,与王孟同趣,与王维为诗友。《全唐诗》编诗四卷。五绝十六首,七绝十一首。赵本见卷三、十二。《唐诗纪事》二二、《唐才子传》卷一有传。

储嗣宗 大中十三年(859)登进士第。《唐才子传》卷八称其诗:"所谓逐句留心,每字着意,悠然皆尘外之想。"诗一卷。五绝五首,七绝八首。赵本见卷九、三十七。

蒋吉 生平无考。《全唐诗》存诗十五首。五绝四首,七绝十一首。赵本见卷九、三十八。

蒋贻恭 江淮人,唐末入蜀,巧于刺讥,人多畏之。孟氏时官大井县令,卒。《全唐诗》存诗二首。七绝四首。赵本未见。《唐诗纪事》七一有记载。

葛鸦儿 女郎,生平不详。《全唐诗》存七绝三首。赵本见卷四十。《唐诗纪事》七九有记载。《唐才子传》卷二名附李季兰传。

韩翃 字君平,南阳人。天宝十三载(754)登进士第。淄青侯希逸、宣武李勉相继辟幕府。许尧佐《柳氏传》即写韩翃事,为后世艳称。建中初,德宗欣赏其"春城无处不飞花"诗,除驾部郎中知制诰,亦传为佳话。翃为大历十才子之一。诗集五卷。《全唐诗》编诗三卷。五绝五首,七绝十八首。赵本见卷五、十五。《新唐书》二〇三、《唐诗纪事》三〇、《唐才子传》卷四有传。

韩偓(844—923) 字致尧(一作光,非)。京兆万年(今西安市)人。小字冬郎,为李商隐之姨侄,曾受李称赏,所谓"雏凤清于老凤声",谓才过其父瞻也。龙纪元年(889)登进士第,历翰林学士、中书舍人、兵部侍郎。韩诗体香艳而人品孤直。朱温得势,韩坚不阿附,被贬。后携家入闽,依王审知以卒。有《韩翰林集》(附《香奁集》)。《全唐诗》合编四卷。五绝四首,七绝三十四首。赵本见卷九、二十九。《新唐书》一八三、《唐诗纪事》六五、《唐才子传》卷十有传。

韩愈(768—824) 字退之,河南南阳(今河南孟县)人。贞元八年(792)登进士第。此榜人才最多,称龙虎榜。韩愈官终吏部侍郎,因称韩吏部,又因谥曰文,又称韩文公。祖籍昌黎,常自称昌黎韩愈,后世封昌黎伯,故又称韩昌黎。韩愈为唐代古文运动领袖,奖掖后进,如张籍、李翱、皇甫湜等皆为韩门弟子。韩愈诗亦为中唐大家。杜甫曾云:"为人性僻耽佳句,语不惊人死不休。"韩愈师此语,主张"横空盘硬语",被认为韩孟诗派特点。以绝句言,韩不从盛唐王李风神一路,颇学杜公独创精神,有时伤于质直,然气骨遒劲,横空硬语,时有所见。其集今存,诗以钱仲联先生《韩昌黎诗系年集释》注解为最详。《全唐诗》编诗十卷。五绝二十九首,七绝七十八首。赵本见卷五、十六。《旧唐书》一六〇、《新唐书》一七六、《唐诗纪事》三四、《唐才子传》卷五有传。

十三划

雍陶(805—?) 字国钧,大和八年(834)登进士第。大中六年(852)授国子毛诗博士。八年(854)出任简州刺史。雍陶为诗,与贾岛、殷尧藩、无可、徐凝、章孝标友善,与张籍、王建亦有往还。常自比于柳恽、谢朓。《全唐诗》编诗一卷。五绝十首,七绝七十九首。赵本见卷九、三十三。《唐诗纪事》五六、《唐才子传》卷七有传。

雍裕之 贞元后诗人,馀不详。《全唐诗》存诗一卷。五绝二十三首,七绝九首。赵本见卷七、十七。

窦巩 字友封,京兆(今西安市)人。父叔向,五子常、牟、群、庠、巩并有名。除群外,兄弟四人并登元和进士第,巩累官至刑部郎中。平居与人言若不出口,世称嗫嚅翁。白居易与元稹书,取所交游诗中之尤者为《元白往还诗集》,其中乐府取张籍、李绅,律诗取卢贞、杨巨源,绝句取元八、窦七,即巩也。《全唐诗》

277

存诗三十九首。五绝一首,七绝二十九首。赵本见卷七、二十二。《旧唐书》一五五、《新唐书》一七五、《唐诗纪事》三一、《唐才子传》卷四有传。

窦庠 字胄卿,巩兄。释褐授国子主簿,为韩皋判官,改殿中侍御史。历登、泽、信、婺四州刺史。重义气,所谓"一言而合,期于岁寒"。五言诗尤长。《全唐诗》存诗二十一首,七绝九首。赵本见卷二十二。

虞世南(558—654) 字伯施,馀姚人。幼因徐陵称赏有名,在隋官秘书郎十年不迁。入唐为秦王府记室参军,迁太子中书舍人。唐太宗即位,历弘文馆学士,秘书监,卒谥文懿。太宗称其德行、忠直、博学、文词、书翰为五绝,又称为"当代名匠,人伦准的"。书法尤有名。集三十卷,今佚。《全唐诗》编诗一卷。五绝七首,七绝一首。赵本见卷一。《旧唐书》七二、《新唐书》一〇二有传。

慎氏 毗陵(今江苏常州市)儒家女也。适蕲春严灌夫,无子被出。慎氏以诗与之诀别,灌夫感而留之。(《云溪友议·毗陵出》夫名严灌)。《全唐诗》仅存七绝一首。赵本见卷四十。

十四划

熊皦 后唐清泰二年(935)登进士第,入晋拜补阙,贬商州上津令。有《屠龙集》五卷,今佚。《全唐诗》存七绝二首。赵本见卷三十八。《唐才子传》卷十作"皎"。

裴迪 关中人,与王维、崔兴宗居终南,同唱和。天宝后为蜀州刺史,与杜甫、李颀友善。尝为尚书省郎。《全唐诗》存诗二十九首。五绝二十二首,七绝一首。赵本见卷二、十二。《唐诗纪事》一六有记载。《唐才子传》卷二附见王维传。

裴说　天祐三年(906)登进士第,官终礼部员外郎。《唐才子传》卷十称说:"为诗足奇思,非意表琢炼不举笔,有岛、洞之风也。"诗一卷。五绝一首,七绝五首。赵本见卷九、三十六。《唐诗纪事》六五有记载。

　　裴度(765—839)　字中立,河东闻喜(今山西闻喜县)人。贞元中登进士第。宪宗时为名相,亲赴淮西讨平吴元济之割据叛乱。经事四朝,以身系国之安危者二十年。与韩愈、白居易、刘禹锡等有诗唱和。集二卷,《全唐诗》编诗一卷。五绝五首,七绝三首。赵本见卷五、二十三。《旧唐书》一七〇、《新唐书》一七三、《唐诗纪事》三三有传。

　　裴交泰　贞元间诗人,馀无考。《全唐诗》仅存七绝一首。赵本见卷二十七。《唐诗纪事》三六有记载。

　　裴羽仙　其夫从军战没,音信断绝,乃作《哭夫》七绝二首。《全唐诗》仅存此二诗,馀无考。赵本见四十,《唐才子传》卷二李季兰传提及。

　　裴夷直　字礼卿,河东人。擢进士第,文宗时官至中书舍人,武宗时贬外。宣宗初复用,终散骑常侍。《全唐诗》编诗一卷。五绝十二首,七绝三十六首。赵本见卷九、三十一。《新唐书》卷一四八、《唐才子传》卷六有传。

　　蔡京　初为僧。令狐楚镇滑台,劝之学,后以进士举上第,官御史。为广西节度使,以贪黩失律为军中所逐,贬死。《全唐诗》存诗三首。五绝一首,七绝一首。赵本见卷七、二十七。

十五划

　　颜仁郁　字文杰,泉州人,仕王审知为归德场长。《全唐诗》存七绝二首。赵本未见。

颜真卿(709—785) 字清臣,京兆长安人。开元中举进士又擢制科,累迁殿中侍御史,忤杨国忠,出为平原太守。安禄山乱,河北各地望风归降,真卿独能城守,人称为颜平原。代宗时封鲁国公,故又称颜鲁公。书法尤卓绝。《全唐诗》编诗一卷。又有七字大言、小言、乐语、馋语、滑语、醉语联句,盖游戏笔墨也。赵本见卷三、十二。全为联句。《旧唐书》一二八、《新唐书》一五三、《唐诗纪事》二四有传。

十六划

薛能(?—880) 字大拙,汾州(今山西隰县)人。登会昌六年(846)进士第。大中末书判中选,历任累迁至工部尚书,节度徐州,徙忠武军,后为部将周岌所杀害。能癖于诗,日赋一诗,有《许昌集》十卷,今存。《全唐诗》编诗四卷。五绝一首,七绝一百〇七首。赵本见卷三十一。《唐诗纪事》六〇、《唐才子传》卷七有传。

薛逢 字陶臣,蒲州河东人。会昌元年(841)以第三人进士登第,与王铎、杨收同榜,授万年尉。杨、王均曾为相,薛为诗讥刺,仕终不达,晚迁秘书监卒,故亦称薛监。集十卷,佚。《全唐诗》编诗一卷。五绝四首,七绝十一首。赵本见卷三十七,五绝失收。《旧唐书》一九〇下、《新唐书》二〇三、《唐诗纪事》五九、《唐才子传》卷七有传。

薛莹 文宗时人。有《洞庭诗集》一卷,今仅《全唐诗》存诗十首。五绝六首,七绝一首。赵本见卷九。《唐诗纪事》五九有记载。《唐才子传》卷七喻凫传云"同时薛莹亦工诗"。

薛涛(768—831) 字洪度,本长安良家女,随父宦,流落蜀中,遂入乐籍。辨慧工诗,有林下风致。韦皋镇蜀,召令侍酒赋诗,称为女校书。元稹曾有诗赠之。出入幕府,历事十一镇,皆以诗受知。暮年屏居浣花溪,着女冠服,好制松花小笺,号薛涛笺。唐女诗人中,薛涛称冠,不独于女妓校也。有《洪度集》一卷。《全唐诗》编诗一卷。五绝十二首,七绝七十一首。赵本见卷十、四十。《唐诗纪事》七九、《唐才子传》卷六有传。

十七划

戴叔伦(732—789)　字幼公。润州金坛(今江苏金坛)人。师事萧颖士,为门人冠。刘晏管盐铁,表叔伦主管湖南运输。后迁容管经略使,恩威并用,声名远闻。德宗尝中和节赋诗,遣使者宠赐,世以为荣。集十卷,今佚。《全唐诗》编诗二卷。五绝五十五首,七绝六十四首。赵本见卷四、十四。《新唐书》一四三、《唐诗纪事》二九、《唐才子传》卷五有传。

附

唐绝增奇序　　杨　慎

　　予尝评唐人之诗：乐府本效古体，而意反近；绝句本自近体，而意实远。欲求风雅之仿佛者，莫如绝句，唐人之所偏长独至，后人力追莫嗣者也。擅场则王江宁，骖乘则李彰明，偏美则刘中山，遗响则杜樊川。少陵虽号大家，不能兼善：一则拘于对偶，二则汩于典故。拘则未成之律诗而非绝体；汩则儒生之书袋而乏性情。故观其全集，自"锦城丝管"之外，咸无讥焉。近世有爱亡(同忘，淳注)其丑者，专取而效之，惑矣。昔贤汇编唐绝者，洪迈混沌无择，珉玉未彰，章、涧雨泉(淳按：雨，当作两；两泉，指章泉、涧泉)盛行今世，既未发覆于庄语，仍复添足于谢笺。其馀若伯弜、伯谦、柯氏、高氏，得则有矣，失亦半之。屏居多暇，诠择其尤。诸家脍炙，不复雷同；前人遗珠，兹则缀拾。以《唐绝增奇》为标题，以神、妙、能、杂分卷帙。逃虚町庐，聊以自娱。跪石之吟，下车者谁欤？

（录自天一阁藏明刻本）

校刻万首唐人绝句序 申时行

诗以绝句名,古未有也,而自唐始,盖乐府之遗而律之变也。乐府叶于管弦,而律严于声病,而绝句不必然也,是自为一体者也。然而名绝句者何?或曰是截律之半而成者,或曰截律首尾而取其中,又曰古称"黄绢少妇"谓妙绝也。然而非本指也。余窃意之,凡乐有卒章,赋有乱,歌曲有尾声,而绝句似之,如曰诗之终篇云耳。《记》曰:"言之不足,故长言之;长言之不足,故嗟叹之。"此可以意逆也。夫才情有纵而必收,格调有抗而必坠。当其意之所极,词之所穷,则为之挈其纲要,撮其指归,束之以短章,收之以急节,故绝句者,断章而取节者也。短不伤于续胫,急不病于胶弦,词则简易径捷,而意则深长微婉,有断而复属、终而复始之义焉。其脍炙一时者,往往传之宫廷,播之衢巷,习熟于村童里妇、伶人乐工之口。讽之有馀音,咀之有馀味,何其美也!然以之为乐府则不纯,以之为律则不类,故曰乐府之遗而律之变也。余观唐诗选辑无虑数十家,未有专取绝句者。自宋洪魏公景卢,以寿皇退居重华,游戏翰墨,常取唐人绝句以供挥洒,乃次第录呈,前后积至万首,遂刻以传,曰《万首唐人绝句》。然挂漏舛错,间亦多有。余友赵君凡夫,偕黄君伯传,参互考订,缺者补之,讹者正之。其数增于前,其精核倍于昔,因付剞劂,属余序之。夫冀野之郡，不必皆良，而神骏出焉；邓林之植，不必皆奇，而隆栋在焉。故旁搜广采，所以资洽闻也；博览泛观，所以备精择也。是编出而唐一代之词章，盛衰毕见；诸家之述作，工拙并陈：若过冀野而入邓林，飒飒乎，泱泱乎，有不胜收者矣。乃若缘词逆志，溯源归约，不以汗漫迷其轨辙，不以芜杂汩其鉴衡，则以俟夫运斤削镵、神解而独诣者，此又二君未发之旨也。万历丁未七月既望休休居士申时行撰。

（录自南京图书馆藏八千卷楼旧藏朝鲜活字本，下同）

《万首唐人绝句》刊定题词　　赵宦光

文莫先于诗，诗莫先于短韵。言有尽而意无穷，风人之旨，与文章传记，绝然两途，端在于此。自永言之门一开，于是为歌为诵，若赋若骚，支分派别，遂成千蹊万径，而古人之诗几乎坠地矣。后代反古学士，强立乐府以拟之；于是调声量字，校长揭短，始得勉被管弦，不啻九牛扛（当为扛，淳注）鼎之力哉！又复时得时失，终然陨丧。衰周之际，《二南》犹有存者。炎汉以降，独有《关雎》。六代而往，此道扫地尽矣。唐人致力于此，以为进取阶梯，由是诸体略备。然所谓乐府者，即不过有其名而无其实。幸斯文未坠，可歌者惟绝句，散在民间，此昊天所以续于古之绝学与非人之所能为也。不然,何李唐以无意得之而古今吻合若此乎?绝者,裁取也。诗则曰裁诗,书则曰裁书。其他诸文须首尾呈露,无裁绝之义,何也?诗也者,正所谓言有尽而意无穷,寄无形于有象,臣讽其主,女讽其夫,欲言不得吐,欲默不得缄;小可谕大,浅可致深;近可寄远,古可况今:立言之道,法应尔尔。文章传记然乎哉?不然也。若夫绝句大旨则又已精而益等(疑为"等")其精,已简而益求其简。合四句如一句,绎稠情于单词,无言之言,欲尽不尽,说者云绝妙之句,即非格制本旨,然亦不大远其名也。有宋列祖,世尚文苑。临池之次,多取唐人短章以供点染,非以其精简耶?其亦以为有合于风人之旨耳!时有魏公洪迈,出其手抄五千馀首进之陛下,以供挥洒之资。天颜霁然,都俞褒锡。既复探讨,再得如前以献。于是陛下益喜,题曰《万首唐人绝句》,颁赐文臣,垂之永久。惜于尔时洪公旋录旋奏,略无诠次,代不摄人,人不领什。或一章数见者有之,或彼作误此者有之,或律去首尾者有之,或析古一解者有之;至若人采七八而遗二三,或全未收录而家并遗:若此讹误,莫可胜纪。暇日与灵岩诗人黄伯传,悉为厘正。削其十一,皆前失也。复讨寻四唐别总群集,以及选摘稗官诸家,不遗馀力,遂得洪氏缺略者数百篇,合一万若干首。虽去取略复相当,其视元本舛讹失所者,真可谓金支迸海,草木皆明矣。不有此番窜理,能不令观者万古长夜乎?非谓倾短先哲,忘其所自,泯作者之苦心也;良以和氏之璞,不付玉人,终非世宝。非曰有裨唐诗之全,聊以卫洪氏之足。魏公有知,遭我二人,自须矍跳云雾,相视一笑,怅千载之同心也夫!万历丙午秋日吴郡赵宧光撰。

校刻万首唐人绝句引　　黄习远

　　宋洪魏公撰集唐绝五千四百篇进重华宫中以供宸翰挥洒,孝庙赏公博洽,公遂乞以名其堂。于是更搜诸集,旁及传记,期在盈数,随得随录。始于杜少陵,终于薛书记。时代后先,不复诠次。而收载重复,一人三四见者有之。至若裁析乔左司之《绿珠怨》;颠倒贺监之《晓发》;"故人具鸡黍",则借浩然之律与摩诘;"折梅逢驿使"以宋陆凯为陆开;《子夜》变歌诸解,直取晋人之词作陆鲁望矣。如此之谬,殆难更仆数也。及文皇十五篇而止载其一;太白圣于此体,亦遗其十之二。他若王建之《宫词》,以三家互入,任韦绚之假托僧儒,认王涣而为之涣,特其小疵耳。原板一百一卷,半刻于会稽,半刻于鄱阳。嘉定辛未,越守汪公纲合鄱阳之刻于会稽而加修补焉。迨嘉靖庚子,陈中丞重校而梓之,然无有正其讹者。万历甲辰春仲,予过寒山小宛堂。凡夫先生以兹集授予校雠,乃共芟去其谬其复者共二百一十九首,补入四唐名公共一百一人,遗诗共六百五十九首,总得一万四百七十七首。诗以人汇,人以代次。厘为四十卷。凡三易寒暑而剞劂告成。予谓以魏公博赡,犹有遗误,使我两人者得称异代功臣,则耳目之外,秘篇所载,尚冀后之君子佐其不逮焉。丁未端午灵岩黄习远伯传甫识于萧萧斋中。

唐人万首绝句选凡例　　王士禛

洪文敏《万首绝句》虽经进孝宗御览，然其书颇多讹舛总杂。约略指之，如何逊、沈警陈梁间人，侯夫人隋宫人，概行混入。至唐小说，如《东阳夜怪录》之类，亦点简册，几于儿戏矣。又有一诗而隶两人，复见重出，盖欲取盈万首，故无暇持择刊正耳。然如编录之体何？

五言，初唐王勃独为擅场。盛唐王、裴辋川唱和，工力悉敌，刘须溪有意抑裴，谬论也。李白气体高妙，崔国辅源本齐梁，韦应物本出右丞，加以古淡；后之为五言者，于此数家求之，有馀师矣。

七言，初唐风调未谐，开元、天宝诸名家，无美不备，李白、王昌龄尤为擅场。昔李沧溟推"秦时明月汉时关"一首压卷，余以为未允。必求压卷，则王维之"渭城"、李白之"白帝"、王昌龄之"奉帚平明"、王之涣之"黄河远上"，其庶几乎！而终唐之世，绝句亦无出四章之右者矣。中唐之李益、刘禹锡，晚唐之杜牧、李商隐四家，亦不减盛唐作者云。

王弇州云：七言绝句，少伯与太白争胜毫厘，俱是神品。又云：七言绝，盛唐主气，气完而意不甚工；中晚唐主意，意工而气不甚完：然各有至者，未可以时代优劣也。此论甚确。

集中仙诗鬼诗,妙作颇多,亦略存之,不必辨其真伪。

七言如孙元晏、胡曾之《咏史》,曹唐之《小游仙》,读之辄作呕哕,一概不录,录元晏一首。

唐绝句有最可笑者,如"人主人臣是亲家",如"蜜蜂为主各磨牙",如"若教过客都来吃,采尽商山枳壳花",如"两人对坐无言语,尽日唯闻落子声",如"今朝有酒今朝醉,明日愁来明日当"。当日如何下笔,后世如何竟传,殆不可晓。

《才调集》载王之涣《惆怅词》,容斋因之。无论其诗气格迥异,而之涣开元时人,乃预咏霍小玉、崔莺莺事,岂非千古笑柄?按《惆怅词》乃王涣所作,涣字群吉,晚唐人,诗载计敏夫《纪事》,今正之。

诗出小说家者不录,间有存者,只冷朝阳、戎昱、舒元舆数首耳。

洪本字句或与今本异,然对校之,洪本不如今本者甚多。今从其善者,不必从宋本也。

吴郡赵凡夫本区别四唐,淆乱差少。今以赵本与《纪事》、《品汇》参伍其次第。洪元本虽云万首而颇有遗漏,赵补入者多。今补诗概未及收,只从元本。

元汶阳周氏撰《三体唐诗》,不专绝句;明新都杨氏撰《唐绝增奇》,非唐人之全。元(淳按,当为宋)赵章泉、涧泉选唐绝句,其评注(淳按,评注者为谢枋得,非选者)多迂腐穿凿。如韦苏州《滁州西涧》一首,"独怜幽草涧边生,上有黄鹂深树鸣",以为君子在下小人在上之象,以此论诗,岂复有风雅耶?余为此选,亦以补周氏杨氏之所未及,而为赵氏一洗肤陋之见云尔。

余旧撰盛唐诸公诗曰《三昧集》,又删唐人《英灵》、《间气》、《箧中》、《御览》、《国秀》、《极玄》、《又玄》、《搜玉》、《才调》九集，益以宋姚氏《唐文粹》乐府古歌诗，为十集。惟宋洪氏《万首唐人绝句》每欲删定，以其浩汗，辄尔中辍。后二十年始成，即此本是也。唐选更有《丹阳》、《丽泽》二集，访求数十年不可得。《汉上题襟集》闻楚潜江莫进士与先有藏本，数千里往借抄，则诡云"顷游鄱阳失之矣"，迄今以为憾事。并记于此。

唐人万首绝句选序　王士禛

渔洋山人撰宋洪氏《唐人万首绝句》既成，或问曰："先生撰唐人绝句，意何居？"应之曰："吾以庀唐乐府也。"曰："绝句也，而谓之乐府，何也？"曰："乐府之名，其来尚矣。世谓始于汉武，非也。按《史记》高祖过沛，诗《三侯》之章，又令唐山夫人为《房中》之歌，《西京杂记》又谓戚夫人善歌《出塞》、《入塞》、《望归》之曲，则乐府实始汉初。武帝时增《天马》、《赤蛟》、《白麟》等十九章，以李延年为协律都尉，集《五经》之士相与次第其声，通知其意，而乐府始盛。其云武帝者，托始焉尔。东汉之末，曹氏父子兄弟，雅擅文藻，所为乐府，悲壮奥崛，颇有汉之遗风。降及江左，古意寖微，而《清商》继作。于是《楚调》、《吴声》、《西曲》、《南弄》，杂然兴焉。逮于李唐，李杜韩柳元白张王李贺孟郊之伦，皆有冠古之才，不沿齐梁，不袭汉魏，因事立题，号称乐府之变。然考之开元天宝以来，宫掖所传，梨园弟子所歌，旗亭所唱,边将所进,率当时名士所为绝句尔。故王之涣'黄河远上',王昌龄'昭阳日影'之句,至今艳称之。而右丞'渭城朝雨'流传尤众,好事者至谱为《阳关三叠》。他如刘禹锡、张祜诸篇,尤难指数。由是言之,唐三百年以绝句擅场,即唐三百年之乐府也。而子又奚疑?"宋洪文敏公迈常集唐绝句至万首,经进孝宗御览,褒赐优厚。余少习是书,惜其踳驳,久欲为之刊定而未暇也。归田之五载为康熙戊子,乃克成之,而以问答之语即次为序。渔洋老人王士禛。

(录自北京图书馆藏松花书屋刊本)

附 录

定轩诗词钞

钱　煦著

菩萨蛮

难忘杨柳露头月,弦歌阵阵何曾辍!两度共门墙,海天各一方。　　羡君真健笔,《参考》情横溢。喜见合家欢,几时君再还!

家蘷学长兄惠赠近影,因赋《菩萨蛮》,即希
吟正

学弟钱煦呈稿,1980年2月

鹧鸪天

唐氏祠堂笑语喧,殷勤最感意拳拳。弥谐琴瑟弥思子,愈阻关河愈梦繁。　　鸿雁语,万千般。逍遥津畔共开颜。五年又隔瀛洲水,何日同登九子山?

　　调寄《鹧鸪天》
务兰学长兄吟正

学弟钱煦呈稿,1980年2月

蝶恋花

送孙公南归

谁道新居真可慕,每送南归,惆怅还如故。玄武钟山游宴处,萋萋芳草斜阳树。　　长记平桥盈笑语,客里光阴,无计消迟暮。箫鼓声中君旦去,江南游子江南聚。

钱煦呈稿(未抄赠),1980 年 4 月

踏莎行

大地春回,小楼雨霁,嫣红姹紫熏人醉。梦魂夜夜绕重山,难寻昔日弦歌地。　　四处飘零,十年血泪,离愁脉脉凭谁寄。天涯鸿雁自多情,何日重挹湄江翠?

调寄《踏莎行》,录赠菊隐、筑琼两友,聊博一笑耳!

钱煦未是草辛丑,(1981)2 月

蝶恋花

观影片《天云山传奇》有感

却看天云多少泪,掬尽清泉,幽恨终难洗。一意为民思尽瘁,重枷叠锁翻成罪!　　鸟语花香春色翠,浩浩东风,荡涤多少秽。银幕今朝提旧事,真如战鼓催千里。

1981 年 5 月

临江仙

贺母校八五大庆

校庆佳音传宇内,莘莘学子欢腾。万丝千缕理难清。合家

依母校,鱼水见深情[1]。　鬓发虽斑聊自勉,声声耳畔叮咛。丹心一片玉壶冰。精神"求是"好,千载树仪型。

[1]先君钱宝琮任职母校近三十年,我兄妹七人除幼妹肄业附中、毕业人大外,皆毕业于母校,其偶亦多为校友。1974年1月5日,先君病故苏州时,老校长竺藕舫世伯身卧病榻,危在旦夕,犹殷殷关怀我等赴京参加追悼会事宜,感人至深。

民三六级中文系毕业生钱煦于清江淮阴师专,1982年2月10日

西江月

校庆归来寄附中诸友

昔日芳畦幼叶,今朝老干虬枝。相逢惊看鬓生丝,还坐春风求实。　此会百年几度,个中滋味谁知。待到"九七"祝期颐,重到西湖,把臂。

1982年5月

鹧鸪天

《鸿雁》第二期编后

笔墨初停意万千,心随鸿雁去翩翩。狮山湄水烟云外,旧友新情梦寐间。　旗帜艳,道途宽,神州百卉正争妍。劝君莫叹桑榆晚,共展红霞映远天。

1982年10月(曾刊于《晚晴》1990年第1期)

清平乐

为《鸿雁》四期作

别离卅岁,风雨尝如晦。为候鸡鸣神欲瘁,湍急何曾思退。神州万里东风,弄孙其乐融融。兴至浅吟低唱,闲情寄与

飞鸿。

1984年6月7日于淮阴师专

虞美人

甲子季夏,偕老伴将赴内蒙。途经京津,拟过访筑琼、渌云、越秋诸友。把晤在即,快何如之,喜而赋此。

骊歌同唱情如昨,湄水悠悠碧。京津何处眼中青,可奈终宵思绪梦难成。　依稀桃径春风暖,多少诗书伴。而今头白许离休,却喜青春常在绿阴稠。

1984年7月15日初稿于京沪13次特快,9月改定。

阮郎归

乙丑仲夏,即移新居,石榴怒放时节,儿孙相继归来,喜赋一阕,以志不忘。

十年江北渡生涯,欢声忽满家。琴书几案净堪夸,小榴正着花。　老伴读,小孙哗,池塘处处蛙。微风习习夕阳斜,嫩凉月印纱。

1985年7月

菩萨蛮

痛悼吴贻芳主委

晴天霹雳良师失,怎禁涕泪闻声落!化雨共春风,丝萝倚劲松。　一片丹心壮,女大亲开创。桃李耀门墙,自贻百世芳。

吴主委于1985年11月10日谢世,享年九十有三,可谓无疾而终。

淮阴师专会员钱煦敬挽,1985年11月12日自 1981 至 1985,五年间共填小令十二阕,计《蝶恋花》、《菩萨蛮》、《鹧鸪天》各二,《踏莎行》、《临江仙》、《西江月》、《清平乐》、《虞美人》、《阮郎归》各一。抄录一过,深感已作词味不多,语言亦欠丰富,"千"、"万"等字迭见,唯感情尚真,俗气尚少可取耳!当今形势大好,离休生活日益充实,宜加强文学修养,勤为练习,以期更上一层楼,亦一乐也。

　　又:寄阚家冀女士之《菩萨蛮》曾登《桂海》总第三期,《鸿雁》编后之《鹧鸪天》曾登《岳麓诗词》总第三期,《临江仙》登浙大 1985 校庆文集,《西江月》——《阮郎归》则分别登《鸿雁》二、四、五期。亦收入《阚家冀诗词集》。

1986 年 1 月 13 日志

摊破浣溪沙

　　安顺龙宫天下闻,呼朋买棹入龙门。头白高歌惊过客,焕青春。不为乐兮频寄语,何能千里共寻根?溪水潺潺流不尽,少年心。

　　宫内景观集众奇,布依[1]谈笑指东西。凤舞龙腾飞瀑溅,雾霏霏。　高峡暗湖叹未已,蚌岩乳燕展新姿。最爱深潭[2]深万丈,沁人脾。

〔1〕导游小吴系布依族青年。

〔2〕蚌壳岩下有虎穴洞,内有深潭,长宽各丈馀,波平如镜,奇峰异峦,尽收潭底,相映成趣。

　　乙丑孟夏,与乐兮等昔日同窗畅游贵州安顺之龙宫,兴味盎然,乃赋小词二首,调寄《摊破浣溪沙》。

1986 年 6 月 12 日写于淮阴师专 8 栋 102 室定轩

(曾刊于《晚晴》1990 年第 1 期)

观海调寄女冠子

耀眼玉碧,莽莽水天一色。浪涛欢,拍岸真山倒,回波听管喧。　　轻舟迎浪去,起伏任波翻。点点沙鸥白,意俱闲。

1987年9月结束沈阳之行写于淮阴

遵义行(七首)

一别遵城卅四载,龙山湘水日萦回。屈原盛会开金筑,老伴相扶寻梦来。1990年5月下旬,全国屈原研究会年会于贵阳召开。

疮痍满目成陈迹,白叟黄童欢乐多。岸柳垂荫湘水碧,婆娑倒影迪斯科。旧日湘水浑浊不堪,今已整治一新,绿波垂柳,晨练多跳迪斯科。

江畔丰碑昭日月,西迁求是道弥光。林苗得地多春雨,新厦喜看几栋梁。湘水之滨新建浙大黔省校舍纪念碑亭。

坎坷荒凉丁字口,而今人马似穿梭。"播声"应记同仇忾,高唱救亡抗日歌。1944年初冬,日寇进逼独山,予等浙大合唱团全体成员在播电影院作劳军义演,高唱《歌百壮士》,群情激愤。

镇日殷勤觅旧踪,故居街巷问无从。当年曲径寻幽处,多化高楼跨远空。

树仁必达同门友,今日湘江喜再逢。握手言欢言不尽,催人岁月苦匆匆。

红军山上青松茂,纪念馆前夕照明。半纪蹉跎心未老,缅怀先烈数征程。

1990年6月

忆江南

1941年至1946年,家居湄潭,寓朴庐,对当时情事多所流连,四十年来萦回于怀。今岁重访故地,抚今追昔,感慨系之,因为小词数章。

湄潭好,湄水日潺潺。薄暮桥头归鸟噪,凌晨江上转筒喧。几度梦中还!

附中好,茅舍聚贤英。学子孜孜勤砥砺,良师矻矻苦耕耘,不尽吐丝情。

朴庐小,多谢一枝栖。绩学老亲原自乐,析疑子女漫相随,从不羡轻肥。

经行地,水硐最清幽。《赤壁赋》声回峡谷,深林竹影漫山沟。归路雨初收。湄潭县郊水硐沟有瀑布,假日先慈辄携予姐妹往游,至则必高声吟诵《赤壁赋》,予等随声附和,其乐无穷。距今忽忽近半世纪而声犹在耳,不胜依恋之情。

湄民苦,生活记从前。几把蓬茅难蔽雨,一瓢粗粝清无盐。度日信如年。

惊巨变,黔北小江南。满眼高楼花似锦,盈畴嘉谷酒如泉。改革志弥坚。

赠友六章

今岁四月,予偕老伴去京筑,喜晤渌云、筑琼、喻枟、新民(北京)、业华(贵阳)、必达(遵义)、光男、菊隐(南京)、道慧(自台北归来)诸级友,因赋赠。

赠北京诸友

各具佳肴来复外,新民家会最难忘。相期共炼强身术,岁岁平安乐寿康。4月5日,在京诸友约予夫妇欢聚于复兴门外新民寓所。时新民老伴正病血栓,生活不能自理,至今心犹悬之,遥祝平安。

299

赠业华

百里杜鹃选烂漫,天成锦绣竞相夸。赏花归去应知累,酒美肴香感业华。贵阳西北170公里大方县境有百里杜鹃著名景点,业华夫妇陪游竟日,次日业华又独立操作,设酒相邀,甚感其诚。

赠必达

英姿勃勃犹畴昔,必达匆匆走马迎。两语三言感肺腑,伉俪古稀依依情。

赠光南

访友探亲自可乐,遗传所下候光南。笑容如旧惊绷带,"服老"原来非戏谈。光南参加全国人大期间不幸跌到,手腕骨折,自云类似跌法并非首次,未伤筋骨,不以为意,今始尝苦头,脱口连呼"不可不服老矣"。

赠菊隐

共传菊隐不轻松,一见方知春意浓。咫尺阳台千种绿,清泉汨汨涌心胸。

赠道慧

人生有限情无限,台北淮阴路万千。今日金陵欣晤语,举杯不醉亦陶然。5月19日,予夫妇专程赴宁会道慧,20日道慧约我等在彼下榻之金陵大厦餐饮部小叙。阔别近半纪而语仍投机,颇可喜也。

1994年6月16日

喜迎亲家

门外一声周老唤,亲翁驾到共寒暄。怪来总道清江好,春满书斋绿满园。

1994年6月

赠陈敏之先生 四首

人小志不小,艰苦为求真。阿姐附书至,见书如见人。

琳琅书满架,小店唤新知。火种播遐迩,青年陈敏之。

均是异乡客,相亲胜弟兄。睽违逾半纪,纸上得重逢。

头白无须虑,祝君乐寿康。桑榆逢盛世,家国日辉煌。

陈敏之先生,早年参加革命。1938年,我家随浙大西迁至广西宜山时之邻居也。先生独立主持新知书店,年仅十八耳。现已七十有五,离休前为上海社科院研究员。

1995年1月25日,曾刊于《晚晴》1996年第2期

访日归来打油诗二首

小儿相继赴名大,学业有成面有光。不是神州开放好,哪能白首任翱翔。

讲学观光欣作伴,樱花三月下扶桑。温文尔雅他山石,传统中华流韵长。

1996年

忆江南

晚晴颂

晚晴好,灿烂众星明。老伴相携步履健,儿孙逗趣欢声盈。离退一身轻。

晚晴好,潇洒旅游时。胜水名山开眼界,奇闻异趣入新诗。乐事两心知。

晚晴好,闲里爱偷忙。腿快手勤营饭菜,神清气爽写文章。眉舞色飞扬。

晚晴好,晚景夕阳好。坎壈半生东逝水,葱茏一片碧云峰。花月又春风。

《晚晴》好,屈指十年刊。旗帜鲜明高品位,内涵丰富溢专

栏。把卷胜加餐。

1996 年 10 月

（曾刊于《晚晴》1997 年第 1 期，《浙大校友》2001 下转载）

七律一首

《李钱全集》将行世，往事如烟记尚亲。将母教儿生计累，育才为学入诗新。扬长移席专攻史，汲古传薪总率真。头白而今温父训："衰年未许作闲人。"

1997 年 5 月 29 日（《父亲永远活在我们心中》所附）

重温《赤壁赋》有感

忧乐无端自感伤，年丰人寿妄栖遑。清风明月寻苏轼，利导思维物竞放。

校园四季皆如画，任尔行吟任尔狂。老境悠闲真啖蔗，盐齑对嚼味深长。

2000 年 2 月 23 日完稿

临江仙
赠自珍

老伴扶将游古镇，耳边"幸福"盈盈。山形龙虎凤鸾鸣。泸溪浮竹筏，异景竟来迎。　　觅座殷勤情意切，吟君大作心倾。车窗惜别放歌诚。隔山还隔水，相望缔诗盟。

2000 年 11 月 20 日（11 月 5-8 日龙虎山诗会归来感赋）

蝶恋花
《咏湄》之友聚会归来

谁道老来宜静守，每到春来，访友还依旧。日日钱塘欢不够,但愁客里光阴骤。　　百鸟归林寻梦久,何幸今朝,西子重携手。黔北江南频翘首,湄潭情结浓于酒。偏爱冯延巳《蝶恋花》"谁道闲情抛弃久",已套用两次,不可再套了!

2002年5月写于南京东郊

周本淳先生年谱

周先民 编著

1921年 一岁

周本淳,字骞斋,12月22日冬至(农历辛酉年己亥月二十三日)生于安徽省合肥县(后改为肥西县,今划归合肥市)西乡烧脉岗康湾村。周姓为肥西大族,四世祖盛华率四弟盛波、五弟盛传入淮军。盛华不幸战死,盛波、盛传则分任淮军四大主力之一的"盛字营"主将、副将,二人均积功至一品武官,《清史稿》、《中兴将帅别传》皆有传。今肥西紫蓬山国家森林公园塑有兄弟俩大型雕像。大伯父孝楣曾就读于保定清江武备学堂,与蒋介石同班。父孝植,生于1892年,读过书院,性格温厚,喜欢作诗。母吴元玲,生于1894年,娘家为肥东大族,其父曾官至道州知州。兄本厚(后改名伯萍),生于1920年3月,1938年读高二时投笔从戎,参加革命。解放后历任粮食部办公厅主任、副部长、外交部驻外大使、国家计生委副主任等职,2012年6月逝世。

1926年 六岁

入私塾发蒙,每天上午半天上课,主要是认字,背诵蒙童课本《三字经》、《百家姓》、《千字文》之类。

1928 年　八岁

与兄本厚一起,被母亲送至离家百里之遥的肥东六家畈吴氏养正小学读书。六家畈为母亲娘家所在地,该小学是肥东吴姓大族兴办的开近代教育风气之先的新式小学。

1931 年　十一岁

读小学四年级,"九·一八"事件发生后,与同学一起下乡轰轰烈烈宣传抗日,喊哑了嗓子。此为第一次参加政治活动,为就读养正小学期间最值得记忆之事。

1932 年　十二岁

2月,全家搬至合肥城里,住老周公祠。转学至旸谷小学(合肥第二完全小学)读五年级。是年春,父亲病逝,年仅四十岁。

1933 年　十三岁

7月,小学毕业。8月,考入合肥省立六中初中部,尤爱英语,习惯用英语写日记。课外活动则热衷于网球。

1934 年　十四岁

8月,因伤寒病,休学半年。

1935 年　十五岁

2月,转入芜湖中学读初一。

期末在饭厅开夜车复习迎考时,屋顶忽然倒塌,顿时被埋在瓦砾中,失去知觉,腰椎受重伤。

1936 年　十六岁

高一同学因反对军训必须剃光头,发起"护发运动",全体罢课跑到校外。遂加入其中跟着起哄,结果竟被勒令转学。暑期考取合肥庐州中学初三插班生。

1937 年　十七岁

暑前考高中,因平素顶撞老师而未被本校录取。同时考取苏州高中。"八·一三"日寇进攻上海,苏州高中无法开学。后又考安庆高中,未收到录取通知。因抗日战争爆发,只能在家。

1938年至1940年　十八岁至二十岁

3月,在流波疃考取安徽临时中学高中,随校先流亡武汉,又迁湘西,途中罹恶痢几死。

7月,考入湖南永绥国立八中高中,遇名师张汝舟(名渡)先生。张师道德文章,世之楷模。深深敬仰其学问与为人,从此折节读书,经史子集,无所不涉。每日必临摹魏碑,从未间断。高中期间,读书之外,还爱好各项活动,身兼班级篮球队员和排球队员,并擅棋艺,曾获全县象棋比赛冠军。

1941年至1945年7月　二十一岁至二十五岁

1月,于国立八中高中毕业后,迫于生计,2月至4月任教于湖南里耶镇小学。

6月,与同道四人步行八百里,穿越湘川黔交界之群山,至遵义投考国立浙江大学文学院中国文学系。尽管数学考了零分,但因总分高而被录取为公费生,不但学杂费、食宿费全免,每学期尚有一百三十元零用。后又获最高奖学金中正奖学金四百元,故有馀力买书。

浙江大学文学院名师荟萃,从王驾吾先生(名焕镳)学桐城派古文;从郦衡叔先生(名承铨)学杜韩苏黄诗。向学之志弥坚,尤醉心于诗,几入痴迷之境。曾以"寋斋"笔名,厕身诸老之间,在《时事新报·副刊》诗坛名宿潘伯鹰主编的旧体诗词专栏《饮河集》上发表诗词。将浙大求学期间所作诗稿编为《太学稿》一册,惜今仅存半帙。

1945年　二十五岁

7月,于浙大文学院中文系毕业,获文学士学位。

8月,任遵义师范教员,讲授国文、外国史。

10月,任遵义省立高中国文教员。

1946年　二十六岁

1月,辞去遵义师范教职。

6月,辞去遵义省立高中国文教职。于该校虽仅任教半年,却因为人、为师皆深受爱戴,师生情谊历半世纪馀而不衰。2002年逝世后,遵高学生纷纷写回忆文章,出版《沉痛悼念周本淳师尊专辑》。

6月,自费随浙江大学返回故乡。

8月,应教育部模范学校南京一中之聘,任高中国文教员。

11月,用文言写就的毕业论文《从〈白石道人诗说〉论白石之诗》发表于《文化先锋》。此为第一篇学术论文。论文结合《诗说》,对照姜夔诗歌实践,阐述其诗在琢句、属对、谋篇、造境、韵度、隶事等方面的特色与成就,并指出琢句之过、失于轻露、体物过于细碎等瑕疵。

1947年　二十七岁

8月,兼任南京钟英中学教员。

1948年　二十八岁

1月29日(农历丁亥年十二月十九日)是苏轼诞辰纪念日,与钱煦女士在南京洪武路介寿堂(解放后改为工人文化宫)举行隆重婚礼,岳父母专程由杭州来宁参加。钱煦为其浙大中文系低年级同学,浙大数学系名教授钱宝琮之女。1947年夏毕业后亦来南京一中任教。热恋数年的有情人终成眷属,从此伉俪情深,至死不渝。

1949年　二十八岁

4月,辞去南京钟英中学教职。

4月23日,南京解放,留任南京一中教高中语文。其间,曾任语文教研组长、教导副主任。

1954年　三十四岁

代表南京一中,在江苏省语文教学会议上作经验介绍,并和钱震夏一起负责教学纲要的起草工作。

1955年　三十五岁

4月,作为教师代表,参加江苏省教育代表团访问江西。

冬,在冯至组织的南京语文教师座谈会上,对教育局存在的对教师只使用不培养的倾向提出了批评。

1956年　三十六岁

因教学表现突出,被评为南京市教育工作者先进代表,受到嘉奖。

5月,调任南京市教师进修学院语文教员、教导副主任。在江苏省委文教书记陈光于进修学院召开的座谈会上发言,认为南京分别隶属于省、市的两个教师进修学院机构重复,人力分散,应该合并。

苏州高中召开省第二次语文教学会议。其时虽已调入南京市教师进修学院,但仍代表南京一中出席会议并作经验介绍。

12月,《怎样学好语文》一书由江苏人民出版社出版。因为切合学生学习语文的实际,适应教学需要,所以出版后极受欢迎,一版再版。

用稿费加上平时积蓄,花费五百多元购入一部《四部备要》。

同年,应上海古典文学出版社之约选注《宋诗选》,业馀时间悉数投入。

1957年　三十七岁

响应党的号召参加整风,自恃历史清白,工作积极,本着赤胆忠心,敢于知无不言。因一位非工会会员被院方推荐为工会主席,遂在党总支门口贴出大字报表示异议。又向领导提出三条意见:一是党的领导应体现在执行党的政策方面,而不一定表现在领导干部非党员不可;不能认为只要是党员就能当领导,有时外行党员反而不如内行的非党员。二是说肃反成绩是主要的固然不错,但对具体单位来说不能一概照套,比如南京一中肃反时抓的都抓错了,后来都放了赔礼道歉,而反动标语却没有破案,这就不能说成绩是主要的。三是认为毛主席对阳谷县养猪问题的批示说阳谷县是打虎英雄武松的故乡这一说法有误,《水浒》上说武松是清河县人氏。主席一时疏忽,报纸应动点脑筋提醒一下。

年底,因上述言论而受到有组织的批判,但尚未戴右派帽子。

1958年　三十八岁

2月,上海古典文学出版社欲发排《宋诗选》,来信催稿。于是快马加鞭,完稿寄上。

春夏之交,上面三条被歪曲为"外行不能领导内行"、"肃反成绩不是主要的"、"说毛主席有错误"三条罪状。

5月,教师进修学院副院长请吃饭,突然说:"你在人民代表大会面前批评教育局,在省委书记面前批评教育厅,将来还要不要脑袋?"

6月,被正式定为右派,五类处理,降薪三级(中教二级降至五级),并被迫离开教职,劳动改造。即将出版的《宋诗选》也被出版社毁约退稿(此稿十年浩劫中被红卫兵抄走,不知所终)。从此被剥夺发表权,署名权,即使奉命编写文学课本,也不能署名。

9月南京师专成立,调任南京师专图书馆资料员。

1959年　三十九岁

被打成右派后,一直认为冤枉,不断申诉。而且心里并不认为被打成右派就低人一等。

1960年　四十岁

3月,群众会上被宣布摘掉右派帽子,分配至南京九中兼课。

9月,正式摘帽,工资上调一级,往南京师专中文科教课。

1962年　四十二岁

南京师专撤销,调回教师进修学院语文组任教。

1963年　四十三岁

工资再上调一级。

1965年　四十五岁

2月,往江苏省盱眙县马坝公社劳动锻炼。

7月,返回教师进修学院。

1966年　四十六岁

年初,将多年研究《离骚》之心得油印成《离骚浅释》一册。《浅释》约四万二千字,分为《解题》、《注释》、《简析》三个部分。《注释》引经据典,简明扼要。《简析》提纲挈领,画龙点睛。而用文言写成的《解题》尤其精彩,既旁征博引,又善于分析综合,为阐明千百年来"各执一词"的《离骚》之题义提供了富有说服力的崭新见解。

5月,"文革"祸起,因属摘帽右派,首当其冲,被打成"牛鬼蛇神",多次被揪斗,并被隔离审查,饱受迫害。但其风雨不动安如山,精神上强健之极。

1968年　四十八岁

写下《自嘲》一诗,袒露于困境中我行我素之心迹。

10月,次女远赴内蒙支边。因仍被隔离审查,不得相送,只能"牛棚"话别。

1969年　四十九岁

8月,教师进修学院撤销,人员皆入南京市五七干校参加劳动。

11月28日,率全家下放,落户于江苏省淮安县平桥公社孟集大队陆庄生产队。八口人住两间小草屋,与农民一起劳动,一应农活无所不干。

1970年　五十岁

务农,与社员一起整天干活。

夏,被抽调至公社负责分配下放干部们盖房的木料。先人后己,给自己留下盖房的是质量最差的毛竹。结果房子刚盖好,屋顶就严重下塌成为危房,只好再想方设法加固修理。

年末,作为宣传队员进驻平桥公社机关,开展一打三反运动。

1971年　五十一岁

继续在社直机关搞运动。

1972年　五十二岁

7月,被召集至淮安县城编写高二语文教参。从此与"同是天涯沦落人"的下放干部常国武、孙肃、季廉方相识,四人常以诗词酬唱往来。因淮安古称"山阳",故自号曰"山阳四君子",结成莫逆之交。

8月,离开生产队,调任平桥公社平桥中学教员,讲授语文、地理、农基等课。夫人钱煦(原任南京一中高中语文教师)前此半年已在该中学任教。

1976年　五十六岁

4月,天安门广场"四·五"爱国运动惨遭当局镇压,政治空前黑暗。忧心忡忡，遂写下排律《漫成》三十八句，以古例今，忧国忧民，揭露政治黑暗，倾吐一腔愤懑。是其代表作之一。

10月，以粉碎"四人帮"为标志，十年浩劫结束，国家政治、经济、教育、学术等等出现转机。

1977年　五十七岁

接受上海古籍出版社之约开始校点《唐音癸签》，此为校点古籍之始。

1978年　五十八岁

2月，南京师范学院淮阴分院成立，急需师资。老友常国武先生郑重向淮阴地区教育局副局长丁朝壮荐贤，于是由平桥中学调任新成立的南京师范学院淮阴分院（不久更名为淮阴师专，1997年升格为淮阴师范学院），任政文科教员，讲授古代文学史、古代文学作品选、文化史等课程。

4月，中央正式决定"改正"反右扩大化的错误。获"改正"后，赋《感事》一诗，以庆其事，并表达了欲在晚年"振翮""返景"，在学术上有所作为的壮心。

7月，长子先民、小女先林、次子武军同时考取高校。

8月，夫人钱煦亦从平桥中学调至淮阴师专，讲授古汉语课程。自此安家于清江市，立足于淮阴师专，潜心于教学与学术研究。

10月，亲送先民、先林往南京上学。写下歌颂新时代、勉励子女勤勉于学并表达自己厚爱的《送民儿林女赴南京师院》。

1979年　五十九岁

3月，论文《〈辨奸论〉并非伪作》发表于《南京大学学报》1979年第一期。该文是新时期以来第一篇考辨《辨奸论》真伪疑案的力作，也是近五十年来持"肯定说"最早的一篇具有说服力的论文。

6月,《苏老泉就是苏东坡》发表于《南京师院学报》1979年第二期。

12月,《老泉、东坡赘语》发表于《南京师院学报》1979年第四期。

12月,《胡震亨家世、生平及著述考略》发表于《杭州大学学报》1979年第四期。《唐音统签》作者胡震亨,除有关方志记载外,无传状志铭留世。该文索隐探赜,考定其家世、生卒年及著述等。1984年获江苏省第一届社科类优秀成果三等奖。后《中国年谱综录》收入以代胡氏年谱。

1980年　六十岁

3月,《"官奴"非王献之小字》发表于《中华文史论丛》1980年第一辑。

5月,写成《童子　弱冠　他日——试论王勃作〈滕王阁序〉之时间》(载《读常见书札记》)。

6月,《唐朝李氏的辈分问题》发表于《南京师范学院学报》1980年第二期。

9月,《〈世说新语〉原名考略》发表于《中华文史论丛》1980年第三辑。该文初稿写于1957年,修改于1979年,是长期潜心考证的成果。论文分析《世说新语》四种书名的来龙去脉,追本清源考证出《世说新语》即为其原名。

10月,《何谓"周星"》发表于《辞书研究》1980年第三辑。

12月,《"天下非小弱"解》发表于《南京师院学报》1980年第四期。

12月,《也谈〈望岳〉的立足点》发表于《南京大学学报》1980年第四期。

此年起任江苏省高校语文教学研究会副秘书长。

此年有两首诗《浩劫十韵》、《有感》，声讨十年浩劫，势大力沉，字字千钧。

1981年　六十一岁

年初，任淮阴师专学术委员会主任并兼任《淮阴师专学报》主编。

2月，《王昌龄早期颂扬扩边战争吗？——与吴学恒、王绶青两同志商榷》发表于《文学评论》1981年第一期。

4月，任中文系副教授。

5月，《唐音癸签》校点本由上海古籍出版社出版。

《唐音癸签》体大思精，引征广博，资料丰富，除了保存了大量的有关唐诗的古诗话之外，作者胡震亨的评论文字也很有见地，对今人的研究很有参考价值。但胡震亨对所引资料，有时妄加改动，或剪裁颠倒，或断章取义，或以甲为乙等等，为阅读带来很多不便。1957年古典文学出版社曾加标点排印，1959年中华书局上海编辑所又加订正再版，然校点方面讹误尚多。校点本"凡胡书所引材料能见原书者必取以检讨"（周本淳《诗词蒙语》所附《自传》），对讹误多所订正，用者称便。校点本成为通行本，并于1984年8月再版发行。

6月，《"羽扇纶巾"究竟指谁？》发表于《南京师院学报》1981年第二期。

6月，《读校随感录》发表于《徐州师范学院学报》1981年第二期。

论文根据自己的考证，举出了古籍中存在的大量误校实例；同时又根据自己在校点古籍时解决疑难杂症的实践经验，提出了校点古籍时必须高度注意的几个问题：一是要有时间观念。

二是对地名、人名必须格外用心。三是对诗句、词律需多加注意。四是强调了追本溯源的重要性。五是呼吁校点者既要提高学识修养，又要端正工作态度。

7月，《"会当凌绝顶，一览众山小"》发表于1981年7月5日《光明日报》。

此文的写作纯属偶然。其时做客于北京长兄处，适逢胡耀邦总书记登泰山引用了杜甫《望岳》诗，《光明日报》拟翌日刊载《望岳》全诗及赏析文章。在《光明日报》任职的侄儿周轩进紧急向其约稿。他在手头没有任何参考资料的情况下，全凭记忆，多所征引，不到两个时辰，即写完交稿，并于翌日见报。此为发表古诗文鉴赏类文章之始，此后有数十篇问世。

9月，《震川先生集》校点本由上海古籍出版社出版。

明代学者兼散文家归有光的《震川先生集》四十卷，除《别集》一卷为诗作外，其馀皆为文章，内容十分丰富，有重要的学术价值。《震川先生集》有多种版本传世。校点本择优以《四部丛刊》影印的康熙时常熟刊本为底本，以嘉庆元年玉钥堂刻印的《震川先生大全集》为主要对校本，标以新式标点，并仔细校正讹误。为今人提供了一个相当完善并使用方便的读本。

1982年 六十二岁

年初，兼任淮阴师专副校长。

1月，《古代诗国里的王昭君》发表于北京出版社《阅读与欣赏》古典文学部分（五），后由中央人民广播电台著名播音员夏青播出。

3月，写成《〈苕溪渔隐丛话前集〉绝非成于绍兴戊辰说》（载《读常见书札记》）。

3月，《校点〈诗话总龟〉三题》发表于《淮阴师专学报》1982

年第一期。

4月,写成《〈诗话总龟〉版本源流考略——兼向郭绍虞先生请教》(载《读常见书札记》)。

4月,《明清诗坛上不可无此一席——试论胡夏客其人其诗》发表于《文学评论》1982年第二期。

明末清初的胡夏客无论诗作还是编纂诗集都卓然有成,但解放前后的各种文学史、诗史不见其名,各种诗选不选其作。论文用第一手资料,全面叙述了胡夏客身更丧乱、蒿目时艰的经历,分析了其忧心家国、志学陶潜的心迹,介绍了其协助其父胡震亨编纂《唐音统签》的功绩,然后用大量篇幅论述了其诗作"刻意翻新、自成面目"的艺术成就。认为其人"博学多闻,守志不阿",其诗"出入诸家,直写所见所闻所感,于甲申、乙酉之间,足补一时诗史,立意尚高而不悖义理,立言求新而不避俚俗"。既然如此,当然"明清诗坛上不可无此一席"。论文也因此填补了明清诗史的一个空白。

5月,写成《"炼师"词意变迁说略》(载《读常见书札记》)。

5月,写成《〈宋诗话辑佚〉有关〈诗话总龟〉条目补正》(载《读常见书札记》)。

此文亦是有关校勘学的重量级论文。一是补录《辑佚》所遗漏者,计有《王直方诗话》八条,《古今诗话》二十二条,附说一条,《诗史》五条,另二条存疑,《纪诗》二条,《闲居诗话》一条,《吕氏童蒙诗训》半条。二是正其出处误注者十五处。三是例举其标点错误者十七处。

8月,参加江苏省文学研究会在连云港举办的学术讲座。南京大学中文系教授王气中先生主讲"王勃年谱"。因其安徽方言较难听懂,故主动担任陪讲工作。一边口头诠释王先生所讲内容,一边如响应声似的随手板书其出典篇目及引文,博得了阵阵掌声。

9月,《有关胡震亨材料补正》发表于《杭州大学学报》1982年第三期。

同年,《读诗词漫记——诗词语言》发表于中华书局1982年《学林漫录》第五集。

1983年　六十三岁

3月,写成《"英雄亦到分香处"——读魏武〈遗令〉》,论文确切指出了《遗令》之全文不见于和见于何种文献,对"分香卖履"一典历来的不同理解,更是旁征博引,提供了不少鲜为人知的资料和见解。

5月,参加全国首届建安文学学术讨论会,《遗令》一文在众多论文中颇受好评,被与会的《文学评论》编辑陈祖美先生誉为"其中的佼佼者"。后被收入《建安文学研究文集》(黄山书社,1984年11月出版)。

同月,江苏省淮阴市第一届政协成立,以无党派人士的身份,被推选为政协副主席。

8月,写成《吹毛索瘢,涤瑕荡垢——谈〈陈与义集〉标点问题》(载《读常见书札记》)。

此文亦是有关校勘学的重量级论文。文章从中华书局校点本《陈与义集》的"校字失当"、"篇名误漏"、"人名失误"、"引号不当"、"失其句读"五个方面,举出该书校点的六十五处失误,并且全部给出正解。还强调指出:"校点唐以后的诗文集",必须"熟悉诗律及诗词惯用表达方式","注意时代及目录版本常识","更重要的是了解古人行文的习惯"。

10月,《读甫之诗,识甫之心——舒雅〈杜甫诗序记〉评介》

发表于杜甫研究学刊《草堂》1983年第一期。

10月下旬往湖南参加周易学术讨论会,会期中适逢夫人钱煦六十岁生日,遥寄贺诗《述和(夫人字述和——民注)六十生辰余于役湖湘寄诗为寿》。

年底,淮阴师专学校领导换届,因已年过六十,不再担任副校长。

1984年　六十四岁

6月,《〈评历代诗话续编〉的校点——从〈碧溪诗话〉谈起》发表于《淮阴师专学报》1984年第二期。

7月,《从"岳庙"与"岳寺"谈起——韩愈〈谒衡岳庙遂宿岳寺题门楼〉两条注解的辨析》发表于中州古籍出版社1984年7月出版的《唐诗探胜》。

1985年　六十五岁

5月16日,侍奉一生的老母吴元玲以九十二岁高龄因心脏病逝于淮阴。

11月,《唐人绝句类选》由浙江古籍出版社出版。

唐诗选本很多,但该选本特色鲜明。一是按类编排。为了便于比较,把五绝七绝按照题材各分为八类:一、反映各阶层生活面貌的。二、反映边塞征戍的。三、反映"宫怨"、"闺怨"的。四、反映离情别绪的。五、景物登览、即事抒怀的。六、"咏史"、"咏怀古迹"的。七、"咏物"的。八、未归于上述类别的不可不选的名作及"哀挽"、"论诗"、"回文"等杂诗。二是解说评点简明扼要。诗中不加注,但各类前有一提纲挈领的总说,介绍此类题材诗作的总体特色。各诗后则有画龙点睛的评点。三是便于诵读。对难字注音释义,对平仄两读之字用括号注明诗中读平声或仄声。四是篇首的《前言》对绝句的产生与发展、唐人绝句的概况与成就都有详尽的论述,篇末辑有作者小传,并有笔划索引供查阅。其体例的独创性、选诗的学术性、使用的便利性皆自成一家。1988年获淮阴市社科优秀成果一等奖。

11月,《陆游〈钗头凤〉主题辨疑》发表于《江海学刊》1985年第六期。

12月,《袁枚与"桐城派"》发表于《淮阴师专学报》1985年第四期。

此年江苏省高校古籍整理研究领导小组成立,任副组长。

此年起担任淮阴市文联常务理事,淮阴市文学工作者协会名誉主席。

1986年　六十六岁

11月,任教授。

此年起任淮阴市语言学会会长。

1987年　六十七岁

3月,《"前不见古人　后不见来者"非陈子昂首创》发表于《江海学刊》1987年第二期。

陈子昂的《登幽州台歌》千载传唱,尤其是"前不见古人,后不见来者"两句,有口皆碑,从来没有研究专家怀疑过其"原创权"问题。但是,该文以确凿的证据,考证出"前不见古人后不见来者"为晋宋间熟语,而并非陈子昂原创。正因为如此,陈子昂老友卢藏用才不曾将此诗编入《陈伯玉文集》。文章刊出后,学术界反响热烈,《人民日报》、《文摘报》、《文汇报》等纷纷予以摘登。

6月,《唐才子传校正》由江苏古籍出版社出版。元人辛文房游目简编,宅心史集,其所撰《唐才子传》十卷,求详累帙,旁搜博采,为近四百位唐诗人留下了或详或简的传记,也留下了极其宝贵的文学史料,是当今研究唐诗和唐诗人的不可或缺的重要参考书。可是原本谬误抵牾,往往杂见。一是时间失次,二是地理讹误,三是误甲为乙,四是褒贬失实。《唐才子传校正》以存于天瀑山人翻刻的《佚存丛书》中的日本翻刻的元椠五山本为底本,以陆芝荣三间草堂本为主要对校本,并参校南京图书馆藏的两种日刊本、指海本和《粤雅堂丛书》本,对勘比校,订正了刻本和原文中的许多讹误,用者称善。黄霞云先生曾在《淮阴师专学报》1988年第四期上发表《唐代文史研究的重要贡献——周本淳教授新著〈唐才子传校正〉评价》一文予以介绍。1988年3月此书即被台湾文津出版社盗版印出。后来经过交涉,文津出版社赔偿了四五百美元。

8月,《诗话总龟》校点本由人民文学出版社出版。

《诗话总龟》是宋代三大诗话总集中最早的一部,在编排上以类相从,不仅采撷诗话,而且杂引小说,保存了大量资料。所引之书,今多不存,所以尤显珍贵。同时因为缺少左证资料,给校勘增加了很多困难。校点者自言甘苦说;"校点《诗话总龟》最烦难的工作,是若干条漏注出处的要为它们寻出娘家,出处注错的要叫它们归队"(《〈诗话总龟〉三题》)。校点本为此做出了极大的努力。

此年起任淮阴市诗词学会名誉会长。

1988年　六十八岁

1月,一百二十万字的《小仓山房诗文集》标校本由上海古籍出版社出版。

《小仓山房诗文集》是研究清代文学和历史的必备参考书。作者袁枚侔今无徒,侪古少类,好咏,好论,好色,好钱,好游,好友,好花鸟,好泉石。著作等身,有《诗集》三十二卷存诗近七千首,《文集》三十二卷,《外集》(骈文)八卷。标校本以随园藏版的诗文各三十二卷本为底本,取《四部备要》本补足《文集》、《外集》,根据《诗集》单刻本抄补诗集。《四部备要》本排印错字,以嘉庆刻本改正。《外集》用典有误者,依石韫玉《袁文笺正》出校。标校本校勘精审,并加上包括专名号在内的新式标点,为今人的阅读利用提供了方便。袁枚号称通天神狐,博极群书,其文驱使简册出神入化,所以标校者在为其所涉之书标出书名号时颇费心血。他在《前言》里感叹道:"欲求正确使用专名号,至感困难"。

同月,淮阴市政协换届,连任第二届政协副主席。

1989 年　六十九岁

6 月,《中华版〈苏轼诗集〉错误举例》发表于《古籍整理研究学刊》1989 年第三期。

论文举例指出了 1982 年中华书局版《苏轼诗集》存在的问题。一、"辑佚"二十九首中存在三类错误:一是将他人诗作误认为苏轼作品。二是把苏轼诗中节录的语句误为又一作品。三是随意解释。二、将或为误植错误者姑置不论,指出了其内容上明显有误的六例校字错误。三、举出了十六例断句错误。文章不长,但一针见血,显示出极高的学识素养。

1990 年　七十岁

3 月,论文集《读常见书札记》由江苏教育出版社出版。

虽然由于经费问题,论文集一直推迟到 1990 年 3 月方才付梓面世,但实际上早在 1983 年底业已编定,所以所收论文的时间下限是 1983 年。除了开头《〈离骚〉解题》与《〈世说新语〉原名考略》两篇的初稿写于 1957 年之外,其他六十六篇皆写于 1979 年至 1983 年的 5 年时间里。论文集二十四万三千字,收有大小论文六十八篇,其中包括讨论古籍校点问题在内的考据性论文有五十篇,占了百分之七十三。这些考据文章大多不长,从篇幅上看小文章居多,但其考证的论据皆为第一手材料,解决的大多是常用书中学者们不曾发现的学术问题,所以小文章中其实饱含着读书万卷的大学问。1991年获江苏省第三届社科优秀成果三等奖。

5月,担任主编的全国高等师范专科学校教材《古代汉语》由华东师范大学出版社出版。

该书使用繁体字,分为《绪论》、《文字》、《声韵》、《词汇》、《语法修辞》、《文言文的标点与翻译》、《古代文化常识》、《常用工具书及其使用》及《文选》等九个部分,在针对性、教学性、实用性方面都有鲜明特色。出版后受到欢迎,至1992年4月已是第三次印刷。

5月,携夫人钱煦往贵阳参加全国屈原学会年会,顺道周游六省,时将匝月。写下《黔游杂诗》十七首。6月3日游贵阳附近织金洞后驰骋才情,写下长达一百二十句的七古记游诗《游织金洞》。该诗穷形尽相,将鬼斧神工的织金洞的奇景描绘得淋漓尽致。

10月,《〈宋诗纪事续补〉疏失举例》发表于《古籍整理研究学刊》1990年第五期。

12月,《"鲍叔和"现象亟应防止》发表于《淮阴师专学报》1990年第四期。按,《复旦学报》1990年第二期发表的《关于〈金瓶梅〉的几个基本问题》认为:《金瓶梅》的作者很可能是明代的田艺蘅,根据是第八十一回的一首诗"燕入非傍舍"云云,谓此诗"实为(《金瓶梅》)作者的自我叹息",并大发感慨,说此诗"与田艺蘅晚年在西湖放浪的情感多么切合"云云。《新华文

12月,《读常见书札记(三则)》发表于《淮阴师专学报》1993年第四期。

年底,以七十三岁高龄退休。自1978年初至1993年底,他在淮阴师专工作近十六年期间,意气奋发,心情上最为舒畅;厚积薄发,学术上最为辉煌;优哉游哉,生活上最为舒适。同时也为淮阴师专、特别是中文系的发展做出了突出的贡献。

1994年　七十四岁

全国高校开展评定曾宪梓教师奖工作。此时虽已退休,但该奖以1993年以前在职者为评奖对象。荣获曾宪梓教师奖三等奖。

3月,《〈中国古代文化史〉指疵》发表于《淮阴师专学报》1994年第一期。

4月,《张志和生卒年考述》发表于《江海学刊》1994年第二期。

12月,《发挥文化优势,提高旅游品味——略论苏州开展唐宋诗词意境游》发表于《淮阴师专学报》1994年第四期。

12月,《送牛僧孺太湖石的李苏州非李凉》发表于《江海学刊》1994年第六期。

1995年　七十五岁

5月,《李白"一生低首谢宣城"析》刊载于《谢朓与李白研究》(茆家培编,人民文学出版社,1995年5月)。

6月,《读常见书札记(四则)》发表于《淮阴师专学报》1995年第二期。

7月,突有轻微中风症状而不自觉。幼子武军强拉至医院就诊。因治疗及时而很快康复。

8月,自费出版旧体诗集《謇斋诗录》。

12月,《读宋初九僧诗零拾(一)》发表于《江海学刊》1995年第六期。

1996年　七十六岁

2月,《读宋初九僧诗零拾(二)》发表于《江海学刊》1996年第一期。

3月,复现轻微中风症状,经及时治疗后,虽无大碍,但行走尚有困难,步履蹒跚。虽然此时留学日本的长子先民、小女先林已为其办好去日本讲学访问的繁杂手续,但从身体考虑理应放弃这次长途跋涉。可他泰然处之,乐观应对:积极治疗并加强锻炼,尽最大可能改善身体状况。终于如期成行。

4月,《读宋初九僧诗零拾(三)》发表于《江海学刊》1996年第二期。

4月13日至29日,偕夫人钱煦应日本名古屋大学邀请,作为高级访问学者前往讲学访问。在名古屋大学文学院作关于唐人绝句的演讲,并抓紧时间游览了名古屋、京都、东京等地。还为东京附近的千叶县松户市葛饰吟社作了关于唐诗的专题讲座。返国后写下《扶桑吟草》十二首。访日期间,曾与其子先民谈及欲在淮阴师专设立奖学金的愿望。

5月,淮阴市委、市政府组织享受副市级以上待遇的离休干部参观企业并举行座谈。许多人发言都是说好话。可他却借此机会当着市委书记的面,对市委的人事安排提意见说,市委任命官声很坏的涟水县委书记陈广礼转任市教育局长,"反映对教育不够重视,势必影响淮阴教育事业的发展"。其直言让许多党内人士由衷敬佩。

6月,《读宋初九僧诗零拾(四)》发表于《江海学刊》1996年第三期。

7月,回忆文章《母亲》刊载于中国妇女出版社《母恩难忘》一书中,文章深情回顾了母亲的养育之恩及优良质量。

1997年　七十七岁

在《淮阴师专报》上连续发表《我的治学经验》六篇,以自己的治学经历为例,殷切勉励学子们治学要"做人为本",要"熟读深思,打好基础",要"学会查书,勤于查书",要"由约及博和由博返约",要"勤于思考,勿囿成说",要"勤于探索,勇于改正"。

1998年　七十八岁

2月,《读〈容斋诗话〉》发表于《淮阴师范学院学报》1998年第一期。

此为晚年所写的一篇重要论文。论文将《容斋诗话》与《容斋五笔》逐条核对,得出结论说:一,《容斋诗话》决非洪迈自编,二,编辑者并非依《五笔》次序"掇其论诗之语"。三,内容屡经变动补充,因此无法寻其编排规律。四,《容斋诗话》有关诗歌的见解相当全面而辩证,对今人评诗仍有不可忽视的借镜作用。

1999年　七十九岁

7月,论文集《考辩评论与鉴赏:〈蹇斋说诗〉之二》由中国戏剧出版社出版。

该书二十万字,主要收入1984年以后发表的论文。因作者曾计划将自己有关诗学的论文与《蹇斋诗录》合编为《蹇斋说诗》,所以为书名加上了这个副标题。需要说明的是,《考辩》的出版过程很不正规,责任编辑既缺乏编辑常识,又毫无责任心,而且整个出版过程中竟然一次都没有与作者通气,没有经过作者的审核校对。所以其编辑与印刷粗陋不堪,一无是处。作者接到书时,木已成舟,已无修改可能。更加遗憾的是,论文文末皆未注明写作时间,致使无法为一些重要论文编年,比如《元锡生平考略——驳"李儋字符锡"之误》、《为宋祁辨诬》、《王庭珪别号、贬年及生卒——〈宋诗选注〉有关王庭珪材料正误》、《略论秦少游的绝句》等等。

2000年　八十岁

8月中旬,侨居日本的长子先民一家、远在呼和浩特市的次女先平携幼子及定居苏州的长子夫妇、定居淮阴的幼子武军等皆来到南京,参加8月18日的生日庆典。庆典的特殊礼物是子女五人朗诵先民所作长诗《八十颂歌》。

2001年　八十一岁

年初,自费出版《蹇斋诗录》增补本,收旧体诗二七一题五百零二首,词三十八首,曲一首,对联九副。旧体诗中,古体、今体皆有,而以今体居多;今体诗中,以五绝、七绝、五律、七律为主,亦不乏驰骋才情学识的大型排律与古体长诗。比如写于1976年的五排《漫成》有十九韵,写于1993年的五排《黄河感兴》长达三十韵。写于1990年的七古《游织金洞》更长达一百二十句。

篇前《自序》,回顾了"六十年间学诗往事",是了解其学诗作诗历程的重要资料。六十年间其诗作数量已无法统计,读浙大时即编有诗集《太学稿》,惜已佚去,其后《蹇斋诗录》仅存半帙,近年所作"随手抛掷,散佚亦多",所以这本《蹇斋诗录》(以下简称《诗录》)远非其诗作的全貌。尽管如此,诗如其人,从这些仅存的诗作中,仍清晰地反映出渊博的学识,过人的诗才,深刻的思考及丰富细腻的感情世界。

1月,《诗词蒙语》由上海文艺出版社出版。《诗词蒙语》十五万馀字,是一部厚积薄发、体大思精的诗学专著,是其五十年间读诗品诗的结晶与授诗作诗的心得。它大处着眼,小处落墨,面面俱到,层层剥笋,从二十个方面,对古典诗词、尤其是近体诗的基本作法、诸如平仄、对偶、炼字、炼句、谋篇、题引等等都作了具体细致的阐述;对近体诗的表现方法、诸如用典、象征、比兴、遮表、时地、情理等等都作了切中肯綮的论述。其论述深入浅出,审核精要。可以说既是初学者读诗解诗的向导,也为爱好者开启了品诗作诗的门径。书后所附《自传》是了解其人生历程的重要资料。

2月,携夫人一起做客于宜兴老同学储新民家。一日早饭前忽然失踪。大家正在着急,却见他手举一支玫瑰花返回,并郑重地将花献给老伴。因为那天是情人节。

2002年 八十二岁

4月,接受例行体健,据称肝功能指针正常。

4月,草成《晚年忆旧》一文,回顾了自幼至十八岁入安徽临时高中为止的生活,为家族、为后人留下了许多珍贵的家庭史料。

5月,一人负责审订的七百万字二十巨册的《全清词·顺康卷》由中华书局出版。

南京大学中文系全清词编纂研究室于1986年编成该书初稿。其后修订一次,但经中华书局抽查,认为仍然疏误甚多,无法达到出版要求,被再次退回修订。程千帆与周勋初教授遂郑重聘请其审订此书。1991年接受聘请后,全力以赴,查找资料,校勘比对,历时两年馀,纠正了原稿大量的衍、脱、倒、错等等讹误,大大提高了书稿质量,终于使该书达到了出版要求。该书出版后,受到学术界及出版界普遍好评,2013年荣获第六届国家图书一等奖和全国优秀古籍整理奖。

5月至6月,携夫人外出探亲访友兼旅游近一个月。8日至无锡,受到曾任过其助教的文甘夫妇的热烈欢迎和热情接待,9日兴致勃勃游览了太湖。10日与老同学王同文、储新民等相聚于无锡王同文家中。后又往杭州参加浙江大学附中校友会,并与众校友一起出游富阳鹳山。他虽然年纪最大,却第一个登至山顶。6月初去南京看望子女。稍事休整后,5日由长女周先惠用小车专程送回淮阴。

6月,散文《艺高人更高——忆恩师林散之》刊载于南京出版社《金陵书坛四大家——林散之》一书中。此为生前所发表的最后一篇文章。

7月,上旬身体如常。

中旬起身体不适,当即由在淮安市第二人民医院任职的次子武军安排就医,为方便检查一并办妥了住院手续。

14日下午,带病出席淮安市委书记丁解民主持召开的市级老干部座谈会并作重点发言。

15日起正式住院。此后病情日重,一度被怀疑为肝癌晚期。医院尽全力抢救,并从南京接来专家会诊。

住院期间,夫人钱煦次子武军连日守候在侧。二女先平、小女先林(携其女晓研)长子先民和长女先惠及夫婿亦先后赶至侍奉陪伴。

病重及弥留之际,淮阴市政协、淮阴师院领导以及众多亲朋好友多次前往医院探视。

7月29日十九时五十四分,终因肝疾不治,逝于淮安市第二人民医院。

7月31日,举行了隆重的遗体告别仪式。出席告别仪式的,除了家人以及特意从北京赶来、代表长兄吊唁的侄儿周轩进外,还有淮安市市委、市政府、市人大、市政协的负责同志,淮阴师院的领导同志,以及亲戚、同事、朋友等近二百人。淮阴师院的挽联写道:"越卌载奉献人民教育,著述琳琅光后世;曾一番襄理师专校务,作风稳健树仪型。"

2003年3月9日,骨灰安葬于南京市雨花功德园墓地。

综观其一生,正如其《自传》(《诗词蒙语》所附)所云:"少罹忧患,中历坎壈,晚如啖蔗。但不管忧患或得意,余所求者不失读书人之本真。守此勿失,不问升沉荣辱,是为信条。"

谱后续记

为实现周本淳先生遗愿,其子先民捐资十万人民币,于2004年8月在淮阴师院中文系设立了"本淳奖学金"。

周本淳逝世后,夫人钱煦于翌年10月亦不幸魂归道山。为寄托无尽的哀思,在周本淳、钱煦的同窗、朋友、同事、学生以及亲戚们的积极支持和协助下,其子女先惠、先平、先民、先林、武军历时两年馀,共同编印了约有四十三万馀字的纪念文集《我们的父亲母亲——周本淳钱煦追思录》,并于2006年清明前夕自费出版。而这本《追思录》也为《年谱》的写作提供了很多宝贵资料。

在淮阴师院中文系、特别是张强教授的鼎力襄助下,二百馀万字的五卷本《周本淳集》也将由人民文学出版社出版。

2015年春于名古屋闲人斋

周本淳先生著作目录

《怎样学好语文》,周本淳著,江苏人民出版社,1956年12月

《唐音癸签》,周本淳校点,上海古籍出版社,1981年5月

《震川先生集》,周本淳校点,上海古籍出版社,1981年9月

《唐人绝句类选》,周本淳选注,浙江古籍出版社,1985年11月

《唐才子传校正》,周本淳校正,江苏古籍出版社,1987年6月

《诗话总龟》,周本淳校点,人民文学出版社,1987年8月

《小仓山房诗文集》,周本淳标校,上海古籍出版社,1988年1月

《读常见书札记》,周本淳著,江苏教育出版社,1990年3月

《苕溪渔隐丛话》(廖德明校点),周本淳重订,人民文学出版社,1992年6月

《考辩评论与鉴赏:〈蹇斋说诗〉之二》,周本淳著,中国戏剧出版社,1999年7月

《诗词蒙语》,周本淳著,上海文艺出版社,2001年1月

《全清词·顺康卷》,周本淳审订,中华书局,2002年5月

《古代汉语》(全国高等师范专科学校教材),周本淳主编,华东师范大学出版社,1990年5月。

《离骚浅释》,周本淳注释,1978年油印本

《蹇斋诗录》(旧体诗词集),周本淳著,2001年初自印本

(周先民　编)